10|18
12, avenue d'Italie — Paris XIIIe

Sur l'auteur

Né en 1939 à Edmonton, au Canada, Peter Bowen se dirige très tôt vers des études littéraires. Diplômé de l'université de Carleton en 1961, il obtient un doctorat de philosophie à celle d'Oxford en 1969. Auteur de chroniques humoristiques et d'essais, il a aussi publié des romans historiques et policiers. Cow-boy, guide de chasse et chanteur de folk à ses heures, Peter Bowen vit aujourd'hui au Montana. Le onzième volume de la série de Gabriel Du Pré, *The Tumbler*, a paru en 2004 aux États-Unis.

L'ODEUR DE LA MORT

PAR

PETER BOWEN

Traduit de l'américain
par Anne-Marie CARRIÈRE

1018

INÉDIT

« Grands Détectives »
dirigé par Jean-Claude Zylberstein

Du même auteur
aux Éditions 10/18

La maison du coyote, n° 3460
Le pas du loup, n° 3463
La montagne blessée, n° 3540
► L'odeur de la mort, n° 3662

Titre original :
Notches

ISBN 2-264-03867-5

Aux femmes perdues dans le désert

Chapitre premier

— C'est terrible, Du Pré, dit Madelaine en regardant le journal. Les gens qui font ça sont loin de Dieu, non ?

Du Pré hocha la tête. Il sirotait son café, assis dans la cuisine de Madelaine. Les assiettes du petit déjeuner s'empilaient sur la desserte, à côté de l'évier.

Du Pré observa les grappes de pollénies qui se cognaient maladroitement contre la vitre. On était au printemps et ces grosses mouches noires, qui passaient l'hiver dans les murs des maisons, rampaient vers la chaleur.

Madelaine lui tendit la première page du journal. Il regarda la une.

ON A TROUVÉ UNE CINQUIÈME VICTIME.

Du Pré soupira.

— C'est loin d'ici. Sale histoire.

— Non, pas très loin, dit Madelaine. Ça fait quoi, cent cinquante kilomètres, peut-être, juste au-dessus des Wolf Mountains, là, sur cette route.

La route fédérale 2, à environ quatre-vingts kilomètres au sud du Canada, traversait tout le Montana, le Dakota du Nord et finissait à Sault Ste. Marie, dans le Michigan.

— Les parents de ces filles, reprit Madelaine. Comme ils doivent pleurer.

Oh, oui, songea Du Pré. Vous vous disputez avec

votre gamine. Elle s'enfuit de la maison. Quelqu'un vous l'enlève, la viole, la torture, l'assassine, abandonne son corps dans les armoises et laisse coyotes et corbeaux manger les restes... Il pensa à ses deux filles. À ses petits-enfants. À tous les enfants.

— Les gens d'ici s'entre-tuent, poursuivit Madelaine. Ils ont une raison, ouais, pas une bonne raison. Il y a jamais de bonne raison de tuer quelqu'un.

Si, il y en a, se dit Du Pré, mais moi, je ne discuterai pas, cette fois.

— Ce Lucky, qui tuait des Indiennes[1] là-bas, à Washington, il ressemblait à quoi ?

Avant que je le tue ? Merde, lui, je l'ai presque oublié. Non. J'ai tiré une pierre avec la fronde de Benetsee. Il est tombé. Sa putain de nuque brisée. J'ai pas eu besoin de lui couper le cou. C'est le seul service qu'il m'ait rendu.

Il but son café à petites gorgées.

— Hé, Du Pré ? J'ai plus de voix ou t'es sourd ? Je t'ai posé une question. Tu m'entends ? À quoi il ressemblait, ton Lucky ?

— Lui ? Une ordure. Pourtant il n'avait pas l'air fou. Une bonne chose, qu'il se soit brisé la nuque. Si on l'avait jugé, ils l'auraient déclaré malade et il serait déjà sorti, à l'heure qu'il est. Et on lui aurait donné la Sécurité sociale, ou un truc dans ce genre-là.

Ma Madelaine. Elle ne peut pas croire qu'il y ait des gens méchants dans le monde. Elle dit qu'ils sont seulement loin de Dieu. J'aimerais qu'elle ait raison.

Elle jouait avec sa tresse de cheveux noirs, épais, striés de fils argentés. Un visage lisse et sans rides. Elle était encore un peu endormie. Du Pré leva sa tasse de café et sentit l'odeur de Madelaine sur sa main. Il se souvint d'elle, cette nuit, la regarda et sourit aux anges.

1. Voir *La Maison du coyote*, 10/18, n° 3460.

— Eh, Du Pré, quand tu me regardes comme ça, c'est que tu veux retourner au lit. C'est écrit sur ton front. Non. Il faut que j'aille à l'église voir le père Van den Heuvel. Non, Du Pré, t'es un grand garçon, tu attendras ce soir.

Du Pré sourit à belles dents.

— Bon, OK, dit Madelaine. Cet après-midi, peut-être, mais en tout cas, pas maintenant.

Du Pré se leva et fit le tour de la table.

— Du Pré ! Je vais te mordre, et je plaisante pas. Vous, les hommes ! Vous êtes supposés vouloir ça moins souvent, quand vous devenez grands-pères.

Du Pré lui frotta les épaules à travers la soie épaisse de son peignoir.

— Je vais pas dire au père Van den Heuvel : « Désolée, mon père, je suis en retard, je baisais avec Du Pré. » On est même pas mariés.

Nous le serions, pensa Du Pré, si tu n'attendais pas que ton imbécile d'Église te dise : « D'accord, votre mari est bien mort, vous pouvez épouser Gabriel Du Pré maintenant. » Huit ans que j'attends que ces curés lui donnent une réponse ; il y a quelque chose de bloqué dans la procédure.

Du Pré regarda par la fenêtre les champs situés à la limite de la petite ville. Des rangs serrés de blé d'hiver, vert et dru, montaient de la terre brune. Une plante coriace, ce blé d'hiver, il reste vert même sous la neige. Après, au printemps, il pousse tout d'un coup.

Du Pré avança la main vers les fesses de Madelaine quand elle se leva. Elle lui donna une claque sur les doigts, lui sourit et agita le doigt dans sa direction.

— Je m'occuperai de toi plus tard, dit-elle en fonçant vers la salle de bains.

Du Pré entendit l'eau couler. Il se servit une autre tasse de café et revint s'asseoir à la table.

Le journal. Il n'avait pas lu l'article.

Il ne voulait pas le lire. Son petit doigt lui disait qu'il allait être mêlé à cette histoire.

Une senteur humide et tiède de fleurs et d'herbes envahit la cuisine. L'odeur du pot-pourri que confectionnait Madelaine. Ensuite elle le mélangeait au savon qu'elle fabriquait avec de la graisse, de la cendre et des baies. Le savon des Métis [1]. Le savon que fabriquaient ses vieilles tantes et ses grand-mères.

Madelaine sentait toujours merveilleusement bon.

Du Pré leva à nouveau sa tasse et porta la main à son nez. L'odeur de sa femme.

Cet après-midi. Ça fait longtemps à attendre.

Il regarda la photographie sur le journal. Des hommes qui sortaient de l'armoise en portant une housse mortuaire noire.

Le corps avait été trouvé par un éleveur. L'homme passait là en voiture quand l'un des enjoliveurs s'était détaché et avait roulé au milieu des broussailles. Il avait fait marche arrière, était parti à pied et avait découvert le corps, salement décomposé, disait le journal. Tout laissait penser que le meurtrier était l'individu qui avait déjà tué quatre jeunes femmes et laissé les cadavres pourrir sur place.

Bon Dieu, songea Du Pré, si ça se trouve, il y a beaucoup d'autres filles mortes là-bas. Si ça se trouve, mon œil. Il y a plein de filles mortes là-bas. Ce type fait ça depuis longtemps. Comme Bundy [2], qui avait tué... soixante femmes, même davantage.

Les tueurs en série. Toujours des hommes. Des chasseurs. Mais eux ne mangent pas ce qu'ils tuent.

1. Le terme désigne les descendants des Canadiens français et des Amérindiennes. *(N.d.T.)*

2. Ted Bundy, né en 1946, l'un des plus tristement célèbres tueurs en série de l'Ouest américain, exécuté en Floride en 1989. Sa vie criminelle a inspiré de nombreux livres et téléfilms. *(N.d.T.)*

Putain, ce type se déplace sur des routes peu fréquentées. Pourtant quelqu'un a bien dû le voir, remarquer son véhicule.

Ils voient ce type, sa voiture, et ils ne font pas le rapprochement !

Laisse tomber, songea Du Pré. T'occupe pas de ça. Merde, je ferais mieux d'aller voir Benetsee. Voir à quoi il rêve.

Le bruit de la douche s'arrêta. Du Pré alla dans l'entrée et attendit. Madelaine sortit de la salle de bains, nue, en essorant ses cheveux avec une grosse serviette. Du Pré la regarda.

Cet après-midi. J'annule tous mes rendez-vous.

Le téléphone sonna. Madelaine alla décrocher dans la chambre.

— Hé, Du Pré ! appela-t-elle. C'est pour toi. Benny Klein.

Benny Klein, le shérif. Un ami. Sa femme tenait le bar de Toussaint.

Du Pré n'avait pas envie de prendre la communication.

Il alla dans le salon.

— Oui ?

— Du Pré ? fit la voix de Benny, déformée, à l'autre bout du fil.

Donc il avait appelé le standard qui l'avait renvoyé sur la ligne de Madelaine.

— Oui, c'est moi.

— Tu as vu le journal, ce matin ?

— Oui, dit Du Pré.

Non, je veux pas de ça, je veux baiser avec ma Madelaine tout l'après-midi, et puis l'emmener au bar, lui offrir du vin rosé, un cheeseburger. On dansera peut-être.

— Bon, dit Benny. J'en ai une autre, et celle-là, elle est chez nous.

Pourquoi je le savais déjà ? songea Du Pré.
— Merde.
— Si j'ai une drôle de voix, fit Benny, c'est parce que je viens de vomir.
— Où tu es ?
— Sur la vieille route. Un kilomètre et demi après Grange Hall, tu sais, la salle de la Fédération agricole, sur Palmer Creek. Tu vois le bâtiment ?
— Oui.
— C'est affreux, Du Pré.
— Écoute, tu restes où tu es et tu m'attends. Tu as appelé quelqu'un d'autre ?
— Non, pas encore. Qui veux-tu que j'appelle ?
— Le coroner.
— Il est parti, dit Benny. À présent, c'est moi, le coroner.
Benny est un brave homme qui n'aime pas les cadavres ni les assassins. Beaucoup de choses lui font peur, mais il fait ce qu'il a dit qu'il ferait. Un brave homme. Être shérif, il déteste ça.
Mais il fait quand même son boulot.
— Hé, Benny, tu rappelles l'opératrice, et tu lui dis de prévenir les flics du comté.
— J'aurais déjà dû le faire, s'excusa Benny. Je suis drôlement chamboulé.
— J'arrive tout de suite, dit Du Pré.
Benny raccrocha.
Du Pré retourna dans l'entrée. Madelaine était assise devant sa petite coiffeuse et se mettait du rouge à lèvres. Elle était encore nue.
— Il faut que j'y aille, lança Du Pré du seuil de la porte. Benny a besoin de moi.
— Il a trouvé le corps d'une gamine, dit Madelaine. Je m'en doutais. Pauvre gosse.
— Je suis désolé, dit Du Pré.
— Non, tu n'es pas désolé, Du Pré, tu es mon homme, un bon Métis. Je te connais.

Du Pré haussa les épaules.

— Débrouille-toi pour que mes enfants soient en sécurité, dit Madelaine. Que tout le monde soit de nouveau en sécurité.

— Je sais pas...

— Moi, je sais.

Chapitre 2

Du Pré fonçait à près de cent cinquante à l'heure sur la vieille route. Sa voiture de patrouille était encore rapide. Elle avait de bons pneus, mais plus de gyrophare ni de sirène. Il essaya de se souvenir si c'était sa troisième ou sa quatrième.

Bart, son ami riche, avait voulu lui offrir une Land Rover. En apprenant qu'elle coûtait soixante mille dollars, Du Pré lui avait fait remarquer qu'un bon Métis, ça ne conduisait pas une voiture qui coûtait trois fois le prix d'une maison. Alors Bart avait déniché celle-ci, plus rapide que les autres.

Du Pré aperçut Grange Hall devant lui. Une modeste bâtisse de bardeaux blancs, plus petite qu'une école. Que certaines écoles.

Du Pré jeta un coup d'œil à droite et à gauche. Il vit le pick-up de Benny garé sur un *benchland*[1] à un peu plus de cinq cents mètres de la route. Il ralentit. Deux ornières descendaient dans un creux et remontaient de l'autre côté, dans les broussailles. Les traces de pneus étaient fraîches.

Du Pré tourna, la lourde voiture de patrouille dévala la pente et remonta vivement, puis il enfonça la pédale d'accélérateur. Il gardait un œil sur le milieu de la piste

1. Terrain d'alluvions. *(N.d.T.)*

pour repérer les rochers, puis il réfléchit et se dit que la roche affleurait bien plus haut.

C'est alors qu'il heurta une grosse pierre ; il sentit que la boîte de vitesses en avait pris un coup.

— Merde ! jura-t-il, hargneux.

Il ralentit. La transmission couina. Il sentit l'odeur du liquide de refroidissement.

Putain de bordel de merde. Quel con je fais.

Benny Klein était assis sur le hayon de son pick-up. Du Pré gara son véhicule, descendit et se dirigea vers lui. Benny était tout pâle et suait à grosses gouttes, alors qu'il ne faisait pas chaud.

— Là-bas, dit-il en désignant un amas de planches gris argenté d'où sortaient, enchevêtrées, les tiges jaunies de grandes herbes folles.

Une vieille cabane d'agnelage, peut-être.

Du Pré marcha lentement vers le tas de planches. Une pie vola au-dessus de lui, en direction du cours d'eau qui coulait à un kilomètre et demi de là.

Du Pré sentit l'odeur de chair en décomposition. Les morts, ils sentent la mort, plus que tout le reste. Si vous respirez l'odeur d'un cadavre, vous respirez l'odeur de votre propre mort, et vous ne l'oubliez jamais.

Elle était allongée face contre terre sur un carré de terre jaune. Les coyotes en avaient mangé des morceaux. Ses jambes étaient mâchées. Elle était nue, le corps gonflé, brun verdâtre.

Du Pré s'accroupit et se roula une cigarette, qu'il alluma avec le briquet d'amadou que sa fille Jacqueline lui avait envoyé d'Espagne, l'année où elle était partie en vacances là-bas avec Raymond, son mari.

Elle m'avait laissé tous ses mioches, se souvint Du Pré. Et Madelaine qui ne pouvait pas m'aider, à cause de ses filles. J'ai cru mourir.

Quatorze. Quatorze mômes, elle a, ma Jacqueline. Et c'est pas fini, elle en veut encore.

Jésus.

Du Pré vit des asticots qui se tortillaient sous la peau du cadavre.

Une chaîne en or brillait à sa cheville gauche.

Elle avait été blonde.

Il se releva et fit le tour du corps, sur un rayon de deux mètres. Il fit venir le sol à ses yeux, comme lorsqu'il traquait le gibier. Des scarabées bombardiers se débattaient entre les brins d'herbe. De minuscules éclats de verre de couleur verte brillaient sur la terre ocre. Deux serviettes en papier, tachées de jaune, étaient collées contre une armoise. Elles étaient là depuis un bout de temps.

Du Pré agrandit le cercle de cinquante centimètres. Les pieds d'armoise étaient clairsemés ; des touffes de pâturin parsemaient la terre dure. Un bout de fil de fer barbelé sortait du sol.

Du Pré écrasa sa cigarette sous le talon de sa botte, puis tourna quatre fois, lentement, autour du corps, dans le sens inverse des aiguilles d'une montre.

Il s'arrêta, regarda la route, se roula une autre cigarette et rejoignit Benny, toujours assis sur le hayon de son pick-up.

— Qui l'a trouvée ? demanda Du Pré.

— Un des fils Salyer, en chassant l'écureuil.

Le gamin allait passer de mauvaises nuits, dans les mois à venir.

— Ton opératrice, elle a appelé les flics ?

Du Pré la détestait. Une sale garce.

— Oui, dit Benny. Ils arrivent. Ils seront sans doute là dans une heure. Ils ont dit de ne toucher à rien.

Du Pré grogna. Toujours le même merdier.

— C'est pas joli, dit-il.

— Non. Un salopard qui largue les corps, comme ça. À mon avis, il doit y avoir d'autres cadavres. Beaucoup d'autres.

Du Pré soupira.

Quelque chose bougea, un peu en dehors de son champ de vision. Une pie venait de s'envoler des armoises, à deux, trois cents mètres de là.

— Ça nous était jamais arrivé ici, un truc pareil, dit Benny.

Du Pré hocha la tête.

Un pick-up blanc passa en rugissant sur la route. Le conducteur agita la main dans leur direction. Ils lui rendirent son bonjour.

La nuit, songea Du Pré, un homme arrive en voiture, éteint ses phares ; il lui faut dix ou quinze minutes pour traîner le corps jusqu'ici. Il repart, tous feux éteints, et ne les rallume qu'arrivé à la route. Il lui faut beaucoup d'essence. Il ne peut pas se permettre d'être vu en train de faire le plein.

La radio de Benny grésilla. Il marcha jusqu'à la cabine du pick-up, décrocha le récepteur. Il écouta quelques instants.

— Bien sûr que je reste ici ! s'exclama-t-il d'un ton coléreux. Bordel, qu'est-ce que tu crois que je vais faire ? Aller jouer aux cartes ?

— Ils m'ont demandé de t'appeler, fit la voix plaintive de l'opératrice.

— On se tape toujours tout le boulot ici, Iris. Et ça va pas être une partie de plaisir d'avoir ces connards dans les pattes.

— J'essayais seulement de faire mon travail, geignit Iris.

— OK, c'est bon.

Benny raccrocha.

— Pauvre Iris. Son mari s'est barré en lui laissant six gosses, dont deux se sont foutus dans la merde. On les a envoyés en maison de correction, à Pine Hills.

Du Pré le regarda.

— Ça m'étonne pas, tout ce qui lui arrive. Elle est tellement...

— Je sais.

Du Pré haussa les épaules.

Benny, l'air morose, repartit s'asseoir sur le hayon du pick-up.

— Je peux avoir une cigarette ? demanda-t-il.

Du Pré lui en roula une.

— J'avais pas besoin d'une histoire pareille, dit Benny.

Du Pré hocha la tête. C'est ton problème, c'est toi le shérif.

— Pauvre gamine.

Du Pré s'étira. Et jeta un coup d'œil vers sa gauche. Encore une pie, au même endroit.

Merde.

— Bon, dit-il, je crois qu'il y en a une autre un peu plus loin. T'as qu'à rester ici et fumer.

— Oh, bon Dieu !

Du Pré s'éloigna en direction de la masse foncée d'un bouquet de sauges ; il devait y avoir une plaque rocheuse qui retenait l'eau, en dessous.

Encore une pie. Merde.

Du Pré ne quittait pas le sol des yeux. Il marchait vite, dansait presque, dans l'armoise.

Il entendit des tambours dans sa tête.

Il sentit l'odeur des morts, morts depuis longtemps. Décomposés.

Il plissa les yeux.

Il les vit. Il y en avait deux.

Il partit vers la droite et commença à en faire le tour.

Deux corps nus, couchés l'un sur l'autre, en croix.

Du Pré s'approcha. Il roula une clope, l'alluma, pour couvrir l'odeur.

Il regretta de ne pas avoir pris la bouteille de whisky qu'il gardait dans la voiture.

Soudain il sentit l'odeur fétide d'une mouffette, juste une bouffée, et vit la créature noire et blanche s'éloigner en se dandinant.

Des petits bouts de femmes. Des gamines.

Blondes, aussi, toutes les deux. Les pies et les charognards avaient attaqué les visages. Les mouches bourdonnaient autour des orbites. Leur ventre était tout gonflé et leur peau couverte d'une pellicule de poussière.

Leur mort est plus récente que la première, pensa Du Pré. De quelques jours.

Il s'arrêta, cracha par terre, puis s'éloigna et recommença ses cercles.

Si ça se trouve, il en a laissé d'autres.

Il aime cet endroit.

Pourquoi ?

Chapitre 3

— Ici ? dit Susan Klein, pâle et en colère.

Elle secoua la tête et astiqua le comptoir avec un torchon.

Le bar de Toussaint était rempli de gens qui parlaient tous en même temps, par petits groupes. Ils buvaient, mais pas trop. Ils commandaient à boire et oubliaient de vider leur verre. Le téléphone était pris d'assaut par ceux qui appelaient leur famille et leurs amis.

— Ce sont des choses qui arrivent ailleurs, reprit Susan. Dans les villes, mais pas ici.

Madelaine tendit la main et la posa sur celle de Susan. Elle regarda le bois éraflé du comptoir.

Bart Fascelli terminait sa deuxième limonade. Il avait le bras gauche en écharpe. Une fois de plus, il s'était blessé en travaillant avec son énorme pelle mécanique. Il était maladroit.

— Ce fumier leur laisse rien, dit Madelaine. Il les tue, les abandonne dans les broussailles comme des tas de vieilles tripes bonnes pour les coyotes.

Du Pré était au comptoir de l'autre côté de Bart et buvait son whisky à petites lampées. Il regardait ailleurs. Vers un pays lointain.

— Vous croyez que cela servirait à quelque chose de proposer une récompense ? demanda Bart, en regardant tour à tour Susan, Madelaine et Du Pré.

Bart était riche, très riche. Il avait de l'argent à offrir.

Du Pré haussa les épaules.

— C'est peut-être pas une mauvaise idée. Mais ce type n'est pas un voleur et il opère seul. À partir de maintenant les gens vont se méfier, j'espère qu'ils ne vont pas se mettre à tirer sur tout ce qui est étranger au pays. C'est pas drôle.

Benny entra dans le bar, l'air usé, épuisé, écœuré. Il se dirigea vers sa femme et s'accouda au comptoir, sans rien dire. Au bout d'un moment, Susan caressa son visage.

— Benny, dit-elle d'une voix douce, calme-toi. Allez, prends une bière.

Du Pré jeta un coup d'œil dans la glace et les regarda tous les quatre, les deux femmes, Benny, qui détestait le mal encore plus que la violence, Bart, le regard perdu dans le vague.

J'espère qu'il ne va pas dire qu'il a peur de moi, encore une fois, songea Du Pré. J'espère que ce monstre sera arrêté aujourd'hui. Mais j'en doute.

Ses idées allaient et venaient très vite, comme les yeux du chasseur scrutant la montagne. Il poussa un soupir et but une nouvelle gorgée de whisky.

Susan Klein tirait des bières à la pression, préparait des boissons, l'air triste.

Je suis souvent venu ici jouer du violon, pensa Du Pré. Des moments heureux à boire, à rire, à danser, avec mes amis et mes voisins. Peut-être qu'on recommencera. Mais il faudra attendre qu'un type au cœur mort nous laisse faire.

— Gabriel ? dit Bart en se rapprochant de lui.

— Mmmh...

— À quoi tu penses, là ? demanda Bart en le regardant droit dans les yeux.

Du Pré haussa les épaules, roula une cigarette, l'alluma.

— À quoi je pense ? À tout ce merdier. Je ferais

peut-être bien d'appeler Harvey Wallace, tu te souviens de lui[1] ?

— Oui.

— Il travaille pour le FBI, poursuivit Du Pré. Il pourrait peut-être nous apprendre quelque chose.

— Bien, dit Bart.

— Je vais aussi essayer de trouver Benetsee. Il est parti. Il m'a dit qu'il allait au Canada, voir son peuple. Mais avec lui, on ne sait jamais ce qu'il veut dire. Pour combien de temps il est parti, mystère.

— J'essaie de réfléchir à ce que je peux faire, dit Bart.

— Tu le fais déjà. Tu dépenseras ton argent plus tard.

Bart se mit à rire.

— C'est la première chose à laquelle je pense, tu me connais.

Du Pré leva les yeux vers le plafond métallisé.

Oui, Bart, je te connais. Je sais que tu as plus d'argent que le budget de certains pays. Il a bien failli te tuer, cet argent. Mais tu es encore en vie.

Tu es mon ami.

Mon père a tué ton frère, il y a longtemps[2].

C'est curieux, la vie.

Du Pré écrasa son mégot dans le cendrier. Un rai de lumière éclaira le plafond, quelqu'un avait ouvert la porte du bar.

Les nuages passent, songea Du Pré, en jetant un coup d'œil par-dessus son épaule pour voir qui venait d'entrer.

Un homme et une femme d'âge moyen se tenaient sur le pas de la porte, vêtus d'épaisses vestes neuves, avec les chaussures que les gens des villes mettent pour aller à la campagne. Ils avaient l'air mal à l'aise.

1. Voir *Le Pas du loup,* 10/18, n° 3463.
2. Voir *La Montagne blessée,* 10/18, n° 3540.

L'homme prit la femme par le bras et la guida vers le comptoir. Il se pencha vers elle et lui murmura quelque chose à l'oreille. Elle regarda par terre et se tamponna les yeux avec un mouchoir.

Susan Klein, qui les avait vus entrer, sortit rapidement de derrière le comptoir.

Du Pré l'observa : elle leur faisait face, l'air grave.

Tous trois parlèrent à voix basse. Susan jeta un coup d'œil à Du Pré.

Elle leur dit encore quelques mots puis les conduisit à lui. Il se leva de son tabouret.

— Voici Mr. et Mrs. Kamp, lui dit Susan. Ce sont les parents... d'une jeune fille portée disparue. Ils voulaient te parler...

Portée disparue, songea Du Pré. Ouais, disparues. Un jour elles disparaissent, *pftt,* un ticket pour l'enfer.

La femme leva les yeux vers lui. Une minuscule créature, des yeux immenses dans un visage triste.

— Shannon était...

— Notre fille, coupa son mari. Elle a fait une fugue il y a un an... Nous n'avons plus jamais eu de nouvelles.

— Nous voulions seulement savoir... dit la femme.

Du Pré hocha la tête.

— La police vous a appelés ?

— Non, fit l'homme. Ils... Ils ont dit qu'ils n'avaient pu identifier aucune des victimes...

La femme avait sorti une photographie de la poche de sa veste, une photo d'album de fin d'année, que les lycéens font circuler.

— C'est tout à fait elle, dit la femme. N'est-elle pas jolie ?

Du Pré prit la photo et l'observa. Si l'une d'elles est votre fille, je ne la reconnaîtrai pas. Leur visage a été à moitié mangé, leur corps s'est décomposé. Je n'ai rien vu là-bas qui ressemble à cette jolie fille, sur la photo.

— La police refuse de nous montrer les corps, ajouta la femme.

Tu parles, pensa Du Pré, si vous aviez vu ce qu'on a trouvé là-bas, vous ne fermeriez plus jamais l'œil de votre vie.

— Elle était si jolie... reprit la femme.

— Pouvez-vous nous apprendre quelque chose? demanda le mari. Elle avait une tache de naissance dans le dos.

Du Pré pensa à la chose brun verdâtre allongée dans les armoises, becquetée par les pies.

— Je ne sais pas, dit-il sans conviction. J'aimerais vous aider, vous savez, mais il vous faut attendre la police.

— Pourtant, vous les avez trouvées!

L'homme commençait à s'énerver.

Du Pré hocha la tête.

— Pourquoi ne pouvez-vous pas nous parler de Shannon? demanda la femme.

Foutue question. Du Pré sentit qu'il allait s'énerver, lui aussi. Il se calma. Ces gens sont fous de douleur.

— C'est un complot, déclara l'homme.

Oui, pensa Du Pré.

— Savez-vous ce que c'est de perdre un enfant et de ne pas savoir ce qu'il est devenu? dit la femme.

Du Pré hocha la tête.

— Alors, pourquoi ne nous aidez-vous pas? reprit le mari.

— Il vous aide, intervint Susan.

— Salauds, dit la femme.

Susan plissa les yeux. Elle sortit du bar, très raide, et revint deux minutes plus tard, une enveloppe de papier kraft à la main.

— Oh, mon Dieu, Susan... murmura Benny.

— Mon mari est en train de chercher cet animal, dit Susan. Gabriel aussi. Et cinq cents flics aussi. Les flics sont des gens comme tout le monde. Des braves gens.

Elle sortit de l'enveloppe une photographie en noir et blanc, tirée sur papier glacé.

— C'est votre fille ? demanda-t-elle, les yeux étincelants.

Le couple observa le cliché.

— Qu'est-ce que c'est ? fit la femme.

— Ce que Gabriel a trouvé. Elles ne ressemblent pas à ce que l'on voit au funérarium. Elles ressemblent à ça.

— Mon Dieu, murmura l'homme. C'est un cadavre.

— Les gens ne sont pas de bons gardiens, dit Susan.

— Je ne comprends pas, insista la femme.

— Bien, dit Susan en glissant la photo dans l'enveloppe. Monsieur, je vous suggère d'emmener votre dame, de sortir de mon bar et de ne pas y remettre les pieds avant un bon moment.

— Pourquoi ? demanda la femme.

— Allons, Grace, dit son mari en la prenant par le bras.

Elle le suivit en secouant la tête.

Susan Klein repartit derrière son comptoir.

Du Pré la regarda. Elle allumait une cigarette avec un briquet à gaz. Elle dut s'y reprendre à quatre fois, tant ses mains tremblaient.

Chapitre 4

— C'est leur façon de travailler, dit Harvey Wallace, dont le nom indien était Weasel Fat, Belette Grasse.

Il faisait partie de la tribu des Blackfeet, et du FBI.

— Merde, dit Du Pré. C'est curieux tout de même de les voir débarquer ici pour m'interroger. Et votre gars, là, qui me dit : « Mr. Du Pré, nous savons que vous avez tué ces filles, nous voulons vous *aider.* »

— Ouais, fit Harvey Wallace/Weasel Fat. C'est leur manière d'opérer.

— Ça leur arrive de coincer quelqu'un ? hurla Du Pré dans le téléphone, fou furieux.

— Assez souvent, répondit Harvey. Ça nous arrive assez souvent d'arrêter des méchants. Vous seriez surpris. Je sais que j'ai l'air d'un con, mais j'ai attrapé pas mal de salopards. Les jurés étaient d'accord avec moi.

— Désolé, fit Du Pré. Quand je m'énerve, je dis n'importe quoi.

— Je vous comprends. Bon, le gars va probablement revenir pour vous faire passer au détecteur de mensonge.

— Quoi ? Jésus !

— Oui. Je vous en prie, faites-le.

— Mais putain, pourquoi ?

— Eh bien, si ça marche, vous serez hors de cause.

— Harvey, je le suis *déjà.*

— Non. Je vais vous raconter une histoire : il y a dix

ans, on était sur une sale affaire. Un gars qui tuait des petites filles, des gosses de cinq ans. Les flics du coin piétinaient. On intervient. On n'y comprend rien. Deux autres gamines sont retrouvées. Aucune piste.

Du Pré se roula une cigarette d'une main. À seize printemps, il avait pris deux ans de prison, et il avait passé le temps à apprendre à les rouler d'une seule main. Comme son papa, Catfoot. À la fin, il les roulait plutôt bien. Deux ans.

— C'est là que j'interviens, reprit Harvey. J'étudie les dossiers. Rien. Je ne vois rien. L'affaire traîne pendant un an. Encore trois gamines assassinées. Les gens du coin étaient prêts à lyncher les gars du FBI.

Du Pré craqua une allumette avec l'ongle de son pouce. Un bout de phosphore s'enflamma sous l'ongle. Ça lui fit un mal de chien. Il fixa son doigt douloureux.

— Je ne trouve toujours rien. Des centaines de pistes, quelques suspects, mais du pipi de chat. Ils avaient tous de bons alibis. Rien, pas la moindre foutue piste. Alors, j'envoie tous les dossiers aux Analyses statistiques. Ils mettent les données dans leurs bécanes. Résultat : les ordinateurs remarquent la présence d'un flic sur place plus souvent qu'à son tour. Il n'est pas sur l'affaire, mais il est souvent sur les lieux.

— Donc, vous le passez à votre machin, et c'est lui ?

— Pas tout à fait, rectifia Harvey. Je le fais passer au détecteur; il ment à propos de quelque chose. Mais il n'a pas tué les petites filles. C'est ce que dit l'appareil.

Du Pré suça son pouce brûlé.

— Comme je suis curieux, reprit Harvey, je passe le gars au gril au-dessus d'une jolie flamme. Je lui aurais bien enfoncé des bâtonnets enflammés sous les ongles tout en l'écorchant vif, comme l'auraient fait mes ancêtres.

Ces Blackfeet, de vrais sadiques, songea Du Pré en regardant son pouce.

— Bref, enchaîna Harvey, je lui caresse les reins avec un tuyau en caoutchouc et je le menace de faire frire ses poissons rouges pour mon déjeuner ; le gars craque et m'avoue qu'il a omis de rendre un rapport. Apparemment, un soir qu'il patrouillait en voiture, on lui transfère un appel. Ses collègues qui travaillaient sur l'affaire étaient tous de sortie. Une petite vieille avait remarqué quelque chose d'anormal. Les petites vieilles nous rendent fous.

Du Pré serra les dents. Son pouce lui faisait atrocement mal.

— Ce pauvre flic était en plein divorce. Il avait gobé tellement de Valium qu'il avait le cerveau en marmelade. Il a pris des notes tant bien que mal et puis il est rentré chez lui et s'est endormi pour oublier ses malheurs. En se réveillant le lendemain, il a lu ses notes ; comme il n'y comprenait que dalle, il les a balancées à la poubelle.

Du Pré péta.

— L'affaire continue. Ce pauvre flic est obsédé par l'histoire de la vieille qu'il avait eue au téléphone le soir où il était complètement défoncé au Valium, mais il ne la retrouve pas. Il a honte de lui, c'est la première fois que ça lui arrive. La vieille lui avait donné le numéro d'une plaque minéralogique.

Du Pré attendit la suite.

— Finalement, je lui dis : Écoute, voilà ce que tu vas faire. Retourne dans le coin où les gamines ont été tuées. Vois si une petite vieille n'a pas cassé sa pipe le lendemain du jour où tu étais trop malade pour comprendre ce qu'elle disait.

« Vers le milieu de l'après-midi, mon flic découvre le nom d'une vieille qui a passé l'arme à gauche trois jours après la découverte du corps d'une des gamines. Il va voir sa maison, s'aperçoit que des fenêtres on aperçoit le lieu du crime, mais de loin. Il monte les marches.

Il y a des scellés sur la porte, en attendant l'homologation du testament. Il obtient un mandat de perquisition et entre. Et là, que croyez-vous qu'il trouve ?

— La petite vieille avait un télescope installé devant sa fenêtre, répondit Du Pré. Elle a laissé un papier près du téléphone avec la description d'un bonhomme, la marque de sa voiture, le numéro de la plaque, l'heure, tout, quoi.

— Exact, dit Harvey. Comment avez-vous deviné ?

— Depuis que je vous connais, je ne vous ai jamais entendu aligner plus de cinquante mots d'affilée. Donc j'imagine que ce doit être une histoire vraie. C'est ainsi qu'aurait fini une histoire vraie.

— Eh oui, ça s'est passé comme ça. J'ai trouvé le bonhomme en question, je l'ai cuisiné, et je l'ai envoyé à Come-to-Jesus Wilkins ; le gars s'est confessé illico...

— Come-to-Jesus ?

— Un agent du FBI qui, Dieu m'en soit témoin, est capable d'entrer dans une pièce où il y a un sociopathe enragé et de convaincre ce fils de pute que le mieux qu'il a à faire, c'est de cracher le morceau s'il veut aller droit devant le Seigneur. Je l'ai vu à l'œuvre une fois avec un taré qui bouffait ses victimes.

Du Pré grogna.

— Donc, poursuivit Harvey Wallace/Weasel Fat, vous me feriez une faveur personnelle en acceptant de passer au détecteur.

— Allez vous faire foutre.

— Volontiers. Mais après que vous aurez passé le test. Ensuite je pourrai vous être beaucoup plus utile que maintenant.

— Merde.

— Du Pré, faites-moi plaisir. Nous serons bientôt au XXIe siècle. Les gadgets gouvernent le monde.

— Vous croyez vraiment que j'ai pu tuer ces gamines ?

— Bien sûr que non. Mais une fois le test passé, tous ces types de l'agence qui ne jurent que par ce foutu engin en seront pour leurs frais et vous causeront moins d'ennuis. On ne m'a pas confié cette affaire. Je le regrette. Je n'arrête pas de dire à mes chefs qu'ils sont abrutis et ils continuent à me donner de l'avancement.

— D'accord, dit Du Pré. Vous préférez que Benny Klein prenne les choses en main ? Il est tellement bouleversé qu'il va tout foutre en l'air.

— Ne vous inquiétez pas. Benny est le shérif. Il ne pose pas de problème. Vous, si. Vous n'avez pas de statut officiel, ce qui signifie que je ne peux pas trop vous en dire.

— Cet assassin, je vais le trouver, dit Du Pré.

— Sans doute. En tout cas, Benny ne le trouvera pas. Vous, vous avez une chance.

— D'accord, fit Du Pré. Je lui demande de me désigner comme suppléant ?

— Oui.

— Et ensuite ?

— Ensuite je vous envoie l'agent Pidgeon. Une spécialiste des tueurs en série.

— Une ?

— Oui, une. Vous savez, il y a belle lurette qu'on ne leur bande plus les pieds, et on leur a appris à lire et à écrire. Du coup, on en voit partout.

— Depuis combien de temps elle fait ce métier ?

— Deux ans. Après avoir décroché son doctorat en psychologie, elle a rejoint le FBI. Gentille fille. Belle, aussi. Ambitieuse. Des nichons fabuleux. Si elle m'entendait vous dire ça, elle me ferait coffrer pour harcèlement sexuel. Je perdrais mon boulot.

— Pourquoi s'intéresse-t-elle aux tueurs en série ?

— Vous n'aurez qu'à le lui demander. Moi, je ne m'y risquerais pas.

— D'accord pour le détecteur de mensonge, dit Du Pré.

— Merci. Ça simplifiera les choses.

— Alors, j'appelle qui ?

— Personne. C'est déjà fait.

— Salaud. Vous saviez que j'allais accepter, hein ?

— Oui. J'ai besoin de vous sur ce coup. Il n'y a pas beaucoup de gars au FBI qui s'y retrouveraient dans l'armoise de votre foutu pays.

— Bon. De mon côté, je cherche Benetsee.

— J'allais vous demander de ses nouvelles. Où est-il ?

— Au Canada.

— Je vous envoie de l'argent, dit Harvey. Vous lui achèterez du vin, du tabac et de la viande.

— D'accord, je m'en occupe.

— Merci.

— Pas de quoi.

Chapitre 5

— Du Pré ! s'exclama Madelaine. Ton détecteur, tu lui as demandé de te poser la question dont je t'avais parlé ?

— Oui. Il m'a demandé si j'avais douze maîtresses — c'est ce que tu n'arrêtes pas de me répéter. J'ai répondu « non ». La machine a décrété que je mentais.

— C'est bien ce que je pensais, soupira Madelaine.

— En fait, j'en ai quatorze. Pour ma grosse bite affamée, douze femelles, ça ne suffit pas, tu comprends.

— D'accord, fit Madelaine, je vais arranger ça. Mais viens pas me dire après que t'as mal à la tête, hein ?

Du Pré lui sourit.

— À partir de maintenant, t'auras plus le temps d'en baiser d'autres que moi, dit Madelaine.

— L'amour est sacré, mes enfants, remarqua le père Van den Heuvel. Et jamais autant que lorsque vous en discutez, vous deux.

Tous trois déjeunaient à la table de Madelaine. Ragoût d'élan aux légumes, bon pain frais, maïs et poivrons mis en conserve à la maison.

Le gros jésuite belge était réputé pour sa maladresse. Il avait des taches de gras et des grains de maïs sur le devant de sa soutane.

Il y a longtemps qu'il ne s'est pas cogné la tête en fermant la portière de sa voiture, songea Du Pré. Ça ne devrait plus tarder.

Par trois fois, le bon prêtre avait été retrouvé allongé, dans les pommes, à côté de son véhicule. L'homme le plus balourd que Du Pré ait jamais connu. On lui interdisait même de couper son bois. Il s'était tellement bien fendu le pied avec une hache qu'il avait dû marcher deux ans avec des béquilles.

C'était la seule paroisse où on lançait des paris pour savoir si le prêtre allait faire tomber l'hostie pendant la communion.

Dehors, une couche de quinze centimètres de neige couvrait le sol. Pourtant, on était dans la première semaine de juin. Mais dans le Montana, un an sur deux, il neige en juin.

— Avez-vous déjà vu de la neige en juillet ? demanda le père Van den Heuvel. J'ai l'impression qu'il a neigé tout le temps cette année.

— Oui, dit Du Pré. Une fois, on en a eu soixante centimètres le 4 Juillet, pour la fête de l'Indépendance.

— Ah ! s'exclama le bon père. Dieu n'est-il pas merveilleux ?

— C'est triste, ces gamines. On ne sait même pas leur nom, dit Madelaine.

Un seul des trois corps avait été identifié. Le père Van den Heuvel avait enterré les deux inconnues le matin même. Le comté avait payé les cercueils.

— Pauvres gosses, soupira-t-il. Je me demande où sont les familles...

— Certainement des fugueuses, dit Madelaine. Y en a beaucoup.

D'après les médecins légistes, les deux filles découvertes par Du Pré avaient environ seize ans. Soins dentaires à bas prix. L'une des deux était tatouée, le genre de tatouage que l'on se fait en prison avec de l'encre de stylo et une aiguille émoussée. Un crâne d'où sortait une croix, dessiné sur la main gauche, entre le pouce et l'index. Elle avait pu se tatouer toute seule.

— Comment ça se fait qu'on les ait enterrées si vite ? demanda Madelaine.

— Ils prélèvent des échantillons, ça leur suffit, expliqua Du Pré. C'est comme ça, maintenant.

Les temps modernes.

Ils ne vont pas se fatiguer à les conserver dans un entrepôt frigorifique. Ça coûte cher et ce ne sont pas des filles de riches. On les oubliera. On les a toujours oubliées. Je parie que leurs parents n'ont jamais su qu'elles existaient.

Du Pré, Madelaine et Benny avaient assisté à l'enterrement. Le père Van den Heuvel avait prononcé quelques paroles puis aidé Du Pré et Benny à descendre les cercueils. Ils étaient très légers. Benny était parti tout de suite après.

— Du Pré, dit Madelaine, je veux que tu promettes à ces deux petites que tu trouveras celui qui leur a fait ça. Elles n'ont personne pour les défendre, tu sais. Alors, tu promets ?

— Comme elles n'ont pas de nom, remarqua Du Pré, je leur dis, OK, vous êtes ma famille, je jure de retrouver cette ordure.

Madelaine lui caressa la joue.

— Nous sommes des Métis. Donc tout le monde fait partie de notre peuple.

Du Pré hocha la tête. C'est vrai, ça, les sang-mêlé, ça revient à presque tout le monde, non ?

Il y a longtemps, mes ancêtres de France sont venus dans le Nouveau Monde. Ils se sont mélangés avec les gens qui vivaient ici. C'est là que nos malheurs ont commencé. Les Blancs nous traitaient d'Indiens, les Indiens de Blancs. Les Anglais ont volé nos terres, nous ont pendus ou envoyés un peu partout au Canada transporter des fourrures pour le compte de la Compagnie de la baie d'Hudson, HBC[1], ici avant le Christ.

1. Jeu de mots sur l'abréviation de *Hudson Bay Company* : HBC, ou *Here before Christ. (N.d.T.)*

Ils sont arrivés ici sans rien, à part une foule de mioches, après que les Anglais ont écrasé la révolte de la rivière Rouge.

Chez nous, les gens s'entraident. Ces pauvres filles, elles n'ont plus personne.

Si, elles ont Madelaine, qui nourrirait le monde entier et essuierait ses larmes.

Et elles m'ont moi aussi, j'imagine.

Je trouverai ce salaud.

Du Pré se roula une cigarette en attendant le père Van den Heuvel, parti soulager sa vessie.

Ma vieille voiture de patrouille, sans gyrophare ni sirène, et sans autocollants sur les portières, elle marche bien. Elle roule vite.

Il y avait des traces de brûlures sur la banquette arrière ; Du Pré jetait ses mégots par la vitre avant et le vent les rabattait à l'intérieur.

Du Pré offrit une cigarette roulée au père Van den Heuvel. Celui-ci la prit avec un hochement de tête. Il n'avait jamais essayé d'en rouler une. Il en était incapable.

— Je dois partir, dit-il. Il faut que j'aille à Miles City voir Mrs. LeBlanc. Elle est mourante.

— Je vous donne quelque chose à manger pour elle ? proposa Madelaine.

— Elle ne peut plus manger.

Madelaine farfouilla dans un tiroir et en sortit une médaille de saint Christophe. Le prêtre la glissa dans sa poche. Madelaine l'accompagna à sa voiture. Pendant ce temps, Du Pré se resservit une tasse de café.

Demain, il allait contrôler du bétail. Son gendre, Raymond, pointait la majeure partie des troupeaux, et Du Pré faisait ce que Raymond ne pouvait pas faire. L'élevage bovin, c'était pas trop rentable. Si vous avez un ennemi, donnez-lui une vache.

Il entendit la voiture du prêtre s'éloigner.

— Tu aimes l'embêter, hein? dit Du Pré à Madelaine quand elle revint.

— Peuh... Il aime ça. C'est un homme bien.

Du Pré éclata de rire.

— Tu aimes bien m'embêter aussi.

Madelaine se planta devant lui, mains sur les hanches.

— Quatorze, hein? Viens par ici, Gabriel, je vais te faire voir, moi...

Après, Du Pré resta assis sur le bord du lit pour fumer une cigarette. Madelaine était sous la douche. Il sentait l'odeur de son savon aux fleurs, mêlé à la vapeur d'eau. La porte de la salle de bains étant restée ouverte, il voyait sa silhouette se découper derrière la vitre embuée de la douche.

Quatorze, hein? se répéta Du Pré. Je l'ai bien cherché. Sacrée Madelaine. Elle fait bien l'amour. J'ai de la chance.

Où est Benetsee, mon vieil ami coyote? Il a des choses à me dire que j'ai besoin d'entendre.

Qui est ce monstre? Derrière quoi se cache-t-il? Où va-t-il? Je veux le tuer. Où dois-je l'attendre?

Les bons chasseurs savent attendre. Ça ne les ennuie pas. Ils rêvent, ils ne bougent pas.

Madelaine sortit de la salle de bains, enveloppée de son peignoir, en épongeant ses longs cheveux noirs. Du Pré alla prendre une douche rapide, se sécha, se rhabilla et retourna à la cuisine.

— Je vais chez Benetsee, annonça-t-il.

— Il n'est pas rentré.

Du Pré haussa les épaules.

— Laisse-lui un mot, dit Madelaine.

— Il ne sait pas lire, je crois.

— Alors laisse-lui un message qu'il n'aura pas besoin de lire. Je vais te donner une belle miche de pain pour lui.

Elle enveloppa le pain dans une feuille de papier d'aluminium et le glissa dans un sac en plastique.

— Ses chiens sont morts ? demanda-t-elle.

Du Pré hocha la tête. Les vieux chiens meurent.

— On lui en trouvera un autre.

— D'accord.

Il ne discutait jamais avec Madelaine. Elle lui avait appris à ne pas la contrarier.

— Je prie pour le vieil homme, murmura-t-elle.

— Tu pries pour tout le monde, lui fit-il remarquer.

— Non. Je prie pas pour tes quatorze femmes.

— Elles n'en ont pas besoin.

— Si je te trouve avec une autre femme, tu en auras besoin.

— D'accord.

— Toi, tu trouves cet homme, conclut Madelaine.

Chapitre 6

Du Pré et Madelaine regardaient les danseurs tournoyer dans le gymnase du lycée. Des hommes en costumes traditionnels : tournures, éventails, coiffes et guêtres emplumées. Tous fiers et orgueilleux comme des coqs de combat.

Wolf Point, Montana. On y avait froid, même s'il y faisait chaud.

— Allons voir ce que proposent les marchands, dit Madelaine.

Il y avait des tables et des stands dans tous les couloirs du lycée. Bijoux, vêtements, objets artisanaux. Un homme proposait même des peaux de bison.

Ils descendirent les gradins et se rendirent dans le hall principal. Madelaine passa rapidement devant les étalages de bijoux, pour la plupart de pacotille, des turquoises et de l'argent de mauvaise qualité, venant d'Asie du Sud-Est.

Elle repéra un vieil homme vêtu d'une chemise traditionnelle ornée de rubans cousus, qui n'avait que peu de choses à vendre : quelques bijoux posés sur un tissu de velours noir élimé étalé sur une table de jeu. Il se tenait les bras croisés, de grosses bagues à tous les doigts, des bracelets, et un collier en argent en forme de serpent à sonnettes, dont les yeux étaient deux turquoises.

Madelaine s'arrêta devant sa table.

— Vous venez de loin ? demanda-t-elle.

— De très loin, fit le vieillard qui n'avait plus de dents de devant.

Madelaine se pencha sur les bijoux. Elle prit un bracelet d'argent agrémenté d'un énorme cabochon en turquoise piquetée de noir, le fit tourner, plissa les yeux pour vérifier la fermeture.

— Il me plaît, dit-elle. Vous le vendez ?

— Mille dollars, fit le vieil homme.

— Il dit « mille dollars », fit Madelaine à l'adresse de Du Pré.

— Ah ? releva celui-ci, qui détestait acheter.

Madelaine lui sourit.

— Vous me l'échangez contre un bon violon ? demanda-t-elle au vieil homme.

— Possible. Si je peux en jouer aussi bien que votre homme la première fois que je m'en sers.

Du Pré émit un grognement.

— Cinq cents dollars, dit Madelaine.

— D'accord, fit le vieillard, souriant. Je vous donne le bracelet contre cinq cents dollars et la moitié du violon. J'ai une scie dans mon camion.

Du Pré hocha la tête. Il se demanda s'il avait sept cents dollars sur lui, puisque, apparemment, c'était là que Madelaine et son édenté voulaient en venir, après que celui-ci eut renoncé à le menacer de scier son violon. Il devait les avoir.

Ils restèrent là un moment. Un groupe de jeunes Indiens hilares passèrent devant eux en courant. Ils portaient tous des vestes de satin noir avec un éventail de plumes rouges cousu dans le dos. Ils allaient dehors pour fumer.

À l'intérieur, percussionnistes et chanteurs jouaient une musique étrange, une musique qui remontait à des milliers d'années. Du Pré jeta un coup d'œil par les portes ouvertes et vit, à travers la foule des promeneurs, les danseurs accélérer le rythme. Parfois, ils étaient capables de danser des heures durant. Certains mouraient d'une crise cardiaque. Leur danse était épuisante.

— Sept cents dollars, dit Madelaine.

Du Pré sortit son portefeuille, regarda dans l'une des poches de côté où il rangeait ses billets de cent dollars et y vit deux liasses. D'ordinaire, il n'y en avait qu'une. Il pêcha une liasse pliée qui ne lui parut pas familière et compta les billets : sept cents dollars.

Le vieil homme était en train d'adapter le bracelet au poignet de Madelaine, pressant le métal souple de ses mains puissantes.

Du Pré lui tendit l'argent. Le vieillard ne prit pas la peine de compter les billets et se contenta de les glisser dans la poche de sa chemise.

Du Pré reporta son attention sur les danseurs qui, sans cesser de tournoyer, plongeaient en avant puis se rejetaient vers l'arrière. Il souffrait de les regarder faire.

Les battements des tambours s'accélérèrent, les danseurs ululèrent.

— Merci, Du Pré, dit Madelaine.

— Hum. Je me demande d'où viennent ces sept cents dollars, grommela-t-il.

— C'est peut-être une de tes quatorze qui t'a laissé un gros pourboire, pour la bonne nuit que tu lui as fait passer ?

— En tout cas c'est quelqu'un avec qui je baise qui a mis l'argent dans mon portefeuille.

— Va savoir, dit Madelaine.

Du Pré se mit à rire.

La nourriture était servie à la cafétéria : ragoût de bison, pain frit et sirop de merise. Le tout pour deux dollars. Ils s'installèrent à une table, puis Du Pré alla chercher des boissons.

— Ils n'ont pas de vin rosé, dit-il en déposant sur la table deux verres en carton.

— C'est normal. L'alcool est interdit ici. Ils auraient trop d'ennuis.

— J'ai du whisky dans ma camionnette.

— S'ils le trouvent, ils te cassent la tête.

Quelques jeunes, qui faisaient partie du service de sécurité, entrèrent dans la cafétéria. Ils n'avaient pas l'air aimable.

— Il y a des chances, dit Du Pré.

— Regarde, là-bas, des gens de ton peuple, de Turtle Mountain.

Du Pré jeta un coup d'œil par-dessus son épaule et fit un signe à des hommes vêtus de chemises rouge vif, avec des chapeaux et des bottes de cow-boy.

— On jouera des airs de chez moi ce soir, dit-il.

Il commença à pleuvoir, une pluie violente, accompagnée de rafales de vent. Les baies vitrées de la cafétéria se mirent à vibrer et à chatoyer.

Le ragoût de bison manquait de sel. Du Pré se leva et rapporta une dizaine de petits sachets. Madelaine regardait son bracelet.

— Il est très joli, dit Du Pré.

— Oui, il me plaît beaucoup.

Ils mangèrent. La nourriture était insipide. Du Pré regrettait qu'il n'y ait pas de sauce au poivre.

— Si tu veux fumer, tu dois sortir, dit Madelaine. Pendant ce temps, j'irai voir ce que proposent les autres vendeurs.

Du Pré rit.

— Tu veux de l'argent ?

Madelaine secoua la tête.

— Non, j'ai déjà mon joli bracelet. Toi, va fumer.

Du Pré alla jeter les bols usagés, les assiettes et les fourchettes en plastique dans une poubelle. Madelaine lui sourit et s'éloigna vers un hall adjacent bordé de chaque côté par des tables d'exposants.

Du Pré sortit. Le trottoir était jonché de mégots.

La pluie s'arrêta aussi vite qu'elle était venue. Les rayons dorés du soleil traversaient les nuages noirs. L'air était frais et sentait la foudre.

Du Pré roula une cigarette, l'alluma, inhala une profonde bouffée et expira un long filet de fumée gris-bleu. Il soupira. C'était bon.

Autour de lui des gens fumaient et bavardaient. Des gosses couraient, sautaient dans tous les sens en poussant des cris aigus. Leurs parents, à l'intérieur, couraient, sautaient et poussaient des cris. Enfin, certains.

De jeunes Indiens en chemise et coiffure traditionnelles affichaient leur appartenance tribale par leurs costumes, leurs peintures, leur attitude agressive de guerriers.

Du Pré grogna. La colonne vertébrale d'une tribu, ce sont les femmes, qui donnent la vie ; sa force, ce sont les guerriers, et leur humilité.

Ces gamins, songea Du Pré, ils ont encore du chemin à faire. Ils devraient passer moins de temps à se regarder dans une glace, et davantage à aider les vieux.

Il jeta un coup d'œil en direction d'un boqueteau d'épicéas bleus, au milieu de la pelouse. Non loin de là se dressait une sculpture en acier chromé ; un vieillard aux habits en lambeaux s'y appuyait.

Benetsee.

— Merde, dit Du Pré.

Il jeta sa cigarette et marcha vers le vieil homme.

— Hé ! cria-t-il.

Benetsee bougea. Il se déplaçait assez vite en traînant les pieds, en direction du bosquet. Du Pré se mit à courir sur la pelouse. Benetsee disparut derrière les arbres.

Du Pré jura. Il courut à toutes jambes, mais les semelles de cuir de ses bottes dérapaient sur l'herbe mouillée. Il voulut changer de direction, ses pieds patinèrent ; il s'affala de tout son long, fit une glissade de trois ou quatre mètres sur le côté droit. Il était trempé et sentait l'herbe écrasée. Son jean et sa manche de chemise allaient être tachés.

Il se releva et fit quelques pas. Son flanc droit le

tiraillait. Quelques muscles froissés au niveau de la poitrine.

Il fit le tour du boqueteau. Personne. Évidemment.

Du Pré entendit des pas. Deux jeunes du service de sécurité arrivèrent chacun d'un côté du bosquet.

— Hé, mec ! Tout va bien ? On vous a vu courir.

— Tout va bien, dit Du Pré.

Ils se regardèrent un long moment. Du Pré haussa les épaules et repartit vers le gymnase.

Chapitre 7

— Ces *pow wow* se ressemblent tous, dit Madelaine. Les mêmes gens qui font toujours les mêmes choses. J'y vais, mais je suis contente d'en partir.

Elle sourit à Du Pré. Elle appuyait la main gauche sur le tableau de bord. À la lumière du soleil, le bracelet de turquoise flamboyait d'un bleu océan.

Du Pré jeta un coup d'œil en direction d'une clôture qui traversait un ruisseau servant d'abreuvoir pour le bétail. Un faucon de prairie se posa sur un piquet, ailes à demi déployées.

Ils roulaient à environ cent trente sur une étroite route à deux voies. De temps en temps, ils passaient devant une petite croix blanche fichée sur un pieu métallique. Ces croix marquaient les endroits où les gens s'étaient tués en voiture. Le jour du Memorial Day[1], les familles venaient y déposer des fleurs en plastique.

— J'ai passé de bons moments avec les gens de la Turtle Mountain, dit Du Pré. De braves gens.

— Leur guitariste, ce Daby, c'est un vieux cochon, remarqua Madelaine. Il m'a mis la main aux fesses, tu sais.

À mon avis, songea Du Pré, le vieux Daby, tu n'en as fait qu'une bouchée. Ce vieux salaud ne recommencera

1. Le dernier lundi de mai, jour des morts tombés au champ d'honneur. *(N.d.T.)*

pas de sitôt. Si ça se trouve, il est en train de conduire avec une poche de glace sur les joyeuses que tu as essayé de lui arracher.

— En tout cas, c'est un bon guitariste, reconnut Madelaine.

Donc, elle ne les lui a pas arrachées, en conclut Du Pré. Elle lui a dit : « Comme tu joues plutôt bien, je te les arrache pas cette fois, mais je te préviens, la prochaine fois, je les fais frire et je les bouffe, comme des grattons, à la mode Turtle Mountain. »

— Je lui ai dit : « Bas les pattes, ou je te les fais frire comme des grattons de Turtle Mountain », dit Madelaine. Ça lui a pas plu.

Ils franchirent la crête d'une colline et redescendirent vers un vallon marécageux couvert de joncs et peuplé d'oies du Canada qui cacardaient si fort qu'on les entendait même à travers les vitres fermées. Les oisons, encore couverts de duvet jaune, suivaient leurs parents.

La voiture racla le bitume quand ils traversèrent un ponceau puis repartit à toute vitesse dans la montée. Un faisan s'envola brusquement devant eux.

Au-dessus du niveau de l'eau, l'armoise réapparut dans les racines apparentes des arbres du talus.

Ils regagnèrent Toussaint en deux heures. La journée était ensoleillée et une neige toute fraîche étincelait sur les cimes des Wolf Mountains.

— Tu veux t'arrêter boire un verre de vin rosé ? proposa Du Pré.

— Non, je préfère rentrer chez moi, dit Madelaine. Tu sais, je me fais un peu de souci pour Lourdes.

Lourdes était sa fille aînée. Une bonne élève, calme, timide. Plus tard, ce serait une femme imposante. Elle avait l'ossature lourde de son père et son nez en lame de couteau.

Du Pré hocha la tête. Lourdes venait d'avoir quinze ans ; c'était la plus rebelle des enfants de Madelaine, mais à sa façon, paisible et obstinée. Pas de scènes. Les flics n'appelaient jamais à son sujet. Si elle buvait ou fumait de l'herbe, elle le faisait discrètement. Du Pré, lui, pensait qu'elle n'en faisait rien.

Lourdes était une fille intelligente et craintive qui aimait tout contrôler autour d'elle.

Du Pré s'arrêta devant chez Madelaine. La porte d'entrée était ouverte. La radio marchait à fond. Du mauvais rock'n'roll.

Mauvaise limonade.

Du Pré se gara, ouvrit le coffre, sortit leurs deux valises en nylon et marcha jusqu'à la maison.

— Du Pré ! hurla Madelaine, avec une pointe d'hystérie dans la voix.

Il entra et posa les valises. Madelaine était debout près du téléphone posé sur une petite table à abattants que Du Pré lui avait fabriquée, à partir de planches de noyer récupérées dans un bar à l'abandon.

Elle tenait à la main une feuille de papier réglé, arrachée d'un carnet à spirales.

— Lourdes a fugué.

Du Pré hocha la tête. Aucune de ses deux filles n'avait jamais fugué, mais il ne les avait jamais embêtées. Il s'en était bien gardé. Ma Jacqueline et ma Maria, elles savent qui elles sont. Elles m'appellent Papa Minou. Il y a longtemps que j'ai renoncé, avec elles.

— Elle dit où elle est partie ? demanda-t-il.

— Si tu dis à ta pauvre mère où tu es parti, ça s'appelle pas faire une fugue, ça s'appelle rendre visite à quelqu'un.

— Elle a un petit ami ? s'enquit Du Pré.

— Ouais. Elle sort avec le fils de Dassault. Ce trouduc l'a appelé Sean.

Bucky Dassault était l'un des ennemis jurés de Du Pré. Un type fondamentalement malhonnête. Inculpé pour viol, il avait été libéré sur parole de la prison de

Deer Lodge. Pendant son séjour à l'ombre, il avait pris des cours par correspondance, passé un diplôme de conseiller psychologique spécialisé dans les problèmes de drogue et d'alcoolisme. Ce boulot ne marchant pas fort, il était devenu Benjamin Medicine Eagle, chaman New Age ; il passait des petites annonces dans les magazines New Age et gagnait plein de fric. Sa femme avait eu le bon sens de demander le divorce à son troisième gosse. Sean vivait dans le coin, mais les deux autres, un garçon et une fille, suivaient un programme de réinsertion pour jeunes délinquants.

— Donc on va demander à Sean où est Lourdes ? proposa Du Pré.

— Et comment !

— Bon, je vais toucher deux mots à ce petit con, pendant ce temps, toi, tu passes quelques coups de fil.

— Tu lui feras pas de mal, hein ? dit Madelaine. C'est un brave petit. Il est pas heureux chez lui. Alors tu lui fais un peu peur, mais tu le touches pas, Du Pré.

Du Pré acquiesça. Il ne ferait pas de mal à Sean. Pas tout de suite. Madelaine maternait tout le monde, même les gens qu'elle haïssait.

Du Pré prit sa voiture et roula jusqu'au bar de Toussaint.

Susan Klein était derrière son comptoir et Benny, son mari, devant. Sean Dassault était assis sur un tabouret, l'air pas vraiment à l'aise.

— Y a quelque chose qui la rend folle, pleurnichait-il.

Il se retourna, aperçut Du Pré et bondit de son tabouret, prêt à filer.

Benny Klein le retint par le bras.

— Du Pré, c'est toi qui le tues, ou tu m'autorises à le faire ?

Sean se mit à geindre.

— Arrête de brailler comme un cochon qu'on est en

train de saigner, dit Du Pré. On se fait du souci pour Lourdes.

Le gamin le regarda par en dessous.

— Elle est enceinte ? demanda Du Pré.

Sean rougit et secoua la tête.

Touché, pensa Du Pré. Ces petits cons friment exactement comme nous, à l'époque. Mais comme on n'est pas dupes, ça leur gâche le plaisir.

— Tu sais où elle est allée ?

— À Seattle.

— Et comment est-elle allée à Seattle ?

— Elle voulait faire du stop.

— À partir d'où ?

— De là-haut, sur la Hi-Line.

— Et qui l'a accompagnée jusque-là ? Attends un peu... Y avait pas une rencontre d'athlétisme à Cut Bank, où elle devait courir ?

— Si. Elle y est pas allée. Samedi matin, elle a téléphoné aux aurores pour dire qu'elle était malade.

Pendant qu'on était partis à ce *pow wow* à Wolf Point, songea Du Pré. Futée, la gamine.

— Qui l'a accompagnée jusqu'à la route ? répéta-t-il.

Sean renifla.

— Moi.

Nom de Dieu, Lourdes a les couilles de faire mille cinq cents kilomètres en stop et ce petit merdeux est même pas capable de la suivre pour la protéger. C'est pas qu'il aurait pu faire grand-chose, mais ça aurait été sympa d'y penser.

— Pourquoi tu l'as pas accompagnée ?

— J'ai dix-huit ans, murmura Sean, malheureux.

Bon, j'ai compris, songea Du Pré. Même si tu l'as pas touchée, t'as droit à une inculpation pour relations sexuelles avec mineur. Ce gosse a pas envie de goûter à la prison de Deer Lodge alors qu'il vient d'avoir dix-huit ans.

— Tu as essayé de l'en dissuader ?
— Elle fait jamais ce que je lui dis.
— Donc tu l'as emmenée hier matin ?
Sean opina.
— Tu l'as déposée à Raster Creek, à la première aire de repos ?
Nouveau hochement de tête.
— Et tu as attendu pour voir dans quelle voiture elle est montée ?
Sean eut un signe de dénégation.
— Pourquoi ?
— Elle a pas voulu.
— On retrouve des gamines mortes dans l'armoise et toi, petit enfoiré, t'attends même pas de voir qui prend ta copine en stop ?
Sean secoua la tête, de plus en plus malheureux.
— T'es qu'une mauviette, ta gonzesse te mène par le bout du nez, gronda Du Pré. T'as de la chance que j'aie promis à Madelaine de ne pas te toucher.
— Lourdes m'a dit de m'en aller, gémit Sean.
— Madelaine, elle va t'écorcher vif et se torcher avec ce qui te sert de *cervelle*. Un bon conseil : prends quelques centimètres, teins-toi en blond et dégage. Loin.
Sean renifla bruyamment.
— Sean, intervint Susan Klein, t'as vraiment pas assuré, sur ce coup-là.
— Bon, dit Du Pré, comme tu ne vas pas tarder à mourir, tu ferais mieux d'aller voir le père Van den Heuvel. Madelaine ne te tuera pas s'il y a un prêtre qui s'occupe de toi. Mais s'il te lâche des yeux, t'es mort.
Sean regarda Du Pré, Susan, Benny. Il renifla encore et s'essuya le nez avec une serviette en papier.
Il sortit par la porte latérale et prit la direction de la petite église catholique.
Du Pré se roula une cigarette.
— Pauvre petit enfoiré, dit-il.

Chapitre 8

— Allez vous faire foutre, Harvey Weasel Fat ! Je croyais que nous étions amis ! dit Madelaine, pas très gentiment, dans le téléphone.

Du Pré n'entendit pas la réponse que donna Harvey pour sa défense.

— Bouche de velours ment toujours, ajouta Madelaine. Pourquoi vous m'aidez pas ?

Harvey ne s'en sort pas trop bien, songea Du Pré.

— Ma fille est en train de se faire violer par des routiers, si elle est pas déjà morte ! Alors j'ai bien le droit d'être inquiète, non ? Vous autres salauds, vous êtes tellement occupés à foutre le feu à des églises pleines d'imbéciles que vous trouvez même pas le temps de vous occuper d'une pauvre mère qui se ronge les sangs ?

Elle devient folle, pensa Du Pré. Les mères, les gamins les rendent cinglées.

— Qu'est-ce que vous en avez à foutre de ces petits Blancs minables qui vous dictent ce que vous devez faire ? Vous êtes indien ou pas ?

Pauvre Harvey, songea Du Pré, il a oublié que ce sont les femmes qui pratiquent la torture dans la tribu. Elles adorent vous découper la peau des couilles avec une pierre émoussée.

— Eh bien, je vous remercie, Blackfeet de mes

deux ! hurla Madelaine en raccrochant violemment le combiné. Trouduc !

Du Pré s'avança vers elle, la prit dans ses bras. Elle se mit à sangloter doucement, la tête enfouie dans sa poitrine. Puis elle porta ses mains à son visage et se balança en gémissant.

— Qu'est-ce que j'ai mal fait ? J'aime Lourdes, je sais qu'elle s'amuse pas beaucoup, mais qu'est-ce que j'ai pas su faire ?

Du Pré, pris d'un soudain accès de délicatesse, ne dit rien.

— Merde, dit Madelaine.

Elle renifla, le repoussa, alla déchirer une feuille d'essuie-tout, se moucha et s'essuya les yeux. Puis elle fonça dans la salle de bains. Du Pré entendit l'eau couler dans le lavabo.

Ça va aller, pensa Du Pré. Pas tout à fait bien, mais mieux.

Cette petite conne de Lourdes. Il faut qu'elle *sache* dans quel état elle met sa mère.

Sans parler de moi. Ce monstre, il est lâché, à se faire les fugueuses.

Avant de les jeter dans l'armoise.

Il a une mère, pourtant. On en a tous une.

Où est-il ?

Madelaine sortit de la salle de bains, les yeux gonflés, mais un peu plus clairs, sourcils froncés, poings serrés.

— Tu as appelé les flics de Missoula ? demanda-t-elle.

— Oui. Et aussi ceux de Kalispell et Spokane. De Seattle aussi.

C'était déjà assez dramatique, sans avoir à penser à tout le reste, songea Du Pré. C'est normal qu'elle soit folle.

On frappa à la porte. Du Pré alla ouvrir.

Le père Van den Heuvel et Bart. Il les fit entrer.

— Vous voulez du café ? proposa Madelaine. Je vais en faire. Asseyez-vous.

Elle mit de l'eau à chauffer sur la cuisinière ; ils entendirent le couinement du moulin à café, un engin en fonte qui devait être centenaire.

— J'ai un avion, ici, dit Bart.

Du Pré hocha la tête. Ça avait du bon, parfois, d'avoir un ami riche.

— Nous ne pouvons pas faire grand-chose, à part prier et attendre, dit le père Van den Heuvel.

Tu parles, pensa Du Pré.

Les trois hommes attendirent immobiles et silencieux. Madelaine apporta le café pour tout le monde.

— Comment va Sean ? demanda-t-elle brusquement en s'adressant au père Van den Heuvel.

— Dans tous ses états, dit le gros prêtre. Il sent bien qu'il n'a pas fait ce qu'il fallait.

— Où est-il ?

— Euh, il est...

— Bon, j'ai compris. Il se cache chez vous, dit Madelaine. Je ferais bien d'aller le voir. Pauvre gosse. Ma Lourdes, elle le mène par le bout de la queue. Il est pas à la hauteur, c'est sûr. C'est pas sa faute. Il faut que j'aille le lui dire.

Du Pré détourna les yeux et sourit.

— Je vais le chercher, proposa Bart.

— Je viens avec toi, dit Madelaine. Vous deux, vous restez là et vous répondez au téléphone.

Du Pré et le prêtre hochèrent la tête.

Madelaine prit son sac et suivit Bart.

— C'est terrible, dit le prêtre. Pauvre Madelaine. Pauvre Lourdes.

— C'est une brave petite, dit Du Pré. Aussi têtue que sa mère. Ça ira pour elle.

Ils attendirent.

Du Pré entendit le grincement de la boîte de vitesses d'un gros camion qui passait du point mort à la première. Il venait du coin de la rue principale et se dirigeait du côté de chez Madelaine.

— Je crois que Lourdes est là, dit-il.

Il se leva et sortit.

Un énorme dix-huit roues noir, aux chromes flamboyants, avec des flammes peintes sur le capot et des vitres teintées, remonta la rue et s'arrêta à la hauteur de Du Pré.

La portière côté passager s'ouvrit. Lourdes descendit en prenant appui sur l'aile, puis sur le marche-pied. Elle tirait un fourre-tout qu'elle laissa choir avant de sauter à terre.

Elle regarda Du Pré.

— Maman est là ? demanda-t-elle, méfiante.

— Bart l'a emmenée voir ton abruti de copain. J'aimerais pas être à sa place, en ce moment.

— C'est qu'un connard.

— Ouais, mais un connard malheureux, je parie.

Lourdes haussa les épaules.

Un homme jeune, vêtu de noir et coiffé d'un chapeau de cow-boy, moustache et barbe blondes, fit le tour du camion. Il avait des bagues plein les doigts, une montre, un bracelet et la boucle en argent de son ceinturon était ornée d'une turquoise. Il s'arrêta devant son engin et resta là, calme et décontracté.

— C'est un copain à toi ? demanda Du Pré.

— Elle m'aime pas tant que ça, la gamine, fit le routier. Je lui ai donné le choix : ou bien elle m'expliquait comment rentrer chez elle ou bien je la déposais à la brigade des mineurs. Elle a rouspété un peu, mais finalement on est arrivés jusqu'ici.

Du Pré observa le type. Il souriait vaguement et ses yeux bleus pétillaient.

Ouf, pensa-t-il, ce coup-ci, on a eu de la chance.

Il marcha vers lui et tendit la main.

— Du Pré.

Le routier lui rendit sa poignée de main.

— Challis. Je l'ai trouvée sur une aire de repos, à Spokane. Je... J'ai pensé qu'il valait mieux la ramener. J'étais pas sûr qu'elle utiliserait le ticket de bus, si je le lui payais. Et les flics de la brigade des mineurs sont parfois du genre hargneux.

Du Pré hocha la tête.

— Vous alliez à Chicago?

Challis secoua la tête.

— Non. Seattle.

Eh bien, songea Du Pré, voilà un type qui n'hésite pas à faire demi-tour et à rouler mille bornes pour raccompagner une stupide gamine chez elle.

Il jeta un coup d'œil par-dessus son épaule. Lourdes et le prêtre étaient entrés dans la maison.

— Je vous remercie.

— De rien.

Challis sortit un paquet de cigarettes de sa poche poitrine et en alluma une.

— Vous avez dépensé une sacrée quantité de gasoil, remarqua Du Pré. Est-ce que je peux vous dédommager?

— Non, dit Challis. Tout est payé, vous inquiétez pas.

— Sa mère voudra vous remercier. Elle sera là dans très peu de temps.

— J'imagine qu'elle va lui flanquer une bonne raclée. Elle aura pas besoin de moi. D'ailleurs, il faut que j'y aille.

Sa voix avait le débit traînant et doux du Montana.

— Un café?

— Non merci. Je me détends un peu et j'y vais. Il faut que je fonce, pour que la marchandise arrive à peu près à l'heure prévue. J'ai appelé mon patron pour lui dire que j'avais eu un petit problème, mais que j'allais pas tarder à repartir. Je trimbale pas des cœurs à transplanter, les clients peuvent patienter deux jours.

Ils fumèrent leur cigarette.

— C'est sympa de votre part, dit Du Pré.

— Oh, pas vraiment... J'avais une petite sœur, elle est partie de la maison, il y a quelques années. Elle s'appelait Shelly.

Du Pré attendit. Pas la peine qu'on lui fasse un dessin.

— On l'a retrouvée l'année dernière. Enfin, ce qu'il en restait. C'était une fille bien. Un peu dingue. Elle aimait les gosses. Elle aurait fait une bonne mère.

Du Pré opina.

— Cette ordure qui tue ces gamines... reprit Challis. Je me demande si c'est pas celui qui a tué Shelly. Je sais que vous êtes Gabriel Du Pré. D'après ce que j'ai cru comprendre, vous cherchez peut-être le même gars que moi.

Du Pré regarda Challis. Ses yeux bleus avaient viré au gris. Froids comme la lune.

— Tenez, voilà ma carte, dit Challis. Le numéro, c'est celui de mon portable. Il y a un répondeur. Vous pouvez m'appeler à n'importe quelle heure. La Hi-Line, je la prends beaucoup. Parfois, quand je transporte des marchandises sur l'autoroute fédérale Chicago-Seattle, je cherche...

Il laissa tomber sa cigarette, l'écrasa sous la semelle de sa botte et remonta dans son camion. L'énorme véhicule démarra dans un vrombissement de tonnerre.

Tu peux être sûr que je t'appellerai, songea Du Pré.

La voiture de Bart remontait la rue.

Chapitre 9

— C'est une bonne nouvelle, dit Harvey Wallace. Je ne tenais pas à m'expliquer encore au téléphone avec votre Madelaine. Une femme charmante. L'idée qu'elle soit en colère contre moi me déplaisait.

— Oui, acquiesça Du Pré. La vie est toujours meilleure quand Madelaine n'est pas en rogne contre vous.

Il était assis sur la terrasse couverte de la maison de Bart et utilisait un téléphone cellulaire. Il ignorait tout de son fonctionnement. Il ne voulait pas le savoir.

— J'appelle, reprit Wallace, pour vous dire que l'agent Pidgeon ne va pas tarder à arriver vers chez vous, elle et sa magnifique paire de nichons, pour interroger tout le monde au sujet du type qui s'amuse à abandonner des cadavres dans l'armoise. L'agent Pidgeon lui en veut personnellement. Elle prétend qu'aucun homme ne peut comprendre à quel point elle est en rogne sous prétexte que nous, les hommes, on n'est pas la proie de ce genre de prédateur. Elle n'a pas tout à fait tort.

Du Pré roula une cigarette de sa main gauche et lécha le papier.

— Je lui ai dit de vous contacter *après* avoir appelé Benny, dit Harvey.

— D'accord. De toute façon, je n'ai pas grand-chose à lui raconter.

— Benetsee a-t-il réapparu ?

— Non. J'ai cru l'apercevoir à un *pow wow*, près d'un bouquet d'arbres, mais quand je suis arrivé sur place, il avait disparu.

— Ils sont comme ça, dit Harvey.

Il parlait des hommes-médecine.

— Ouais. Moi, je donnerais cher pour pouvoir parler à Benetsee des rêves qu'il fait en ce moment. Oh, encore une chose : ce routier, qui a ramené Lourdes saine et sauve, c'est un type sympa. Je l'aime bien. Il avait une petite sœur qu'on a retrouvée morte longtemps après sa disparition. Il m'a dit de l'appeler, si j'avais besoin de lui. Avec son camion, il prend souvent la Hi-Line et aussi l'autoroute Chicago-Seattle.

— Super, dit Harvey, l'ange exterminateur en semi-remorque.

— Il s'appelle Challis.

— À quoi il ressemble ? demanda Harvey d'un ton brusque.

— Blond, un mètre quatre-vingts, des yeux bleus, la trentaine...

— Rolly Challis, dit Harvey. Je le connais.

— Shelly et Rolly ? s'étonna Du Pré.

— Oui. Avec des prénoms pareils, on se demande pourquoi il n'y a pas plus de gosses qui renient leurs parents, dit Harvey. Bon, blague à part, votre Rolly, ce n'est pas un saint. J'ai failli le cueillir, mais il m'a filé entre les pattes. J'aimerais vraiment le pincer, celui-là. Mais je peux pas.

— Pourquoi ?

— Il fut un temps... Écoutez, ce type cambriolait des banques. Un vrai pro. Jamais fait de mal à personne. La plupart des braqueurs sont tellement stupides qu'ils sont incapables de pisser et siffler en même temps. Pas Rolly. Il travaillait en solo, donc on n'a jamais pu choper un complice susceptible de le balancer. Il ne laissait jamais de traces, empreintes, sang, cheveux, rien. Tiens, je vais vous raconter un de ses exploits : un petit bled appelé Bigfork, là-haut vers Flathead Lake, devenu aujourd'hui une ville de yuppies, ça vous dit quelque chose ? Une seule banque. Jamais beaucoup d'argent dans ses foutues caisses, sauf une fois par an. C'est le pays de la cerise. Une fois par an, la banque doit s'approvisionner en espèces pour payer les ramasseurs qui se ramènent avec leur chèque de paye. La cueillette des cerises dure une semaine, dix jours. Donc, ce vendredi-là, la banque avait à peu près un quart de million de dollars en petites coupures non marquées ; un type, la figure couverte d'une cagoule de ski, se pointe et ramasse tout. Voix douce, accent traînant, gros calibre — je mettrais ma main au feu qu'il était pas chargé — et notre Rolly embarque le fric en cinq minutes dans deux ou trois sacs-poubelles. Il avait regroupé tout le monde dans un coin, pendant qu'il remplissait ses sacs de billets de vingt, en prenant soin de laisser les liasses marquées. La grande classe. Il ressort, monte dans la voiture qu'il avait volée dix minutes plus tôt. On l'a retrouvée une heure après dans un chemin forestier. Envolé, le bandit.

« Mais ne croyez pas que j'ai quelque chose contre Rolly. C'est un type bien. Il n'a jamais fait de mal à personne, contrairement à tous ces connards. Il s'est contenté de braquer des banques pour réunir un petit pécule et puis il a arrêté tout ça. Enfin, je crois. Je n'ai aucune preuve contre lui, sinon il traînerait son cul au fond d'une cellule de Walla Walla[1], mais bon, c'est comme ça. En fait, ç'aurait pu être pire. Ce gars a une cervelle et des couilles.

Du Pré se mit à rire. Harvey l'imita.

— Je l'aime bien, reprit-il. Un jour, je suis allé le voir pour lui poser quelques questions. Il a menti

1. Prison de l'État de Washington. *(N.d.T.)*

comme un arracheur de dents en me regardant droit dans les yeux, sachant que je savais qu'il mentait. Je ne peux rien faire pour le coincer, sauf s'il se décide à aller à confesse pour avoir la conscience en paix. Mais Rolly n'est pas du genre croyant ; il ne fera rien pour m'aider à le coller en tôle pour vingt ans.

— À sa place, je ferais pareil, remarqua Du Pré.

— Donc il nous a fait passer pour des cons, conclut Harvey. Tant pis, on s'en fout.

Ils bavardèrent encore quelques instants, puis Du Pré raccrocha.

L'agent Pidgeon, songea-t-il. Ma Madelaine, elle va aimer *ça*.

Il regarda du côté de la pâture du bas : un troupeau d'une quarantaine de chevaux galopait dans l'herbe jaune et ondulante, ocellée de vert. La terre était encore humide ; il pleuvait de temps en temps.

Des bons chevaux. Booger Tom[1] les avait achetés au fil des années. Il se débrouillait pour faire perdre de l'argent au ranch, afin que Bart puisse être en déficit et payer moins d'impôts. Booger Tom disait qu'il n'y avait rien de plus facile au monde que de perdre de l'argent en élevant des vaches.

Bart avait piqué une crise en s'apercevant que Booger Tom gagnait de l'argent, beaucoup d'argent, dans l'élevage bovin. Vieux bâtard pervers.

— J'ai jamais été capable de rien faire comme il faut, répondait Tom, impassible, quand Bart se plaignait. C'est comme ça. T'as qu'à me descendre.

Et puis il avait décrété que les vaches, il les aimait pas tant que ça et que, pour être sûr de perdre de l'argent, mieux valait investir dans l'élevage de chevaux.

— Putain, tu as fait sept cent mille dollars de bénéfice qui m'ont coûté *trois millions* ! avait gueulé Bart.

1. Booger Tom : Tom l'Épouvantail, le Croquemitaine. *(N.d.T.)*

— Faudrait savoir. Tu veux perdre de l'argent ou pas ? avait répondu le vieux avec un grand sourire.

Du Pré émit un gloussement. Il aperçut Booger Tom sur un grand hongre rouan, qui rabattait les chevaux. À soixante-dix ans, il montait encore comme un vrai gardien de vaches. Sans effort.

Du Pré rentra dans la maison, prit de l'eau, du jambon dans le frigo, une pomme, et retourna manger sur la terrasse. Il se cura les dents avec un petit bout de bois. Il regarda la terrasse qu'il avait construite et remarqua que certaines chevilles avaient joué. La chaleur les avait fait rétrécir et l'eau avait pénétré dans les trous. Il faudrait les renfoncer et les recoller, ou bien les étêter ; elles avaient tenu deux ans et il y en avait qui n'étaient toujours pas droites.

Il alla chercher un marteau dans la cabane à outils et revint taper à grands coups sur les chevilles pour les encastrer dans les planches de séquoia.

La journée était fraîche et ensoleillée. Un aigle doré planait haut dans le ciel.

Et maintenant, où est passé Benetsee ? songea Du Pré. J'ai besoin de lui parler.

Il entendit une sirène, au loin. Le son faiblit, revint, puis faiblit à nouveau. Les collines étouffaient son bruit.

Elle venait dans sa direction. Pourquoi ?

Quelqu'un doit être malade.

Du Pré regarda dans la direction de Cooper. Il vit des éclats intermittents de lumière bleue en haut d'une colline, puis ils disparurent de sa vue.

Merde. La voiture de Benny.

Du Pré rentra dans la maison, prit une veste en toile, emplit une gourde d'eau et glissa du *jerky*[1] dans sa poche. Puis il alla à sa voiture, démarra et roula à la rencontre de Benny.

1. Viande boucanée. *(N.d.T.)*

Il s'arrêta sur une aire réservée aux chasse-neige et attendit. Deux minutes plus tard, le véhicule de Benny apparut sur la crête de la colline voisine. Du Pré s'appuya contre l'aile de sa vieille voiture de patrouille et fuma une cigarette.

Benny le vit, ralentit et se gara.

Du Pré marcha vers la voiture. Il vit le visage du shérif, livide, derrière la vitre. Benny cafouilla un bon moment avec les boutons d'ouverture automatique, trop bouleversé qu'il était pour faire les choses correctement.

— Du Pré...

— On en a une autre ?

— Oui.

— Pourquoi ne m'as-tu pas appelé ?

— J'avais besoin de temps pour réfléchir.

Non, pas réfléchir. Juste conduire.

— Où l'a-t-on trouvée ?

— Dans une ravine asséchée, près de Cooper. Elle y était depuis longtemps. Tu te souviens de la petite Morse, qui a disparu il y a cinq ou six ans ?

Du Pré hocha la tête. Il s'en souvenait très bien. L'enfant avait cinq ou six ans. Elle était sortie jouer au crépuscule. Personne ne l'avait jamais revue. Elle avait pu être dévorée par un puma, on avait relevé des traces récentes dans le coin. C'était la seule conclusion à laquelle on était parvenu. Le puma n'en avait rien laissé. Ils mangeaient les enfants, le crâne, tout.

La mère de la fillette, une institutrice, avait attendu un an avant de déménager. Du Pré ignorait où elle était partie.

— D'accord, dit-il, on y va.

Benny fit demi-tour. Du Pré monta dans son véhicule et le suivit.

Benny fit rugir son moteur et fonça à toute allure sur la route pourrie, en direction de Cooper. Avant la ville, il ralentit et bifurqua dans un chemin plein d'ornières qui traversait un grand pré jusqu'à une longue lézarde dans la terre, à huit cents mètres de là.

Il y avait déjà une autre voiture de police, dont le gyrophare tournait lentement.

Benny et Du Pré la rejoignirent, lentement, à cause des pierres et des ornières, et se garèrent.

Du Pré marcha jusqu'au bord de la ravine asséchée. Le shérif adjoint s'y trouvait, au fond, à côté d'un fût métallique de deux cents litres, tout rouillé.

À quatre pattes, en train de vomir.

Chapitre 10

— Je hais ces salopards, dit l'agent Pidgeon, en regardant les clichés de la petite Karen Morse.

Ou plutôt de ce que le tueur en avait laissé. Entre autres choses, il l'avait écorchée, puis il avait soigneusement roulé sa peau dans le sel et attaché le tout avec les rubans qu'elle avait dans les cheveux.

Du Pré regarda l'agent du FBI. Un mètre quatre-vingts, mince, de gros seins, la taille fine. Toute en jambes, jambes, jambes. Un visage en forme de cœur, de grands yeux marron, de longs cheveux châtain clair. Caramel. Elle avait du sang indien, de longs lobes d'oreilles ornés de créoles en or. Un joli Sig Sauer de combat, 9 mm, niché dans l'étui qui pendait sous son bras, très bas. Elle avait ôté son gilet ajusté et fumait une cigarette.

— Le squelette était au fond du tonneau, et la chose enrubannée jetée dans l'armoise, c'est ça? dit-elle. Nous irons jeter un coup d'œil demain matin.

C'est ça, toi, moi *et* Madelaine, nous irons là-bas demain matin, songea Du Pré, et ça continuera comme ça tant que Madelaine et toi n'aurez pas eu une petite discussion. Non pas que j'imagine que tu puisses t'intéresser de près à un Métis qui est déjà grand-père, mais enfin, moi, ce que j'en dis...

— Vous voulez manger, madame? demanda Benny.

— Je suppose, oui, répondit l'agent Pidgeon. Il faut

que je garde la forme. Merci. Ça me stresse, moi, de voir des trucs pareils.

— Je comprends ce que vous voulez dire, acquiesça Benny.

Il ne quittait pas ses seins des yeux. Son regard était comme aimanté par cette paire de nichons dont la magnificence lui ôtait tous ses moyens.

— Oui, vous avez raison, il faut manger, reprit l'agent Pidgeon.

Elle endossa son gilet et ramassa sa mallette. Le reste de ses bagages était empilé devant le bureau du shérif. Trois valises et deux malles en aluminium.

— Vous avez ratissé les lieux du crime ? Tout passé au tamis ?

— Non, avoua Benny.

— Bon, dit-elle. Il n'y a peut-être rien, mais on ne sait jamais. Écoutez, je veux pas avoir l'air de ramener ma fraise, comme tout connard du FBI qui se respecte. Mais notre homme a peut-être laissé tomber quelque chose, un bijou, n'importe quoi. Vous avez des boy-scouts dans votre bled ? Ils ne pourraient pas nous aider ?

— Nous aider comment ? demanda Benny.

— On pourrait pelleter toute la terre du site et la tamiser.

— Oui, je crois que c'est possible, dit Benny.

L'agent Pidgeon regarda Benny. Regarda Du Pré. Haussa les épaules.

— J'ai un peu faim, dit-elle.

En sortant du bureau du shérif, ils virent une dépanneuse remorquer la conduite intérieure beige dans laquelle Pidgeon était arrivée. Elle avait roulé à une telle vitesse à partir de Billings que le véhicule l'avait lâchée au bout d'une trentaine de kilomètres. Un piston et son axe étaient passés à travers le carter du moteur.

Comme Du Pré n'était pas loin, c'est lui qui était allé

la chercher, après qu'elle eut prévenu Benny par téléphone.

En se garant près du véhicule fumant, sur le bas-côté de la route, il avait remarqué un tas de bagages soigneusement empilés. L'agent Pidgeon était assise sur une valise, ses longues, longues jambes joliment croisées, fumant une cigarette. On aurait dit un mannequin posant pour une marque de cigarettes à bout filtre.

— Vous êtes indien ? lui avait-elle demandé après qu'il l'eut chargée, elle et ses bagages.

— Métis. Français, écossais, cree, chippewa. Nous sommes les sang-mêlé.

— Moi, je suis redbone. Noire, cherokee, blanche, mexicaine, française...

— Donc vous venez de Louisiane.

— Certains de mes ancêtres, oui. Moi, je suis un pur produit californien. J'ai grandi à Coronado, je bois des Dos Equis[1], je suis toujours bronzée et je porte des chaînes en or.

— Comment êtes-vous entrée au FBI ?

— Ils avaient besoin de moi. À moi toute seule, je représente pas mal de minorités. À ma sortie de l'école de droit de Georgetown, j'étais convaincue que je serais drôlement plus contente de foutre des salopards en tôle plutôt que de chercher à les empêcher d'y aller. J'avais fait un stage à l'assistance judiciaire, à Washington. Ça vous suffira.

Du Pré hocha la tête.

— Je ne suis pas une fille sympa.

Nouveau hochement de tête.

— Vous, vous avez l'air d'un type intelligent.

— Ah ?

— Ouais.

Du Pré haussa les épaules. Il roula une cigarette de la

1. Bière mexicaine. *(N.d.T.)*

main gauche et l'alluma, tout en filant à cent trente à l'heure sur la nationale.

L'agent Pidgeon le regarda faire.

— Laissez-moi essayer.

Du Pré lui tendit le papier à rouler et le paquet de Bull Durham.

— Vous êtes psychologue ? demanda-t-il.

— D'après vous ?

— Cette école de droit de Georgetown est très réputée, non ?

— C'est ce qu'ils pensent, là-bas.

— Où avez-vous obtenu votre diplôme de psychologie ?

— Université Columbia. Ils pensent aussi qu'ils sont très bons.

Du Pré se mit à rire.

— Bien, fit l'agent Pidgeon. Ce qui m'importe, c'est d'attraper cette ordure. Qu'on le pende au bout d'une corde ou qu'on le fasse frire à la chaise électrique, au choix. Si on y arrive, cela voudra dire que les deux écoles étaient bonnes ; si on échoue, qu'elles étaient bidon.

Du Pré explosa de rire.

— Harvey m'a dit que vous me plairiez, dit l'agent Pidgeon. Il m'a dit aussi que vous étiez un type bien et que je ne devais pas trop intimider Benny Klein, qui est un brave type aussi, mais qui n'est pas trop flic dans l'âme.

— Benny est un petit éleveur. Sans doute trop gentil pour être shérif.

— J'imagine qu'il fait bien son boulot, avait conclu l'agent Pidgeon.

Du Pré repensait à cette conversation tandis qu'il amenait l'agent du FBI au bar de Toussaint, le seul endroit du coin où l'on vous servait de la vraie nourriture.

Il y avait quelques personnes dans le bar. L'agent Pidgeon embrassa du regard la salle miteuse, avec son trophée de cerf galeux, ses têtes de wapitis et sa peau d'ours élimée clouée au mur.

Elle hocha la tête, alla au comptoir et se pencha vers Susan Klein. Elle lui dit quelques mots à l'oreille puis sortit un petit cadeau de sa mallette. Susan rit, le tourna entre ses doigts puis détacha le ruban et défit le papier. Elle souleva le couvercle de la petite boîte et en sortit une paire de grandes créoles en argent, à l'intérieur desquelles pendillaient des perles.

Du Pré les regarda et sourit. Ce Harvey Weasel Fat, toujours en train de chercher à plaire aux femmes. Un malin.

La porte du bar s'ouvrit et Madelaine entra, suivie de Lourdes. Elles riaient. Elles étreignirent Du Pré.

— Voilà donc l'agent Pidgeon, glissa Madelaine à l'oreille de Du Pré. Quand je vois ses nichons, je me dis que j'ai intérêt à vous tenir à l'œil, tous les deux.

— Elle veut pas d'un vieux Métis hors d'usage.

— Tant mieux.

L'agent Pidgeon s'était retournée et regardait Du Pré, Madelaine et Lourdes. Elle s'avança vers eux.

— C'est vous, Madelaine ? Harvey dit que vous êtes ce qui pouvait arriver de mieux à Du Pré. Et c'est votre fille Lourdes ?

— Oui, c'est ça.

— Si on allait s'asseoir ? proposa Pidgeon.

Ils prirent place à une table de quatre. Susan vint prendre la commande.

— Eux, je sais ce qu'ils aiment, chérie. Mais vous ?

— Vous avez du vin rouge ? demanda Pidgeon.

— Du cabernet. Il est plutôt bon. C'est ce que je bois.

— Parfait.

— Les steaks sont bons, proposa Susan. Désolée, je n'ai plus de plat du jour.

— Va pour un steak saignant.
— OK, dit Susan.
Elle s'en alla.
— Harvey vous envoie le bonjour, à tous, dit Pidgeon.
— Ce Harvey, quel bon danseur, soupira Madelaine.
Du Pré regarda le plafond.
— Un type bien, aussi, ajouta Madelaine.
— Harvey ? Peut-être qu'il change quand il est ici. Mais là-bas, un emmerdeur de première. Il passe son temps à regarder mes seins en se demandant quand je vais parvenir à sortir de l'ordinateur ce dont il a besoin.
— C'est un homme, dit Madelaine. Ils ont deux têtes et ils pensent avec la plus petite. Faudrait tous les envoyer à l'hosto.
— Maman ! s'insurgea Lourdes.
— Ma fille voudrait me garder en cage, dit Madelaine.
Lourdes rougit.
Pourquoi s'est-elle enfuie ? songea Du Pré. Madelaine ne lui avait rien dit.
— Lourdes, demanda Pidgeon, ce Challis qui t'a ramenée ici, comment il t'a trouvée ?
Lourdes baissa la tête. Sa lèvre inférieure frémit.
Pidgeon lui tapota la main.
— Ce n'est pas grave, chérie. Du moment que tu vas bien.
Du Pré regarda Lourdes.
Je crois bien qu'on ne peut jamais connaître les autres, pensa-t-il.

Chapitre 11

Du Pré lança une pelletée de terre, extraite du sol dur autour du fût métallique, sur le tamis. Booger Tom s'occupait du tuyau qui partait d'une citerne posée sur un camion à plate-forme. La terre coulait jaune sous le tamis. Les graviers étincelaient.

Rien.

Voilà trois jours qu'ils faisaient ça. Ils avaient trouvé un poussoir de boucle d'oreille pour oreilles percées.

La petite Karen Morse n'avait pas les oreilles percées.

Du Pré pensa à la fillette écorchée. Très blonde.

Cinq ans.

Il jeta une nouvelle pelletée de terre sur le tamis incliné.

Bart et deux employés du ranch marchaient lentement de chaque côté du chemin plein d'ornières qui menait au lit de la rivière à sec, se penchant pour observer tout ce qui leur paraissait anormal. Il y avait quelques préservatifs jetés par des jeunes venus jusque-là en voiture tirer un coup, des canettes de bière, des bouteilles, deux sachets de chips brillants.

Booger Tom avait repéré une touffe de cheveux de la fillette, accrochée à une armoise, une trentaine de mètres plus loin.

— Fausse piste, dit-il.

Quand vous traquez, vous cherchez ce qui ne devrait

pas être là et qui s'y trouve, ou ce qui devrait y être et ne s'y trouve pas.

La traque.

Du Pré planta sa pelle à côté d'un vieux pied d'armoise. La terre céda facilement. Il vit briller quelque chose. Une chaîne de bracelet. Les maillons étaient aplatis.

Du Pré siffla.

Il se mit à quatre pattes et regarda la chaîne qui émergeait d'entre les mottes de terre. Une pierre verte scintillait.

— Qu'est-ce que t'as trouvé ? demanda Booger Tom qui l'avait rejoint après avoir coupé l'eau.

— Une chaîne, dit Du Pré, en sortant de sa poche un crayon qu'il passa sous le bijou pour le tirer.

Un peu de terre y resta collé. C'est alors qu'il vit la lame en acier, courte et large.

— Je vais chercher des sachets, dit Booger Tom.

Il partit en boitillant vers la cabine du camion.

Du Pré attendit, les yeux rivés au sol.

Quand Tom revint, Du Pré laissa tomber le bracelet dans un des sachets à scellés, puis sortit une paire de pinces pliantes de sa poche, serra la lame du couteau entre les extrémités des mâchoires et l'extirpa du sol.

Enterrée à environ dix centimètres de profondeur, songea Du Pré. On gratte cette terre et elle se casse comme du pain sec.

Il observa la lame. Acier inoxydable, dix centimètres de long, double tranchant. Le nom de la marque avait été effacé.

Il poussa un grognement, déposa le couteau dans un sachet et le scella.

Il trouva ensuite une bague dont le métal était décoloré et la pierre en verroterie, le genre de babiole que s'achèterait une gamine sans le sou.

Du Pré se redressa, recommença à creuser le sol

meuble à cet endroit. Il apporta la pelletée et la lança sur le tamis. Booger Tom aspergea la terre.

Cinq boucles d'oreilles, une chaîne bon marché dont l'argent avait noirci, une pièce de monnaie.

Du Pré mit le tout dans un sachet.

Ils retournèrent la terre avec soin tout autour du gros pied d'armoise et trouvèrent une petite clé en cuivre, de la taille de celle d'un coffret à bijoux.

Rien d'autre.

L'agent Pidgeon arriva dans sa conduite intérieure beige. Wally, le garagiste, avait fait l'échange standard du moteur. Ça lui avait pris une demi-journée.

— Bonne pêche, dit Pidgeon en soulevant les sachets. On ne trouvera rien d'autre. Ce type est prudent.

Bart et les deux employés étaient revenus. Ils avaient remonté la piste sur huit cents mètres sans rien voir d'intéressant.

— C'est lui, dit Pidgeon. Il abandonne les cadavres et enterre à côté quelques bricoles qui d'ailleurs n'appartiennent pas aux victimes. J'imagine qu'il enterre les trophées du meurtre précédent non loin de sa nouvelle victime, et ainsi de suite. Il ne garde que les objets les plus courants.

— Des trophées ? releva Du Pré.

— Oui, des souvenirs de ses triomphes. Pour lui, les jeunes femmes sont l'ennemi. Quand il en tue une, il a gagné. C'est un profil standard : Blanc, célibataire, trente-cinq ou quarante ans, maniaque de la propreté, tranquille, pas très à l'aise en société, surtout en compagnie des femmes. À mon avis, il ne boit pas, ne fume pas et ne se drogue pas. Apparemment, il est très croyant, mais son credo se résume à deux mots : « péché » et « expiation » ; il fournit à ces pauvres filles l'occasion d'expier leurs péchés... Physiquement, il est très fort, car il ne supporte aucune forme de faiblesse. Il a sans doute eu maille à partir avec la justice à l'adolescence.

— Quels genres d'ennuis ? demanda Du Pré.

— Incendie volontaire, larcins, violence sur gamins plus jeunes que lui. Selon moi, il aura torturé et tué des animaux, mais n'a jamais été pris sur le fait. Peut-être jamais pincé pour le reste non plus, d'ailleurs. Sans doute issu d'un milieu social défavorisé, violent. Élevé par un seul parent, a priori la mère, incapable, pour une raison quelconque, de lui donner de l'affection. Je parie que le gars avait une petite sœur et qu'il s'imagine qu'elle était la préférée.

Pidgeon alluma une cigarette.

— Il tue d'un coup de couteau à l'articulation cérébro-spinale. Voilà pourquoi il utilise des lames courtes. La victime est ligotée. Il se peut qu'il essaye d'avoir des rapports sexuels avec le cadavre, mais il est rare qu'il ait une érection. Il va peut-être voir des prostituées pour se faire tailler une pipe, mais pas souvent. Si la fille n'arrive pas à lui faire prendre son pied, il la tue, même s'il doit attendre.

— Un gentil gars, commenta Booger Tom.

— Des types comme lui, il y en a une quarantaine qui sévissent à tout moment en Amérique, dit l'agent Pidgeon. Avec un peu de chance, on en coince la moitié.

— Comme ce Ted Bundy ? demanda Du Pré.

— Je soupçonne ce gars d'être plus malin que Bundy. Beaucoup plus malin. Et il a des instincts de bête sauvage.

— Pourquoi malin ? s'enquit Du Pré.

— Il fait une partie des choses que font les autres, mais jamais assez pour qu'elles nous révèlent une faille quelconque. Comme ces trophées. Il s'autorise à en garder quelques-uns, probablement un nombre précis, fixé à l'avance. Il ne garde jamais l'arme d'un crime. Ses couteaux sont tellement bien nettoyés qu'on ne trouve jamais la moindre trace dessus. Il utilise toujours le même modèle de couteau, avec un manche en plastique si bien moulé que le sang ne peut pas s'infiltrer entre le manche et la lame. Il cache les corps dans des endroits reculés où ils resteront longtemps avant d'être découverts. Attention, il ne joue pas au chat et à la souris avec nous. Il ne veut pas être pris.

— Ah ça, vous avez raison, renchérit Booger Tom.

— Détrompez-vous. La plupart cherchent à se faire prendre. En général, plus ils deviennent dingues, plus ils deviennent imprudents. Ils trouvent des combines pour se procurer des amphés et pigeonner les psys. Ils veulent se faire prendre et devenir célèbres. Ils se croient uniques. Ils voudraient faire partie des Trésors nationaux vivants.

— Tout ça, c'est de la faute aux travailleurs sociaux, dit Booger Tom. Regardez autour de vous : chaque fois, c'est pareil. Ils s'en tirent à bon compte sous prétexte que leur mère les a sevrés trop tôt, ou une connerie dans ce genre-là.

— N'importe comment, ce gars m'inquiète, dit Pidgeon. Ils m'inquiètent tous, mais celui-là plus que les autres.

— Pourquoi ? demanda Du Pré.

— Il est intelligent. Probablement autodidacte. Lit beaucoup. QI élevé. S'il travaille, il exerce un métier très spécialisé dans lequel il a peu de contacts avec les gens. Il n'a pas d'amis intimes, mais les gens le considèrent comme un ami. Il est capable de prévenance, pour se faire bien voir. Il porte des vêtements aux couleurs neutres. Il parle peu et quand il ouvre la bouche, c'est à propos de sujets anodins. Il ne se dispute avec personne et évite les querelles de bar. Il ne vote pas. Il a le permis de conduire, une carte de Sécurité sociale, mais pas de cartes de crédit. Il paye toujours en espèces, en petites coupures ; il ne garde pas les tickets de caisse. Il enlève les étiquettes de ses vêtements. Il porte des baskets ou de grosses chaussures de marche, marron ou vert foncé. Le noir, ça vous catalogue. Il porte des lunettes à grosse monture avec des verres ordinaires. Pas le genre à s'affubler de lunettes d'aviateur. D'ailleurs, il n'a peut-être pas besoin de lunettes. Toujours rasé de près, il se fait couper les cheveux régulièrement. Il se peut qu'il vive avec sa mère ou, si elle est morte, une sœur ou toute autre parente. Il fait son lit tous les jours. Contrairement à vous, les gars, quand il lave son linge, il met de l'eau de Javel dans le blanc, qu'il lave séparément. Et il nettoie derrière lui... Il en connaît un rayon sur les femmes. Il les hait si elles sont jeunes, jolies et innocentes ou s'il pense que ce sont des putes.

— Comment vous savez tout ça ? demanda Tom.

— Je lis dans le marc de café, tiens...

— Je m'en doutais.

— Allons boire un coup, proposa Pidgeon. C'est moi qui régale. Merci pour tout, les gars.

— Je ramène le camion et je vous retrouve en ville, dit Booger Tom.

— Et vous, Du Pré ? demanda Pidgeon.

— Ma voiture est restée à Toussaint. Je suis venu avec Tom, il devait passer en ville acheter une courroie pour le camion.

— Venez avec moi, proposa Pidgeon. D'ailleurs, il faut que je vous parle.

— De travailleurs sociaux et de vos tapettes de psys ? railla Booger Tom.

— Allez vous faire voir, vieux con, dit l'agent Pidgeon.

Chapitre 12

— Un sacré numéro, votre agent Pidgeon, dit Du Pré dans le téléphone.

— Ah, ça oui, répondit Harvey Wallace. J'adorerais faire avec elle une douzaine de petits Redbone Blackfeet, mais ça ne plairait pas à Angela. Elle est sioux, et vous savez ce que les femmes sioux font aux hommes infidèles.

— Vous êtes marié ? demanda Du Pré.

— Depuis vingt-sept ans. Six gosses. Une femme adorable. Deux chiens. Une maison en banlieue. Un break et une jeep Cherokee. Désespérément classe moyenne. Je n'aime pas la viande de bison, ni celle de cheval et encore moins la confiture de merises. Elle me fait grincer des dents. Et les mocassins me font mal aux pieds. Tout ce qu'il y a de plus nul, comme Indien.

— L'agent Pidgeon m'a dit un tas de choses sur ce type. Elle pense en connaître un rayon sur lui.

— Si elle vous dit que le gars fait ci ou ça, c'est qu'il le fait, affirma Harvey. C'est une sacrée bonne psychologue. Et en plus, super intuitive.

— Intuitive ?

— Elle sent les choses sans avoir besoin de les décortiquer.

— C'est une femme.

— Oui, bon, bref, au regard de la loi, il n'y a pas de

différence entre le cerveau d'un homme et celui d'une femme.

— Les lois, c'est plutôt des conneries, dit Du Pré.

— Je préférerais ne pas vous entendre dire des choses comme ça. J'ai le mauvais pressentiment que si vous mettez la main sur ce type, il aura plus de trous dans le buffet qu'une passoire. Nous serons obligés de vous arrêter, de vous juger et de vous expédier à Walla Walla. Pour un bon bout de temps.

Du Pré ne répondit rien.

— Benetsee est revenu ? s'enquit Harvey.

— Non. Je ne sais pas où il est. Ce vieux putois, je voudrais qu'il tombe lentement en enfer, en passant par tous les étages, et qu'il grille bien pendant sa chute.

— Merde. Pidgeon a besoin de le rencontrer.

— Moi, j'ai besoin de lui parler. Mais je n'arrive pas à savoir où il est parti.

— Il est son propre maître, ça c'est sûr. À propos, Pidgeon a appelé de Billings. Elle a drôlement remonté les bretelles des flics qui avaient bousillé des preuves.

— Je l'aime bien, dit Du Pré.

— C'est un bon flic, remarqua Harvey. Dites, vous avez parlé à Challis ? Je pense pas mal à lui, en ce moment.

— Non.

— Bien, puisqu'on n'a pas de nouveaux cadavres, j'espère, vous pouvez peut-être travailler sur ceux que vous avez. Bon Dieu, si seulement on en savait plus sur les dates !

— Ouais, fit Du Pré, qui se demandait ce que Harvey voulait dire.

— Je veux parler du moment où il les abandonne. En général, le temps qu'on les trouve, il peut se passer des mois. Les trois vôtres sont restés sous la neige jusque récemment, le printemps a été tardif.

— Les quatre, corrigea Du Pré.

— Je n'oublie pas la petite Karen. Écorchée. Le squelette mis à nu. Il y a toutes sortes de marques de couteau sur les os. Je veux ce type vivant, Du Pré. Attention, on ne m'a pas dit que du bien de vous. Un gars de l'État de New York, en particulier. Bon, je vous laisse. De grâce, ne me compliquez pas la vie, mon vieux.

— OK, acquiesça Du Pré.

— J'en ai marre de cette connerie, dit Harvey. Je vais appeler Madelaine.

Du Pré raccrocha.

Il sortit sur la terrasse.

Harvey et Pidgeon ne me disent pas tout, songea-t-il, ils jouent pour gagner. Si je tue ce connard, ils essaieront de m'avoir.

Si Harvey appelle Madelaine, elle lui répondra que son Du Pré fera ce qu'il a à faire. Pour Madelaine, de toute façon, ça sera : « Descends cette ordure. »

Comme ça les mômes auront la paix.

Mais il y a plein d'autres malades, il paraît. Une quarantaine, qui sévissent à tout moment.

De méchantes gens.

Qu'est-ce que je donnerais pour que Benetsee rapplique.

Du Pré se roula une cigarette et sifflota un peu entre deux bouffées. Cet après-midi, il irait au bar de Toussaint et jouerait du violon avec deux de ses cousins venus du Canada.

J'ai une grande famille, songea-t-il. Une famille indienne. Ces cousins descendent d'un peuple venu ici avec mon arrière-arrière-grand-père. Ensuite ils sont partis vers le Dakota du Nord et remontés au Canada. Toujours dans le pays de la rivière Rouge. J'aime ce pays, il chante jusque dans mes os.

Il s'étend jusqu'à la baie d'Hudson.

Je me demande comment vont les baleines, là-bas. Je me demande si l'Hydro-Québec n'a pas déjà tué la rivière de la Baleine. Merde. Je devrais en parler à Bart, il envoie de l'argent à ceux qui combattent ça.

Les champs de blé d'hiver finissaient de mûrir. Juillet. Ils allaient prendre cette couleur d'or rouge, puis de cuivre rouge qu'ils avaient au moment de la moisson. Le son clair du blé dur sur la pelle. Un beau bruit.

Du Pré se souvint du battage, des équipes de batteurs. Tout le monde se gratte à cause de la balle du grain qui vole partout. Des ruisseaux de blé rouge cuivré jaillissant des tuyaux et se déversant dans les bennes des camions qui roulent au pas à côté des moissonneuses. On vend tout le blé dur qu'on peut planter. Il donne de bonnes pâtes. Un cinquième de protéines. Il vient de Russie, ce blé rouge.

On dit que ce sont les doukhobors qui l'ont apporté.

Du Pré aimait bien les doukhobors, une secte russe pacifiste. Si un doukhobor est vraiment en colère contre vous, il se déshabille. Je refuse de me battre avec toi. Je me présente nu devant ta violence, mais je suis très en colère contre toi.

Les mennonites[1]. Pendant la Première Guerre mondiale, on suspendait les hommes à des canalisations par des menottes, jusqu'à ce que leurs épaules se déboîtent, parce qu'ils ne voulaient pas aller au combat.

Les hutterites[2]. De bons fermiers, des négociants roués.

De braves gens qui n'avaient pas beaucoup à faire avec le reste du monde. Qui peut les en blâmer ?

D'une pichenette, Du Pré envoya son mégot dans le jardin. L'herbe, une herbe de pâturage, séchait et jaunissait. Elle entrait en dormance.

1. Membres d'une secte anabaptiste (fondée au début du XVIe siècle). *(N.d.T.)*

2. Partisans du pasteur tyrolien Jacob Hunter (XVIe siècle) qui émigrèrent aux États-Unis (fin du XIXe siècle) et au Canada (début du XXe siècle). Ils vivent en communautés fermées. *(N.d.T.)*

Il prit son violon, monta dans sa voiture, fit demi-tour et descendit la longue allée.

Bart est parti creuser un grand fossé d'irrigation avec Sucette, sa grosse pelle mécanique diesel couleur citron vert. Sucette nous a permis de trouver l'explication du mystère de la mort de son frère[1]. On a découvert beaucoup de choses, peut-être davantage qu'on ne voulait en savoir. Le problème avec la vérité, c'est qu'on en sait toujours trop, ou pas assez.

Du Pré conduisait lentement, vitres baissées, écoutant les trilles des sturnelles. De gros oiseaux à gorge jaune, avec une demi-lune noire sur la poitrine. Il aperçut un merle bleu au plumage étincelant, aux ailes saphir, perché sur un piquet de clôture où son nichoir était cloué. Il fallait que le trou du nid soit juste à la bonne taille, sinon on héritait des sansonnets. Des yuppies, dans leur genre, des braillards maigrelets qui jouaient des coudes. En plus, ils n'avaient aucun goût.

Du Pré n'était pas pressé. Il mit une heure à parcourir les trente et quelques kilomètres qui le séparaient de Toussaint. Il alla d'abord chez Madelaine.

— Hé, Du Pré ! Il y a une boîte pour toi ! cria-t-elle depuis la salle de bains.

Il vit la boîte en carton sur la table basse. Un carton à chemise.

Madelaine m'a fait une autre chemise.

— Oui, je vois un carton à chemise.

— Regarde à l'intérieur, espèce de bêcheur. Tu verras comme elle t'aime, ta femme.

Du Pré souleva le couvercle. Une chemise de lourde soie rouge vif passepoilée de noir, avec des poches brodées de violons en piquants de porc-épic. Du Pré la souleva et découvrit une large ceinture-écharpe métisse en soie rouge, avec aussi des motifs de violons et DU PRÉ

1. Voir *La Montagne blessée, op. cit.*

brodé derrière en perles noires. De très jolies perles. Deux petits cercles de chaque côté avec des coyotes hurlant à des lunes jaunes. Il sentit quelque chose crisser sous ses doigts, dans la pochette au bout de la ceinture. Il en tira un billet de un dollar.

Ça porte malheur d'offrir une bourse vide.

Madelaine sortit de la salle de bains, vêtue d'une chemise d'épais satin de soie turquoise rebrodée de fleurs jaunes en perles, d'une longue jupe jaune, et chaussée de bottes de cow-boy jaunes. À ses doigts, des bagues de turquoise, d'argent et de corail.

Elle avait coiffé ses cheveux en deux longues nattes, tressées avec des bandelettes de fourrure de castor.

— Tu vas jouer de la bonne musique, hein ?

Du Pré acquiesça, tout en endossant sa nouvelle chemise. Il mit sa colophane dans la pochette de la ceinture et coinça l'autre extrémité dans les passants de son jean.

Il roula jusqu'au bar. Deux vieilles guimbardes immatriculées dans le Dakota du Nord étaient garées devant. Ses cousins.

Du Pré était un peu en retard. Ses cousins avaient déjà commencé à jouer et à chanter. Il accorda son violon et les rejoignit.

Ils jouèrent les vieilles complaintes des *voyageurs* [1], des airs nostalgiques d'hommes éloignés de leurs femmes, qu'ils croyaient ne jamais revoir.

Il y a longtemps, sur les lacs bordés de sombres forêts profondes.

La Compagnie des gentlemen aventuriers de la baie d'Hudson.

Les *voyageurs* métis.

Rivière Rouge.

1. En français partout dans le texte. Terme qui désigne les hommes chargés du transport et du commerce des fourrures. *(N.d.T.)*

Chapitre 13

Vers minuit, Du Pré et ses cousins jouaient bien synchro et la foule du bar s'était réduite à ceux qui aimaient simplement la musique. Les fêtards bourrés étaient partis. Madelaine mangeait Du Pré de ses yeux noirs brillants, une lueur coquine dans le regard, et souriait chaque fois qu'il la regardait.

J'ai des projets, disait son visage.

Du Pré sourit à belles dents et enduisit les crins de son archet de colophane.

Il ne restera rien de nous, finalement, que des chansons et des histoires, songea-t-il. Peut-être même quand la terre sera redevenue glace et que la rivière Rouge s'endormira pour longtemps. Le Missouri, autrefois, coulait jusqu'à la baie d'Hudson, puis les glaces sont venues et maintenant il se jette dans le Mississippi qui va au golfe du Mexique.

Je suis un homme, mais les hommes sont bien peu de chose.

— La *Complainte de Baptiste*, annonça Sonny, le joueur d'accordéon.

Du Pré hocha la tête. C'était l'histoire d'un jeune *voyageur*. Sa bien-aimée lui manque et il la voit, souriante, dans le reflet de la lune sur l'eau. Quand il rentre au pays, elle est morte ; la voyant à nouveau dans le reflet de la lune, il se met à chanter et se noie en cherchant à la rejoindre sous l'eau.

Une chanson triste.

Les musiciens firent une pause. Du Pré, adossé au comptoir, embrassait Madelaine quand Susan Klein lui tapota le bras en lui tendant le téléphone. Du Pré l'interrogea du regard. Elle eut un haussement d'épaules.

— Du Pré ? fit une voix douce et traînante.

— Oui ?

— Rolly Challis, fit la voix. Je suis à Browning. Je serai à Raster Creek dans quatre heures. Pouvez-vous me retrouver là-bas ?

Putain, à cinq heures du matin.

— D'accord. Il y a du nouveau ?

— Peut-être. Des choses dont j'ai besoin de vous parler, de toute façon. Désolé pour l'heure, mais c'est mon horaire. J'aurai à peu près deux heures de battement. Je foncerai après.

— D'accord, dit Du Pré, j'y serai.

Il entendit le déclic à l'autre bout du fil.

— Une petite amie ? fit Madelaine.

— Ouais. Elle m'attend à cinq heures du matin. Avant, je peux m'occuper de toi, et peut-être après aussi. Je suis un homme très demandé, tu sais.

Madelaine eut un brusque sourire. Elle se redressa, prit le lobe de l'oreille de Du Pré entre ses dents et le mordilla.

— Tu vas voir cet homme qui m'a ramené ma Lourdes ? susurra-t-elle dans son oreille encore humide. Tu le remercieras pour moi. Je n'irai pas avec toi, mais un jour, j'aimerais le voir pour lui dire merci.

Du Pré hocha la tête.

Sonny et Bassman bavardaient avec deux jolies femmes de Cooper. Tout le monde avait l'air heureux. Ils le seraient peut-être encore davantage un peu plus tard.

— Sonny ferait mieux de pas fricoter avec cette La Fant, dit Madelaine. Une embobineuse. Les gars, elle les rend fous. Elle adore les voir se battre pour elle.

Du Pré haussa les épaules. Mon cousin a quarante ans. Depuis que je le connais, je l'ai toujours vu se bagarrer pour des filles cinglées. Il aime ça. Ça l'aide à bander, j'imagine.

— Regarde Bassman, poursuivit Madelaine. Il est en train de baratiner Alyse. C'est une gentille fille. Elle a toujours des problèmes avec les hommes. Elle choisit toujours ceux qu'il faut pas.

Bassman, il collectionne les nanas. Un jour, elles vont se retrouver, feront un bon repas, formeront un détachement et lui couperont les couilles. Ensuite, elles le pendront à un arbre et boiront de la bière pendant qu'il gigotera au bout de sa corde en se vidant de son sang.

Si mes cousins veulent jouer à ce petit jeu, ça les regarde. Je suis pas leur mère, seulement un cousin. Des crétins.

Sonny et Bassman remontèrent sur la scène, les babines retroussées de bonheur, comme des chiens dans un champ plein de bouses fraîches.

Ça devient chaud.

— J'y vais, dit Du Pré. Encore deux ou trois airs et après on y va.

Madelaine éclata de rire.

— Pauvre Du Pré ! Ce soir, tu ne vas pas dormir. Moi si. Et en rentrant, tu dormiras pas non plus.

— Je m'en sortirai, d'une manière ou d'une autre, répondit Du Pré.

Il reprit son violon posé sur le comptoir, marcha jusqu'à l'estrade et écouta les rythmes sourds que Bassman sortait de sa basse électrique. Ça balançait bien, là.

Il se décida pour : « Je joue de l'autre côté du ruisseau et je fais voler mon chapeau. »

Il lança quelques notes glacées dans l'air enfumé.

Les gens se levèrent et commencèrent à danser. Madelaine dansa devant Du Pré, en passant la pointe de sa langue sur ses lèvres.

Pourvu que je ne perde pas le rythme, avec la trique que j'ai, songea Du Pré. Ma femme me cherche. Ça promet.

Les gens dansèrent puis quittèrent le bar en couples. Au dernier morceau, il ne restait presque plus personne.

Du Pré rangea son violon dans son étui, échangea une poignée de main avec ses cousins, salua leurs copines d'un sourire et ramena Madelaine chez elle.

Après, ils restèrent allongés sur le lit, la sueur perlant sur leur peau. L'air frais de la nuit caressait leurs corps brûlants.

— Il faut que j'y aille, maintenant, dit Du Pré.

— J'ai des projets, pour quand tu vas rentrer, murmura Madelaine.

Du Pré se leva, s'habilla, mit ses bottes et sortit. Le pare-brise de sa voiture était couvert de rosée. De grosses chauves-souris, des sérotines, virevoltaient au-dessus de sa tête, attrapant les insectes dans la lumière de l'unique réverbère de la rue. Les vespertilions, eux, restaient près des points d'eau à chasser les moustiques.

Du Pré laissa chauffer le moteur pendant qu'il essuyait les gouttelettes sur le pare-brise avec une vieille serviette, puis se mit au volant, roula trois cigarettes qu'il posa sur le tableau de bord, et une quatrième qu'il se colla dans la bouche et alluma. Il sortit une bouteille de whisky canadien de sous son siège et s'en envoya une bonne rasade.

Ça me tiendra éveillé. Whisky, sexe, musique, j'ai pas une mauvaise vie. Si je dis ça, ma Madelaine m'en retourne une.

Il se dirigea vers la deux-voies qui serpentait en direction de l'ouest sur les contreforts des Wolf Mountains. Elle menait à la Hi-Line et débouchait sur l'axe principal à Raster Creek.

Raster. Je ne savais pas ce que ça voulait dire, jusqu'à ce que je le demande à Booger Tom. Le vieux a reniflé et m'a dit que c'était la déformation du mot *arrastra*, qui en espagnol désigne la meule de pierre que font tourner les ânes, pour écraser le minerai destiné à être calciné.

Du Pré se souvenait d'avoir vu de ces énormes meules dans les Wolf. Les Espagnols étaient donc montés si haut dans le Nord ?

Pourquoi pas ?

Le bitume était humide, noir, et la route zigzaguait dans la nuit. Du Pré monta à cent cinquante et fila sous la lune voilée par les nuages hauts. L'air était chargé d'humidité.

Le paysage changea. L'odeur de la terre était différente ; il y avait quelque chose d'aigre dans l'air. À plusieurs reprises des cerfs s'immobilisèrent dans la lumière des phares. Du Pré freinait sec et levait le pied jusqu'à ce qu'il les ait dépassés. Ces bestiaux quittaient le macadam, mais ils pouvaient très bien revenir aussitôt, encore aveuglés par les phares.

Il arriva à Raster Creek à cinq heures moins le quart, descendit de voiture et s'assit sur le capot chaud, fuma et but du whisky.

À moins cinq, il entendit le vrombissement d'un gros diesel venant de l'ouest. Un semi-remorque qui déboulait sacrément vite. Les lumières des phares apparurent puis éblouirent Du Pré, alors que le chauffeur commençait à rétrograder pour ralentir son énorme machine.

Un gros dix-huit roues noir.

Le camion arriva au pas sur le parking de l'aire de repos et s'immobilisa. Les phares s'éteignirent et Du Pré entendit les freins à air comprimé siffler et se bloquer. La portière s'ouvrit et Rolly bondit de la cabine, effleura le caoutchouc du marchepied, sauta à terre et se dirigea rapidement vers Du Pré.

Celui-ci se laissa glisser du capot de sa voiture et marcha vers Rolly.

Ils s'arrêtèrent à deux pas l'un de l'autre. Rolly sourit et tendit la main. Du Pré lui rendit son sourire et sa poignée de main.

— Comment va Lourdes ? demanda Rolly.

— Ça va, ça va. Elle s'est fait une belle frayeur. Elle vous a vraiment proposé la botte, à Spokane ?

— Euh... pas exactement. Elle m'a demandé si je voulais qu'elle suce mon *pénis*. Elle a eu du mal à prononcer le mot. Elle s'est étranglée en le disant, vous voyez. Alors je lui ai dit : « Petite, t'es sacrément loin de chez toi et t'es dans le pétrin. Si tu me racontais ce qui se passe pendant qu'on prend le petit déjeuner ? » Je pense pas qu'elle ait eu le temps de tailler des pipes aux routiers. Pauvre gosse.

La petite Lourdes, songea Du Pré. Ah, les gosses, de nos jours. Je dirai rien à Madelaine, elle nous en chierait une pelleteuse.

Ce Rolly, un drôle de mec. Quand il dévalisait les banques, il devait tous les faire rigoler.

Du Pré lui tendit la bouteille de whisky. Rolly secoua la tête.

— Merci quand même.

Ils regardèrent à l'est le soleil se lever, rideau rose à mi-chemin du paradis.

— Je n'ai pas grand-chose, reprit Rolly, mais il fallait que je vous en parle. Voilà sept ans que je fais ce trajet aller et retour, et sur l'autoroute aussi. Une chose que je n'avais jamais faite, par contre, c'est de repérer *à quel endroit* les corps avaient été abandonnés.

Il sortit une carte de sa poche revolver, coinça une petite torche entre ses dents, marcha jusqu'à la voiture de Du Pré, déplia la carte et la posa sur le capot. La moitié ouest des États-Unis.

Il y avait de nombreuses croix noires sur la carte.

De Seattle jusqu'au Minnesota.

D'Amarillo, Texas, jusqu'à Calgary, dans l'Alberta, au Canada.

Du Pré plissa les yeux.

Je vois l'ensemble. Une large bande traversant le nord des États-Unis, du Pacifique aux Grands Lacs. Une large bande nord-sud, le long des Rocheuses, à l'est du centième méridien.

Il cligna des yeux.

— Bon sang, dit-il, si ça se trouve, ils sont deux.

— C'est ce que je crois aussi, acquiesça Rolly.

Il plia la carte et repartit vers son camion.

— Vous partez déjà ? fit Du Pré, étonné.

— Ouais. Quand vous aurez le vieux Wallace au téléphone, donnez-lui le bonjour de ma part, et parlez-lui des dates. Nous avons besoin de savoir quand les corps ont été abandonnés.

— D'accord.

Rolly remonta dans son engin et s'éloigna vers le soleil levant.

Chapitre 14

— Il faudrait que j'apprenne à mieux dire « non », déclara Bart.

Il paraissait fatigué.

L'énorme remorque basse, avec sa triple rangée de pneus de chaque côté sur presque toute sa longueur, supportait Sucette, la pelle mécanique géante, dont la flèche était repliée.

— Sacré boulot, hein ? fit Du Pré.

— Le plus gros que j'aie jamais fait. Je devrais embaucher un conducteur d'engin, mais je déteste l'idée que quelqu'un d'autre que moi la conduise.

Du Pré acquiesça d'un grognement. Bart adorait sa Sucette. On disait qu'il était milliardaire. Il aurait été bien plus heureux s'il était né pauvre. Mais ce n'était pas le cas. L'argent avait bien failli le tuer. Du Pré se souvint du visage de Bart, rouge et bouffi d'alcool, à la fenêtre de la trop grande maison, la première fois qu'il l'avait vu[1]. La maison que Booger Tom avait incendiée, sur l'ordre de Bart.

Il y avait longtemps de cela.

Bart s'était encore saoulé quelques fois, l'alcool l'avait rendu malade et puis les crises s'étaient espacées et, depuis trois ans, il n'avait plus bu une goutte.

Du Pré hocha la tête. Ça allait bien pour Bart. Si seu-

1. Voir *La Montagne blessée, op. cit.*

lement il pouvait se trouver une femme. Mais quand il en rencontre une, il la couvre de fric. Elles ont l'impression qu'il veut les acheter et elles le fuient.

La journée était lumineuse et chaude. Le soleil brillait. Un aigle planait dans les courants ascendants au-dessus des champs de blé qui s'étendaient des contreforts des Wolf Mountains, derrière le ranch, droit jusqu'au sud, là où la pluie tombait si chichement que seule l'armoise y poussait.

— Le blé est mûr, dit Booger Tom, qui arrivait par le côté de la maison.

Il se déplaçait avec lenteur. Les douleurs dues à toutes les fractures qu'il s'était faites en tombant de cheval ne le lâchaient plus. L'arthrose déformait ses doigts, noueux comme des racines de saule.

Un vieux cow-boy, encore coriace.

— Je vois bien qu'il est mûr, lâcha Bart. Je n'arrête pas de te dire que je veux *perdre* de l'argent. Si je récolte la moitié du blé et qu'il est payé cette année cinq dollars le quintal, je perdrai... voyons... Oh, et puis merde, tout ça c'est des chiffres !

— J'essaie de t'en faire perdre, répliqua Booger Tom. Je te jure que je fais tout pour.

— Je pense, dit Bart à Du Pré, que ce vieux salaud me fait marcher.

— T'as qu'à donner ton foutu blé aux bonnes œuvres, rétorqua Booger Tom. Tiens, t'as qu'à le donner aux Russkofs.

— Ouais, ouais, fit Bart en rentrant dans la maison.

— S'il pleut pas, on pourra moissonner dans quinze jours, dit Booger Tom. Les batteurs ont pris une semaine de retard.

Du Pré pensa à la vie de ces moissonneurs sous contrat : ils partaient du Texas et remontaient vers le nord. Sur les routes pendant cinq ou six mois de l'année. Toute la journée dans la poussière de la paille et de la balle du blé qui piquait et grattait. Mais ils gagnaient bien. C'étaient des braves types, qui travaillaient dur.

Mais si un orage de grêle s'abattait sur les champs, cassait les épis et faisait tomber les grains, ils ne gagnaient rien du tout. On ne les payait pas à peigner les chaumes.

Ah, l'agriculture. Éleveurs, vos vaches cherchent un endroit pour se cacher, vos moutons, un endroit pour mourir.

Les fermiers d'ici, fallait qu'ils soient coriaces.

Bart apparut derrière la porte-moustiquaire de la véranda.

— Du Pré, téléphone pour toi. Harvey Wallace.

Du Pré expédia son mégot dans le jardin, entra dans la maison, prit le téléphone portable et ressortit. Ça grésillait un peu, mais pas trop.

— Bonjour, dit Harvey.

— Il fait beau, ici. Et chez vous, à Washington ?

— Pourri. Poisseux. Ça grouille de politiciens visqueux et de parasites dans mon genre. Les pères fondateurs haïssaient l'idée de démocratie. La preuve, ils ont bâti la ville sur des marécages et attendu que les moustiques inoculent la fièvre jaune à tout le monde ! J'ai cru comprendre que ce vieux Rolly vous a mis au parfum ?

— Ouais.

— Bon. Ici, on est tous des flambeurs de tripot flottant. Et vous voulez voir l'atout qu'on a en main.

— Comment va Pidgeon ? s'enquit Du Pré.

— Beaux nibards et méchante langue ? En pleine forme. Je lui ai transmis votre requête et vous savez ce qu'elle a fait ?

— Non.

— Elle a imprimé un truc sur son ordinateur et a décrété que vous étiez génial et que vous vous en sortiriez très bien.

— Bon Dieu, dit Du Pré. Il y a combien de croix sur cette carte, au moins cent cinquante ?

— Un paquet. Je doute qu'on puisse toutes les attribuer à un ou deux types.

— Depuis combien de temps vous savez qu'ils sont deux ?

— Gabriel, arrêtez de me chercher des poux dans la tête. Je ne *sais* pas qu'ils sont deux. Je sais qu'on a plein de cadavres sur les bras. Je préférais vous laisser faire pour voir ce que vous trouveriez. Si je vous avais dit ce que nous croyions savoir, vous n'auriez pas cherché ailleurs.

— Ouais, bon, enfin, moi, je ne sais rien non plus. Ça me rend malade, ces gamines, et ce type, ces types, qui font ça depuis des années. Personne ne les voit, on dirait.

— Le Tueur de la rivière Verte, près de Washington, en a tué quatre-vingt-dix. Et puis il a arrêté. Il est mort ou il a déménagé, on nc lc saura sans doute jamais[1]. Dans mon bureau, j'ai affiché les visages de toutes ces femmes assassinées, pour me souvenir que le mal existe.

— Vous savez, on est loin d'avoir l'identité de toutes les filles qu'on trouve.

— Il y a à tout moment dans ce pays une centaine de milliers d'adolescents dans la nature, précisa Harvey. Certains parents sont contents qu'ils aient mis les bouts. Il y en a qui n'ont même pas une photo de leur gosse. Pas une seule. Rien. Certains ne signalent pas leur disparition. Ils s'en foutent. Le gosse est parti ? Tant mieux, ça fait une bouche de moins à nourrir. Comme ça

1. Il sera arrêté en 2001. En novembre 2003, Gary Ridgeway, 54 ans, surnommé le Tueur de la rivière Verte, a reconnu avoir violé et assassiné 48 femmes dans l'État de Washington. L'enquête continue pour les 41 autres meurtres dont on l'accuse. *(N.d.T.)*

ils vous piquent pas du fric pour s'acheter de l'alcool ou de la drogue. Il y a vraiment des enfoirés, dans ce monde. Et beaucoup.

— Comment se fait-il que Pidgeon ne m'ait pas appelé ? demanda Du Pré.

— Elle est partie en Europe, pour filer un coup de main à Scotland Yard. Ils ont une espèce de taré qui démembre les prostituées, vers Édimbourg. Jock l'Éventreur.

Du Pré émit un grognement.

— Bon, pour revenir à nos cadavres à nous, dit Harvey, on a quelques pistes. Mais dans la plupart des cas, quand on les trouve, il n'y a plus que les os. Avec ça, comment voulez-vous qu'on ait une idée précise ?

— Combien ont été écorchés ?

— Dix-neuf, peut-être davantage. On n'a pas trouvé toutes les peaux.

— Ce type est vraiment malin, dit Du Pré.

— Très malin. Il se peut que nous ne le trouvions jamais. Mais ça ne nous empêchera pas d'essayer. Où est passé ce sacré Benetsee ?

— Sais pas.

— Il lui est déjà arrivé de partir aussi longtemps ?

— Non.

— Savez-vous comment le retrouver, au Canada ?

— Non. J'ai demandé à des gens de là-bas, mais je ne sais même pas à quelle tribu il appartient. À mon avis, il doit être cree, mais les Crees, vous les connaissez, ce ne sont pas des bavards. Chacun pour soi. Ils ne se mêlent pas des affaires des autres. Très renfermés. Chaque fois que quelqu'un publie un ouvrage sur leur religion, ils le traînent en justice. Ils n'ont pas envie que tous ces connards New Age viennent les emmerder.

— Oui, comme à Bear Butte, dit Harvey.

Bear Butte était un endroit sacré, un lieu de visions, commun à plusieurs tribus des Plaines. Alors maintenant des militants des mouvements d'hommes et des imbéciles New Age viennent à Bear Butte pour se livrer à ce qu'ils croient être des cérémonies indiennes. Ça leur plairait qu'on leur fasse la danse du soleil dans leur cathédrale, à Washington ? Nous, on fait pas ça. Laissez Bear Butte tranquille. Foutez-nous la paix.

Moi, je suis au milieu, songea Du Pré. Mauvais catholique et, côté indien, encore plus mauvais. Je dois être plus religieux que je le crois.

— On a essayé les médiums, dit Harvey. Ça n'a pas donné grand-chose. Ou alors, c'est parce qu'on ne sait pas décoder leur blabla. Moi, j'essaierais même de lire dans les entrailles des animaux, comme les Romains, si ça pouvait nous aider.

— Ah, j'oubliais, dit Du Pré. Rolly vous passe le bonjour.

Wallace se mit à rire. Un long moment.

— Cet enfant de salaud ! Je ne peux pas m'empêcher de bien l'aimer. Je ne l'admettrai jamais ouvertement, mais je suis comme tous mes concitoyens : lorsque les banquiers l'ont dans le cul, je ne peux m'empêcher de me sentir un peu mieux.

— Il sait quelque chose.

— Quoi ? fit Harvey, aussitôt sur le qui-vive.

— Je ne sais pas, j'ai comme l'impression qu'il s'apprêtait à me le dire et puis il a changé d'avis. Ah, encore un truc. Ce Rolly, c'est un tueur.

— Il a tué qui ?

— Personne pour le moment.

— Là, vous avez raison.

— Il pense peut-être le tuer, pour voir si les meurtres en série s'arrêtent.

— Ça m'a causé du souci, dit Harvey.

— Et puis, il a les yeux d'un tueur. Mais je me trompe peut-être.

— Non, vous avez raison. Moi, une chose me

tracasse : vous aussi vous avez ce regard, Gabriel. Souvenez-vous de ce que je vous ai dit, je n'hésiterai pas à vous coffrer.

— Merci.

Harvey raccrocha.

Chapitre 15

Du Pré se tenait près de l'amas de planches gris argenté encore balisé par le ruban plastique jaune utilisé par les enquêteurs pour boucler le secteur. La terre sous laquelle avait été découvert le corps était retournée et mise en tas. On distinguait des traces de bottes et des marques de sabots de vaches et de chevaux sur le sol ameubli.

Un coyote avait gratté la terre en surface, humant sans doute l'odeur de viande pourrie, puis trotté vers la clairière vert pâle où coulait un minuscule ruisseau qui, à plusieurs kilomètres de là, jaillissait en source.

Du Pré leva la tête. L'aigle était un point si haut dans le ciel qu'il ne l'aurait pas vu s'il n'avait su exactement où regarder. Cet aigle, songea-t-il, devait planer pour le plaisir. Tout là-haut, il n'y avait rien à manger et le temps de plonger sur la proie qu'il avait repérée, la bestiole avait tout le temps de s'enfoncer dix pieds sous terre.

Quarante ans plus tôt, Du Pré avait accompagné son père, Catfoot, à la chasse. Ils étaient arrivés au bord d'une prairie recouverte d'un bon mètre de neige, espérant trouver un élan à l'autre bout. Mais ce qu'ils virent, c'était un aigle, sur un cerf. Le gros oiseau doré avait planté ses serres dans le dos du quadrupède, à la base du cou, et battait des ailes, tandis que le cerf, langue pendante, cherchait désespérément à fuir. Mais il n'avait nulle part où se réfugier.

L'aigle avait lâché prise et s'était envolé, laissant l'animal tremblant. Et puis un deuxième aigle, la femelle, avait fondu à son tour sur l'animal qui avait tenté de lui échapper en bondissant.

Du Pré et son père avaient continué leur chemin. Quand ils étaient revenus, plusieurs heures plus tard, traînant la carcasse vidée d'une femelle élan, les deux aigles festoyaient sur le cerf.

— L'aigle doré, c'est un vrai chasseur, avait dit Catfoot. L'aigle chauve, lui, il vole les proies d'oiseaux plus petits.

Du Pré regarda ses pieds. Ils lui semblaient très lointains. Il vit un brin d'armoise coincé dans la semelle craquelée de sa botte.

Il tenta de planer en même temps que l'aigle, pour voir à quoi ressemblait cette terre, vue de là-haut. Il aurait pu demander à quelqu'un de lui faire survoler la zone en avion, mais il n'était pas sûr de ce qu'il cherchait.

Il ferma les yeux.

Avant, il y avait une vieille maison ici. Avec un puits, qui devait être là, là où le ruisseau est souterrain.

Les traces de pneus viennent jusqu'ici. Les éleveurs, les chasseurs, quittent la route pour entrer dans l'armoise et passent à côté de l'endroit où se dressait cette bicoque, emportée par le vent, jusqu'à un petit col encadré de rochers en saillie de deux mètres de haut, qui permet d'accéder à la plaine herbeuse.

Les hautes plaines.

Le désert.

Tous les prophètes viennent du désert.

Le lieu de clarté.

J'ai passé trop de temps avec Bart et ses livres.

Tout ceci est la rivière Rouge.

La route allait vers l'ouest, le ruban vert allait vers le nord, suivant une fracture invisible dans le sol rocheux. Les deux se croisaient ici.

Les deux corps couchés en croix l'un sur l'autre étaient allongés là, sous le bras gauche de la croix.

La main droite du Christ était sur le bras gauche de la croix.

Du Pré secoua la tête.

Il décrivit des cercles concentriques autour de l'endroit où l'on avait retrouvé le premier corps. Une spirale serrée. Il voyait clairement à trois mètres de chaque côté. Une bande de terre de six mètres de large.

Là.

Il aperçut les feuilles minuscules de petites plantes qui avaient pris racine dans quelques centimètres de terre retournée. Des mottes que l'on pouvait ouvrir avec un couteau. Une petite tranchée grattée, remplie, recouverte et tassée.

Les graines savaient où trouver l'air et l'humidité nécessaires à leur germination.

Ensuite, elles n'avaient plus assez d'eau pour pousser. La plante demeurait naine. Pas morte, juste dormante. Ici, il faut des années pour qu'une plante se développe, alors qu'une seule saison suffirait, s'il y avait assez d'eau.

Du Pré prit la barre porte-outils pliante qu'il avait à la ceinture, l'ouvrit, choisit une longue lime à bout carré, inséra et ferma la poignée.

Il creusa la terre sous la petite plante.

Nulle part ailleurs il n'y en avait de pareille.

Il sentit quelque chose et ressortit la lime. Des mottes de terre se brisèrent.

Il y eut un scintillement d'acier chromé. Un couteau, court, lame triangulaire, manche en plastique, marque effacée.

Autre éclat métallique. De l'or.

Une bague de fiançailles. Un petit diamant, du bon or, sans doute à dix-huit carats. Un cadeau d'espoir. On n'a pas beaucoup d'argent, mais tu verras, un jour je t'en offrirai une plus belle.

Du Pré sortit un sachet à scellés de sa poche, y déposa le couteau et la bague, le referma avec un bruit sec, perça un petit trou sur le côté avec la lime, le pressa pour faire sortir l'air et le mit dans sa poche.

Il continua à creuser la terre, partout où elle avait été dérangée. Il trouva un bout de ruban adhésif en toile, une agate montée sur argent, deux boucles d'oreilles à tige, en or.

Puis il sentit la racine de l'armoise. Il avait atteint le bout de la petite tranchée.

Cette ordure achète les couteaux en gros, ma parole. Non, plutôt un par-ci, un par-là. Mais je parie qu'il en a pas mal à portée de main.

Du ruban adhésif en toile.

La main droite du Christ.

Là, je tiens quelque chose.

Du Pré se retourna et fixa, à travers l'armoise, l'endroit précis où le corps de la première fille avait été trouvé.

Il avait une vue bien nette.

La lame du couteau pointait exactement dans cette direction.

Il se redressa et suivit sa ligne de vision en regardant à droite et à gauche. Il n'y a que d'ici que l'on voit de loin l'endroit où se trouvait le corps.

Qu'est-ce que c'est ? Un ancien chemin ?

Il n'y a pas d'armoise ici. Pourquoi ?

Il essaya de se souvenir si l'autre lame de couteau pointait aussi dans la direction du corps. Sans doute que oui.

Tout ce que fait ce type a une logique. Je ne connais pas ses raisons, mais les preuves sont là.

Des pistes.

Ce type prévoit tout. Il s'énerve quand quelque chose n'est pas à sa place. Il s'énerve quand son plan d'action ne marche pas.

Il se dit que si les projets du Seigneur échouent, c'est peut-être parce que les femmes les ont contrariés.

Ce type essaie de tout prévoir.

Du Pré leva la tête et regarda l'aigle. À présent, ils étaient deux.

Il marcha vers l'endroit où il avait vu voler la pie. Il y avait longtemps. Moins d'un mois, mais une éternité.

Il regardait de gauche à droite en jetant des coups d'œil derrière lui.

Les deux corps sous le bras droit du Christ sur la croix. Le bras gauche de la croix.

Tout dépend de l'endroit où l'on se place.

Il arriva là où il avait découvert les deux corps. La terre avait été beaucoup moins retournée. On avait moins cherché.

Les deux filles portaient des tatouages faits avec de l'encre de stylo, comme cela se pratique en prison. Tout le monde s'en foutait.

Juste des déchets jetés dans les broussailles.

Avaient-elles été tuées en même temps ?

Étaient-elles sœurs ?

Maintenant, elles l'étaient.

Il se roula une cigarette et l'alluma.

Je sais qu'ici il n'y a pas de couteau. Celui-là, il n'opère pas comme ça.

Donc il y en a un deuxième. Chacun connaît l'existence de l'autre. L'un tue au nord, l'autre à l'est.

Je plane dans le ciel et je scrute la terre.

Si je pouvais les réunir, alors peut-être...

Benetsee. Où est Benetsee ?

Du Pré se mit à siffloter un air qu'il n'avait jamais entendu auparavant. Un joli petit air triste.

À essayer sur mon violon.

Arriver à le jouer juste.

Les femmes sont perdues dans le désert.

Il retourna à sa voiture en sifflotant.

Chapitre 16

— Je ne prête pas trop attention à ce genre de choses, dit le père Van den Heuvel. Je sais qu'elles existent et qu'elles se pratiquent par ici, mais je suis très pris par mes tâches pastorales. Pourquoi cette question ?

Du Pré haussa les épaules.

— Je pense que le gars qui tue ces filles a peut-être un rapport avec ces gens-là.

— Pourquoi ? demanda le prêtre. Je pourrais peut-être t'aider si je savais à quoi tu penses.

Du Pré se suçota les dents. Puis il se roula une cigarette.

Ils étaient assis sur la terrasse de la petite maison de Van den Heuvel. Une vieille dame très pieuse l'avait laissée en héritage à l'église. Elle avait eu pitié des prêtres qui vivaient claquemurés dans une seule pièce, avec une minuscule cuisine et une baignoire.

— Si ça se trouve, je me trompe, dit Du Pré, mais l'agent Pidgeon dit que cet homme croit qu'en tuant des mauvaises femmes il accomplit la volonté divine. Il est plein de haine, mais il a besoin de trouver une justification à sa haine, tu comprends. C'est Dieu qui lui dicte sa haine.

— Je vois, acquiesça le père Van den Heuvel. Les êtres un peu primaires qui rejoignent des sectes aussi ignorantes sont tous très doués pour la haine. Dans le journal de Billings, j'ai vu des publicités pour des évangélistes qui haïssent presque tout le monde, en particulier ceux qui pratiquent ou sont favorables à l'avortement. Notre mère l'Église le condamne, mais loin de nous l'idée de recommander de tuer ceux qui ne partagent pas nos opinions.

Pourtant, vous l'avez fait, songea Du Pré. Et de tout temps. Souvenez-vous des huguenots, beaucoup d'entre eux sont venus ici pour fuir les persécutions.

— D'après vous, qu'est-ce qui peut se trouver à la main droite de Jésus sur la croix ?

— Question intéressante, répondit le père Van den Heuvel. Il faudra que j'y réfléchisse.

— Je vais aller à Miles City et j'entrerai dans une de ces églises évangélistes, pour voir les gens.

— L'œuvre du Diable, pour réussir, doit avoir une logique, soupira le prêtre. J'aimerais pouvoir venir avec toi.

— Je préfère ne pas aller là-bas avec un jésuite, dit Du Pré. Je ne voudrais pas heurter tes sentiments.

— Je comprends, fit le gros prêtre.

En quittant la maison de Van den Heuvel, Du Pré passa en ville et fit le plein d'essence à la petite épicerie qui faisait office de laverie automatique et de station-service. Il fit signe au gamin, à travers la vitre, de noter le prix.

Dans le rétroviseur, il le vit sortir pour lire le montant affiché à la pompe.

Mercredi soir.

Madelaine avait décrété qu'il était complètement idiot d'aller écouter vociférer un de ces péquenauds. Elle irait à la messe prier pour lui.

— J'ai des cousins qu'on a envoyés dans des écoles évangélistes. Tu sais ce qu'ils leur ont fait ? Ils leur ont inculqué l'idée qu'il fallait avoir honte d'être indiens, et ils se gênaient pas pour les rudoyer. Des malades, ces types-là. Moi, je les aime pas.

— Moi non plus, dit Du Pré, mais je n'en connais pas beaucoup.

Ici, j'ai mes prêtres, et les vieux comme Benetsee, comme Mrs. High Back Bone, qui venait ramasser des plantes médicinales avec ma mère.

Mrs. High Back Bone était peut-être assiniboine [1], une drôle de vieille dame, avec une bouille toute ronde et un bon gros rire. Une femme-médecine, les gens viennent la voir, elle les guérit, elle guérit même les cœurs brisés et aussi le cancer de l'estomac et la tuberculose.

Un jour, Du Pré s'était fait mordre par un serpent à sonnettes. Mrs. High Back Bone avait mâché des feuilles qu'elle avait appliquées sur les morsures. Du Pré avait *senti* le poison quitter son corps. La pâte de feuilles vertes avait noirci. Elle avait fait couler de l'eau dessus puis touché les plaies. Le lendemain matin, il ne restait plus que deux petits points blancs à l'endroit où les crochets s'étaient enfoncés dans la chair. Pas une seconde il n'avait été malade.

La vieille voiture de patrouille filait à cent cinquante. Du Pré avait bu un peu de whisky. Conduire l'ennuyait et, quand il était un peu beurré et détendu, il inventait des chansons, en traversant les étendues désertes dont le Montana était essentiellement constitué.

Un jour, un connard de flic va me coincer pour conduite en état d'ivresse. Ah, ces foutus travailleurs sociaux, y en a partout.

Il arrivait au sommet d'une longue côte quand il dut freiner brutalement. Devant lui, il y avait un tracteur tirant une presse qui brinquebalait sur l'étroite bande d'asphalte. Une voiture arrivait en sens inverse à la même vitesse que celle de Du Pré. Le fermier sur son

1. Tribu indienne du Canada, alliée des Crees, originaire de la région de la rivière Rouge. *(N.d.T.)*

tracteur balança une canette de bière par-dessus son épaule. La canette rebondit sous la presse et s'aplatit sous la roue avant droite de Du Pré.

La voiture les croisa à toute allure. Ses pneus mordirent sur le bas-côté, à ras du talus. Un jeune cow-boy dans une vieille Cadillac.

Du Pré jeta un coup d'œil au-delà de la presse. La voie était libre. Il remonta à cent trente, puis à cent cinquante sur la route dégagée.

Il arriva à Miles City à cinq heures et trouva un restaurant fréquenté par des hommes en chapeau de cow-boy. Il mangea une côte première et but deux whiskys servis dans une tasse à café.

— On n'a pas de licence, expliqua la serveuse. Je suppose qu'on devrait en prendre une ?

Du Pré éclata de rire ; il en postillonna du whisky sur sa moustache.

Comme ça, j'entrerai dans cette église protégé par l'alcool, pensa-t-il. Je crois savoir ce que je vais trouver, de toute façon.

À sept heures moins le quart, il partit en voiture jusqu'à une église évangéliste qui, en guise de publicité, reproduisait des extraits des sermons de son pasteur. Cet homme pensait que tous les malheurs du monde étaient l'œuvre des « libéraux impies ».

Du Pré se gara devant le bâtiment miteux. Sur la façade, un panneau avec des lettres en plastique annonçait : « 19 HEURES » et, au-dessus, « SERVICE DU SOIR ». Du Pré entra alors que les premières personnes commençaient à arriver. De grosses femmes et des enfants au regard triste, des hommes maigres, voûtés par le travail. Tous pauvrement vêtus. Du Pré s'assit au fond de la salle. Dans l'assemblée, une quarantaine de fidèles, des gens se retournaient sans cesse pour le regarder.

J'ai peut-être la peau trop foncée, songea-t-il.

Le montant des deux dernières collectes était inscrit sur un panneau suspendu devant la chaire.

Quelqu'un lança une cassette de musique d'orgue. L'assistance entonna un cantique hymne. Horrible.

Du Pré se leva et s'en alla.

Il y a des pauvres à Toussaint, songea-t-il, mais ces gens-là sont encore plus pauvres. Eux, ils n'ont rien. Même pas eux-mêmes.

Du Pré eut pitié d'eux.

Mais ils pouvaient se montrer très méchants.

Il se rendit au centre-ville. Il aimait cet endroit, qui avait conservé ses vieux bars, fréquentés par les éleveurs de bétail. Le *Bucking Horse Sale* valait vraiment le coup. Il n'y était pas venu depuis dix ans. Trop de monde.

Ici, on se sentait encore dans l'Ouest. Pas comme dans les montagnes avec leurs stations de sports d'hiver où les yuppies viennent skier et font construire des maisons sur les pâturages d'hiver, obligeant cerfs et wapitis à chercher leur pitance ailleurs. Ils ont tous ces stupides 4 x 4, avec des housses de siège en jean. Et ils portent des bottes bizarres.

Du Pré entra dans un saloon très haut de plafond. Il s'offrit un verre et fit le tour des photographies accrochées aux murs. Toutes dédicacées. Tom Mix, Art Acord et Hoot Gibson, les cow-boys du cinéma muet. Monty Montana, le cow-boy chantant, et Yakima Canutt, le cascadeur. Casey Tibbs, le champion de rodéo. Will James, né... comment s'appelait-il, déjà ? Nepthele Dumont, quelque chose comme ça. Un Canadien français. L'alcool l'avait tué. Le grand-père de Du Pré l'avait connu ; ils parlaient *Coyote French*[1], bien que James fût québécois.

Du Pré s'arrêta devant une petite aquarelle au lourd cadre doré vissé dans le mur. Charley Russell[2]. Un

1. Mélange de français et de langue cree. *(N.d.T.)*

2. Charles M. Russell, le « cow-boy artiste », 1864-1926. Aquarelliste du Montana qui peignit les scènes de la vie quotidienne de l'Ouest américain. *(N.d.T.)*

grand ami de son arrière-grand-père. Ils se saoulaient ensemble, jusqu'à ce que Charley renonce à boire. Russell avait peint l'arrière-grand-père à plusieurs reprises ; le tableau le plus connu représentait le Métis portant sa carabine au fût orné de clous de laiton, des mocassins, le chapeau traditionnel de la rivière Rouge et la large ceinture. Toute sa vie, Charley avait porté la ceinture des Métis, même sous un smoking.

Elle va loin, cette rivière Rouge.

Du Pré se paya un autre verre, puis remonta dans sa voiture.

Je crois que j'ai envie d'être seul pour réfléchir.

Il faisait encore jour. Du Pré était à environ cent cinquante kilomètres de Toussaint quand il dut allumer ses phares.

Il roula à toute allure.

Un coyote passa devant lui et disparut dans l'obscurité.

Du Pré se mit à rire.

Trois kilomètres plus loin, un autre coyote.

Du Pré rit encore.

La voiture gravit une longue côte pleine de virages qui finissait sur une plate-forme rocheuse qui avait dû être autrefois un grand tertre. Au sommet, il y avait un dégagement. Du Pré s'y arrêta, sortit de la voiture et prit la bouteille de whisky sous son siège. Il roula une cigarette et s'assit sur le capot chaud. La fraîcheur de la nuit tombait rapidement.

Soudain, les coyotes se mirent à chanter. D'abord un, puis plusieurs, puis d'autres encore. Un vrai chœur.

Ils se préparent pour la chasse. Comme moi.

Du Pré poussa le hurlement du coyote.

Un coyote lui répondit.

Benetsee ?

Chapitre 17

La nuit était profonde. À la lumière argentée des étoiles, les silhouettes de l'armoise et des ormes de Sibérie qui se glissaient jusqu'à la cabane de Benetsee faisaient penser à de gentils fantômes. Du Pré tourna dans l'allée. Il huma une odeur de fumée.

Tiens, le vieux putois est de retour. On ne sait jamais où il va, au Canada, sur la lune, en Chine, peut-être. Pourquoi pas au pôle Nord.

Du Pré gara sa voiture près de la terrasse délabrée et alla frapper à la porte.

Rien.

Il jeta un coup d'œil par la fenêtre. Une lampe à kérosène brûlait doucement.

Les vieux chiens avaient fini par mourir. Elles manquaient à Du Pré, ces braves bêtes qui aboyaient, essoufflées, essayant de faire leur boulot de chiens jusqu'au bout, même quand elles n'arrivaient plus à soulever leur arrière-train.

Du Pré avait voulu donner à Benetsee un chiot blue heeler[1], mais le vieil homme avait refusé, disant qu'il n'en avait plus pour longtemps à vivre et que le chien serait triste, sans son maître.

1. Berger australien, mélange de dingo, de colley et de dalmatien, avec souvent des taches bleutées sur la tête et les pattes. *(N.d.T.)*

L'odeur de la fumée était tenace. Du Pré toqua à nouveau.

Rien. Il fit le tour de la cabane jusqu'à la hutte de sudation.

Sur le foyer où l'on allumait un grand feu pour chauffer les pierres, avant de les porter dans le trou à vapeur, les braises rougeoyaient. Les rabats de toile étaient abaissés et la vapeur s'échappait des coutures, en volutes, dans l'air de la nuit.

Il est là-dedans, en train de prier.

Ou il se tape une chèvre.

Donc, j'attends.

Du Pré retourna à sa voiture, fouilla le coffre et y dénicha une bouteille de cet horrible vin bon marché dont Benetsee raffolait. Il prit également sa bouteille de whisky, son tabac, regagna la hutte et s'assit sur une bille de bois. Il fuma et but du whisky en regardant les étoiles. Une flèche de feu verte illumina le ciel d'encre et s'évanouit en quelques secondes.

Un météore.

Un autre.

Encore un autre.

Pourquoi brûlaient-ils en émettant une couleur verte, parfois jaunâtre, mais surtout verte ?

Il but une gorgée de whisky.

Il entendit chantonner dans la hutte. Bientôt celle-ci fraîchirait et le vieil homme en sortirait à quatre pattes, vêtu de son seul pagne. Il danserait dans la nuit froide tandis que la sueur ruissellerait sur son corps.

Du Pré roula une cigarette pour le vieux hibou.

J'ai plein de questions à lui poser.

Le rabat de toile devant la porte s'agita. Une main planta un long bâton dans le sol pour maintenir le rabat ouvert. La vapeur s'éleva dans la nuit.

Un jeune homme émergea, nu, portant une louche.

Il s'immobilisa en voyant Du Pré, retourna dans la

hutte et ressortit avec une serviette dont il s'entoura la taille.

Du Pré attendit Benetsee.

Il ne vint pas.

Le jeune homme resta immobile, les bras levés vers le ciel. Ses lèvres bougeaient sans qu'il en sortît un son. Puis il fit le tour de la hutte, alla chercher ses vêtements suspendus à une branche d'épicéa bleu et s'habilla.

Du Pré fuma encore.

Ce vieux salaud, il n'est même pas *là*.

— Bonsoir, dit le jeune homme en s'avançant.

Il portait un jean, des bottes et une chemise de cowboy usée. La boucle de sa ceinture était faite de métal noir et de griffes d'ours. Un collier de turquoises et d'os de bison enserrait son cou.

— Je suis venu voir Benetsee, dit Du Pré. Voulez-vous du vin ?

— Non, je ne bois plus. Merci quand même.

Du Pré hocha la tête. Un Indien d'une réserve.

— Où est Benetsee ?

— Parti dans le Dakota du Nord. Vous, vous êtes Du Pré.

— Oui.

— Il dit qu'il reviendra quand vous aurez attrapé ces types.

— Quoi ?

— Ne criez pas. Les esprits sont encore là, ils n'aiment pas les hurlements. Vous le savez.

— Je dois parler à Benetsee, dit Du Pré.

— Écoutez, je vous dis ce qu'il m'a dit de vous dire. Je n'en sais pas plus.

— Merde.

— Je suis là pour m'occuper de la maison et pour faire... certaines choses, reprit le jeune homme. Je n'ai pas à dire à Benetsee ce qu'il doit faire.

— Mais, bordel, s'exclama Du Pré, vous êtes qui ?

— Je n'ai pas encore de nom. J'en avais un, mais Benetsee a dit que ce n'était pas mon nom, alors je...

— Nom de Dieu, grogna Du Pré.

— Il m'a dit que vous m'aideriez, si j'en avais besoin.

— Ouais... Écoutez, je suis désolé. J'étais venu parler à ce vieux putois et ça me rend fou qu'il ne soit pas là.

— Il ne reviendra pas tant que vous n'aurez pas attrapé ces types.

— Vous me l'avez déjà dit.

— Désolé.

— Ça va. Je lui botterai le cul quand je le verrai.

Le jeune homme ne pipa mot.

— Vous avez de quoi manger ? demanda Du Pré.

— Non. Je jeûne et je prie. Benetsee...

— Alors, venez avec moi. Ma Madelaine adore nourrir les gens. Depuis quand vous n'avez pas mangé ?

— Depuis longtemps.

Du Pré se leva de la souche, prit les bouteilles de vin et de whisky et la cigarette qu'il avait roulée pour Benetsee.

— Vous fumez ?

— Sûr.

Du Pré alluma la cigarette et la lui tendit. Ils se dirigèrent vers sa voiture et y restèrent assis un moment. Puis Du Pré démarra et roula jusque chez Madelaine, à Toussaint.

Les lumières étaient éteintes. Du Pré ouvrit la porte et entra. Le jeune homme le suivit dans la cuisine. Du Pré posa sa bouteille de whisky, ouvrit le frigidaire et en sortit du fromage, un ragoût de venaison, des haricots verts et un pichet de lait. Il fit réchauffer le ragoût sur la cuisinière, mit les haricots dans une casserole et alluma le gaz.

— Hé, fit Madelaine, debout en peignoir dans

l'embrasure de la porte. Tu rentres tard. Qui est ton ami ?

— Un gars que j'ai trouvé chez Benetsee. Il n'a pas mangé depuis des lustres. Il est affamé.

Madelaine entra dans la cuisine. Elle se frotta les yeux, éblouie par la lumière.

— C'est quoi, votre nom ? Moi, c'est Madelaine.

— Je n'ai pas de nom, expliqua le jeune homme. Benetsee dit que le nom que j'avais n'est pas le bon et qu'il m'aidera à en trouver un autre quand je serai prêt.

— Vous avez pas de nom, répéta Madelaine.

— Benetsee est un sacré farceur, remarqua Du Pré.

Le jeune homme hocha la tête.

— Il apprend auprès des coyotes. Ce sont des farceurs, ces chiens de Dieu.

— Où est Benetsee ? demanda Madelaine.

— Il me fait dire qu'il ne reviendra pas tant que je n'aurai pas attrapé ces types, expliqua Du Pré.

— Ces types ?

— Oui, ils sont deux.

— Non, trois, dit le jeune homme.

— Nom de Dieu ! s'exclama Du Pré. J'aurais pu vous le demander.

— Vous dites que vous voulez parler à Benetsee, poursuivit le jeune homme. Moi, j'ai appris à bien écouter.

— Benetsee vous a dit de m'aider ?

Le jeune homme opina du chef.

— Il vous a dit de me dire des choses ?

Nouveaux hochements de tête.

Le ragoût commençait à frémir. Du Pré le retira du feu, y planta une louche et tendit un bol à son invité.

— Mangez.

Du Pré et Madelaine le regardèrent engloutir le ragoût et les haricots verts. Une livre de fromage. Un demi-litre de glace et un pot de café.

Du Pré lui roula une cigarette.

Ils fumèrent.

— Il y a *trois* tueurs ? demanda Du Pré.

Le jeune homme secoua la tête.

— Non, deux. Le troisième, il... Tout sera fini quand ils seront réunis tous les trois.

— D'accord, dit Du Pré.

— Merci pour la nourriture. C'était bon.

— Vous aurez toujours à manger ici, dit Madelaine.

— Qui est là, maman ? fit la voix de Lourdes, depuis le sombre vestibule qui menait aux chambres, au fond de la maison.

— Viens qu'on te présente un jeune homme sans nom, dit Madelaine.

Lourdes émergea de la pénombre.

Elle regarda le sol.

Le jeune homme joignit les mains sur ses genoux. Son visage se ferma.

Chapitre 18

— Encore ? dit Du Pré.

Il était au bar de Toussaint, au téléphone, et l'agent Pidgeon hurlait à l'autre bout de la ligne.

— Comment ça, encore ? Espèce de gros connard sexiste ! C'est parce que je suis une femme que leur saloperie de bagnole à la con est encore tombée en panne, c'est ça, hein ? Ça veut dire quoi, encore ? Allez vous faire foutre, Du Pré !

— J'arrive pas à croire qu'elle est encore tombée en panne, c'est tout.

— Pour être en panne, elle est en panne.

— Et où êtes-vous avec votre machin en panne ?

— À soixante bornes au sud de Toussaint, à peu près.

— Vous appelez d'un ranch ?

— Non. Un type s'est arrêté. Il a un téléphone dans son fourgon. Je vous appelle avec.

— Quel type ?

— Un mécano. Il répare les moissonneuses-batteuses, je crois. Il y a plein d'outils dans le fourgon.

— Bon, j'arrive, dit Du Pré. Vous êtes sur la nationale ?

— Oui, du côté gauche. Du côté par lequel vous allez arriver.

— Je suis là dans une demi-heure.

— Ça fait plus de soixante bornes !

— Peut-être moins, alors.

Il roula à fond la caisse, poussant jusqu'à cent quatre-vingt-dix quand la visibilité était bonne.

Pourvu qu'un putain de cerf ne s'amuse pas à sortir des buissons.

Une pie s'écrasa sur le pare-brise.

Quand la voiture de patrouille stoppa en rugissant devant l'agent Pidgeon, celle-ci consultait sa montre en hochant la tête d'un air sévère.

— Vingt et une minutes. Enfoiré.

Elle était assise sur ses valises. Cette fois, pas de malles en aluminium.

— Où est votre sauveur ?

— Simpson ? Il devait continuer. Il avait un semi-remorque à réparer quelque part vers le sud.

Du Pré haussa les épaules. Laisser une femme seule sur le bord de la route. Pidgeon aurait été sans défense si elle n'avait pas eu son Sig Sauer 9 mm et les notions de je ne sais quel entraînement de combat à mains nues qu'elle avait suivi au FBI.

Il empila les valises sur le siège arrière. Pidgeon ouvrit la porte côté passager, se glissa sur le siège et remonta sa jupe sur ses longues cuisses. Son pied heurta une bouteille de whisky.

Du Pré se pencha pour la récupérer, but une bonne rasade et se roula une cigarette.

Trois minutes plus tard, ils filaient à cent quatre-vingt-dix. L'agent Pidgeon remuait beaucoup les lèvres, mais Du Pré n'entendait rien, à cause du vent qui s'engouffrait par les vitres ouvertes et du hurlement du moteur.

Il n'avait pas besoin d'entendre.

Il ralentit quelques kilomètres avant Toussaint et se gara devant le bar. Il entra dans le bar, laissant l'agent Pidgeon vitupérer sur son siège, le traitant de tous les noms d'oiseaux qu'elle connaissait. Elle en connaissait beaucoup.

Quand Pidgeon, suffisamment calmée pour pouvoir quitter la voiture, entra dans le bar, Du Pré finissait de boire son second verre de whisky.

— J'ai besoin de louer une caravane, annonça-t-elle à Susan Klein.

Susan possédait deux petites caravanes qu'elle louait à la journée ou à la semaine.

— Navrée, chérie, elles sont prises, dit Susan. C'est la période des moissons.

— Merde.

— Vous pouvez rester chez Bart, proposa Du Pré.

— Je n'ai pas de *véhicule*, au cas où vous ne le sauriez pas.

— Vous en auriez un, si vous arrêtiez de les bousiller, remarqua Du Pré.

— Je vois. La damoiselle en détresse, c'est pas votre truc.

— Installez-vous chez Bart, lui conseilla Susan. C'est un gentil garçon et il a des tas de voitures.

— C'est contre le règlement.

— Alors, allez vous faire voir, dit Susan.

Tous trois éclatèrent de rire.

Du Pré se détourna puis regarda Susan et vit que quelque chose la tracassait. Pidgeon riait encore, mais ce n'était pas un rire. Elle se mit à hurler.

Susan fit le tour du comptoir en quatrième vitesse, saisit Pidgeon par les épaules et la serra contre elle. L'agent du FBI s'effondra en sanglots.

Du Pré alla à la cabine de téléphone appeler Madelaine. Quand il revint, Susan le regarda et fit un signe du menton en direction des bouteilles d'alcool alignées sous le grand miroir, derrière le bar. Du Pré passa derrière le comptoir, sortit une bouteille de cognac et en versa une rasade dans un verre à dégustation qu'il fit glisser sur le comptoir.

Pidgeon prit le verre à deux mains. Elle tremblait tellement que Susan Klein devait la tenir pour l'empêcher de tomber du tabouret. Pidgeon leva le verre et but une gorgée. Puis une autre.

Elle renifla.

Du Pré sortit son mouchoir, puis, après réflexion, prit la boîte de mouchoirs en papier rangée dans le placard près de la caisse et la lui tendit.

Pidgeon but une autre gorgée. Elle était avachie sur le tabouret, comme un pantin.

Madelaine entra, très affairée, jeta un coup d'œil à Du Pré, puis alla droit sur Pidgeon, la prit dans ses bras et lui dit quelque chose à voix basse.

La jeune femme hocha la tête.

— Susan et moi, on l'emmène chez moi, décida Madelaine. Du Pré, tu peux t'occuper du bar.

Il acquiesça.

— J'apporterai ses bagages.

Les trois femmes quittèrent le bar. Une minute plus tard, Du Pré entendit la voiture démarrer.

En sifflotant, il lava quelques tasses à café et deux verres à bière poisseux de jus de tomate.

Le bar était vide.

Du Pré appuya sur la télécommande de la télévision. Il se servit un whisky coupé d'eau, roula une cigarette et regarda une publicité débile pour des motoneiges. Des motoneiges... en juillet ? Non, on n'était pas encore tout à fait en juillet. Encore deux jours.

Ce fut l'heure du journal télévisé. La présentatrice, une rouquine flamboyante, annonça que le corps d'une enseignante portée disparue avait été trouvé non loin de Sheridan, Wyoming. D'après la police, la femme avait été enlevée à Billings, Montana. Les questions des journalistes n'avaient reçu aucune réponse.

Était-ce l'œuvre du Tueur de la Hi-Line ? conclut la présentatrice.

Oh, pensa Du Pré, à présent ils donnent un *nom* à ce fumier. Bientôt ils vont tourner un film de télé sur lui.

Le Tueur de la Hi-Line.

Je trouverai cette ordure.

Sûr.

— Du Pré ? fit une voix douce tout près de lui.

Il sursauta.

Le jeune homme qui habitait chez Benetsee se tenait à ses côtés. Du Pré ne l'avait pas entendu arriver.

Il n'entendait jamais Benetsee non plus, d'ailleurs.

— Ouais ? dit Du Pré, vexé, lui qui entendait *tout*.

— C'est votre amie, la dame qui était dans tous ses états ? demanda le jeune homme.

Il était très sérieux et très désireux de parler.

— Ouais.

— Aurait-elle des photos des corps, à l'endroit où on les a trouvés ? Si je les voyais, je pourrais peut-être aider.

Du Pré le regarda.

Sale petit farceur, c'est Benetsee que je veux voir, pas ton petit cul désolé.

Mais il venait de la part de Benetsee, qui lui, ne se ramenait pas.

— D'accord, dit Du Pré, mais je ne sais pas quand elle sera en état de vous voir.

— Elle va bien, à présent. Écoutez, je vais monter à pied la voir.

— OK. Madelaine vous préparera quelque chose à manger.

— Je pourrais apporter un peu de cognac à Pidgeon.

Du Pré lui tendit la bouteille.

Il le regarda partir, souple et léger comme un chat, la démarche élastique, en équilibre parfait. Il se glissa dehors, entrouvrant à peine la lourde porte en planches.

Il se glisse dans la lumière, songea Du Pré. Il est là, il n'est pas là.

Et je viens de faire cadeau du cognac de Susan.

Il fourra un billet de vingt dans la caisse.

Deux éleveurs des *benchlands* entrèrent, rouges et en sueur. Ils prirent plusieurs bières glacées chacun et ressortirent en se disputant à propos d'un tracteur en panne.

Du Pré regarda la télévision, priant pour que personne ne vienne commander un hamburger. Il n'en avait jamais fait dans ce bar.

Susan Klein revint et commença à s'activer derrière le comptoir.

— Pidgeon va beaucoup mieux, dit-elle.

Du Pré hocha la tête.

— Elle a perdu les pédales à force de penser à toutes les femmes que cette ordure a tuées. Juste avant que tu ailles la chercher, elle a entendu dire qu'on avait trouvé un autre corps près de Sheridan. Une jeune prof. Elle n'avait que vingt-deux ans.

Et elle n'en faisait que seize, je parie. Maintenant, elles ont l'air d'avoir seize ans jusqu'à trente-cinq. Des gosses.

— Va chez Madelaine, dit Susan. Le jeune Indien est là-bas. Il a apporté du cognac.

Du Pré hocha la tête.

— Il veut regarder des photos, reprit Susan, mais elles sont dans ses affaires, ici.

Du Pré prit un dernier verre de whisky, pour la route, un paquet de tabac Bull Durham et des couennes de porc grillées.

Il roula jusque chez Madelaine.

Des photos.

Jeune-Homme-Qui-N'a-Pas-De-Nom veut les voir.

Moi aussi, j'aimerais les voir, songea Du Pré.

Chapitre 19

Le jeune homme était assis dans la cuisine. Devant lui, trois grandes photographies disposées sur la table laquée de blanc.

Il tenait un verre d'eau glacée dans la main et, penché en avant, examinait les clichés à travers le verre. Il bougeait la tête de droite et de gauche, comme un oiseau, fermant un œil, puis l'autre.

Du Pré, Madelaine et Pidgeon étaient accoudés au comptoir de la cuisine. Du Pré et Pidgeon fumaient.

Le jeune homme passa à une autre photo. Il observait l'image à travers la glace, l'eau, le verre, déplaçant ce dernier lentement, par légers à-coups.

Pidgeon avait les yeux rougis, mais elle était calme. Sa mâchoire anguleuse était crispée.

Ils attendirent.

Le jeune homme continuait d'observer les clichés, absorbé par ce qu'il faisait, hors du temps.

Pidgeon regarda Du Pré et désigna la porte d'un signe du menton. Il la suivit sur la terrasse située derrière la maison, là où étaient rangés manteaux et bottes, dans l'attente du prochain hiver. Pidgeon poussa la porte-moustiquaire, descendit les trois marches qui menaient au jardin et se dirigea vers les chaises installées sous un saule.

Elle s'assit et alluma une cigarette, inhala profondément la fumée, puis l'exhala, les yeux fermés, en une longue volute bleutée.

Du Pré prit une chaise et se roula une cigarette.

— Merci, dit Pidgeon. Ça fait longtemps que je n'avais pas perdu les pédales comme ça. En principe, ces histoires ne doivent pas nous atteindre. Mais elles le font quand même. Ces pauvres filles, j'en rêve la nuit. Moi, j'ai été élevée par des parents aimants, vous savez, le genre de famille Oozie et Harriet[1]. J'entends les hurlements de ces gamines pendant que cette ordure les viole, les torture, les tue. Je le hais. Or, je ne suis pas censée le haïr. Ce n'est pas professionnel.

— Ce qui n'est pas professionnel, c'est de s'en foutre, observa Du Pré.

— Harvey vous aime bien. Il dit que vous êtes un de ces cow-boys du Montana plus qu'à moitié indiens. Complètement cinglés, d'après lui, mais sur lesquels on peut compter. Il m'a parlé... des frères Martin[2] et de ce Lucky... Il m'a aussi expliqué comment Bart et vous étiez devenus amis.

Du Pré haussa les épaules.

— Parlez-moi de Benetsee, reprit-elle.

— Benetsee... Il vit dans le coin depuis une éternité. Un bon ami de mon grand-père, de mon père, de moi. Quelquefois complètement bourré. Il fait des rêves. Un homme-médecine, une personne sacrée. Un drôle de type qui me joue parfois des tours pendables. Il m'arrive d'avoir envie de le tuer.

— Il est métis ?

— Je ne sais pas, dit Du Pré. Nous le sommes tous ici, vous savez. Certains d'entre nous font comme s'ils

1. « Les Aventures d'Oozie et Harriet », célèbre série télévisée, diffusée de 1952 à 1966, illustrant la vie d'une famille américaine idéale. *(N.d.T.)*

2. Voir *Le Pas du loup, op. cit.*

étaient blancs, ils sont du côté des Blancs depuis des générations, ils ont oublié que nous sommes métis. D'autres vivent dans des réserves, ils sont plus indiens. Beaucoup sont comme ça, par ici. Les Blancs nous traitent d'Indiens, les Indiens de Blancs. On en prend plein la gueule des deux côtés. Ça fait trois cents ans que ça dure. Ou plus. Certains disent qu'on était là avant l'arrivée de Christophe Colomb.

— Comment ça ? demanda Pidgeon.

— Des gens venus par la mer. Des Celtes, des Bretons de France, des Irlandais, des Écossais sont peut-être arrivés ici dans leurs petits bateaux de pêche, il y a longtemps. Ils pêchaient le cabillaud, le séchaient, et allaient le vendre au Portugal, pour le bacãlao. Nous sommes les *voyageurs*, la plupart des Hommes de la Montagne, ils étaient métis. Ils avaient des noms français ou écossais, ils avaient l'air indiens.

— Comment s'appelle le gars qui tient le verre d'eau glacée, dans la maison ? demanda Pidgeon.

— Il n'a pas de nom. Je crois qu'il en avait un, mais Benetsee dit que c'est pas le bon. Donc il attend d'en avoir un.

— Je vois. Il est apprenti ?

— Sais pas. Quand je vous dis que Benetsee est un farceur, je ne blague pas. Ça lui ressemblerait de se cacher dans les buissons et de nous regarder écouter un gars qui sait rien de rien.

Pidgeon le dévisagea, étonnée.

— Je suis en rogne contre lui, reconnut Du Pré. Non, Benetsee ne ferait pas ça. Ce gars est peut-être de sa famille, il veut apprendre avec lui. On ne décide pas de devenir homme-médecine. Ça vient tout seul. Ça peut arriver à n'importe qui, même aux Blancs, de temps en temps. Ils voient des choses, peut-être.

— Tout ce qui peut aider aidera, déclara Pidgeon.

Madelaine sortit de la maison, portant un petit plateau chargé de trois tasses de café. Elle le posa sur une souche de peuplier de Virginie et s'assit sur la chaise que Du Pré avait approchée.

— J'ignore ce qu'il voit, mais il voit quelque chose, annonça-t-elle.

— Du Pré me parlait de Benetsee, dit Pidgeon. J'aimerais pouvoir le rencontrer.

Madelaine éclata de rire.

— Oh, il finira par revenir !

Du Pré sortit la carte de l'ouest des États-Unis marquée par des croix là où les corps avaient été retrouvés, par dizaines.

Il la déplia. Le papier était usé à force d'être resté dans sa poche-revolver. Il y en avait deux identiques en réserve, chez Bart.

Madelaine y jeta un coup d'œil, puis détourna les yeux. Ses lèvres bougèrent un peu. Sainte Marie, mère de Dieu.

— Primo, dit Pidgeon, il est possible que ce gars opère depuis plus de vingt ans.

Elle pointait l'index sur les croix qui se suivaient le long de la chaîne frontale des Rocheuses. L'ancienne Piste du Grand Nord.

— Et l'autre, depuis une quinzaine d'années, ou plus probablement dix, poursuivit-elle, en désignant la piste qui commençait à côté de Puget Sound. Des affaires criminelles très difficiles. Cette ordure de Bundy a peut-être tué quatre-vingt-dix femmes. On ne le saura jamais.

Le Tueur de la rivière Verte. Ted Bundy. Et maintenant, le Tueur de la Hi-Line. Comment appelaient-ils le trouduc venu de Seattle ?

Des salauds. Ils vont mourir, bientôt.

Du Pré s'énervait, rien qu'à regarder la carte.

— Tous ces meurtres n'ont pas été commis par lui, dit-il. Ni par les deux.

— Bien sûr que non, répondit Pidgeon. Mais pas mal quand même. Le Bureau travaille là-dessus depuis trois ans. Avant, nous n'étions pas les bienvenus. Le tueur sévissait sur trop de juridictions différentes et, légalement, nous n'avons pas le droit d'intervenir tant qu'on ne nous le demande pas. Personne ne demandait rien. Quand ils se sont décidés à nous appeler, en fait un shérif du sud du Colorado, les crimes menaient dans deux directions. Nom de Dieu, quel bordel c'était ! Ce gars savait ce qu'il faisait. Il abandonnait les corps à des endroits où deux juridictions se chevauchaient. Du coup, tout le monde se refilait le bébé.

Madelaine se leva, débarrassa les tasses à café et repartit dans la maison avec le plateau.

— J'irai à Sheridan, Wyoming, dit Pidgeon, dès que nous aurons obtenu une demande officielle des flics de là-bas. Pourriez-vous venir ?

— Qu'est-ce que j'y ferais ? demanda Du Pré.

— Penser.

— Emmenez plutôt l'Indien.

— Hum, je vais y réfléchir.

— Moi, vous comprenez, expliqua Du Pré, je vis ici, je connais le coin, ce que je peux faire, je le ferai ici. Je ne veux pas m'en aller.

Pidgeon hocha la tête.

— Que pouvez-vous me dire d'autre sur ce type ? demanda Du Pré.

— Écoutez, je préfère ne pas donner trop de détails. En général, dans ce cas-là, on ne trouve que ce que l'on cherche. Les profils types, c'est très bien jusqu'à un certain point. Ensuite, ils peuvent vous aveugler.

Pidgeon se leva et rentra dans la maison.

Du Pré fuma.

Le soleil était chaud.

Il leva la tête pour repérer l'aigle, mais ne le vit pas. Il scruta le ciel à la recherche d'un point noir.

Rien.

Pidgeon ressortit de la maison.

— L'Indien est parti. Il a dit à Madelaine que la fillette avait été tuée par un homme et les trois jeunes filles, par un autre. Et qu'il y a de la sorcellerie autour de la mort de la petite fille.

De la sorcellerie ? Putain, mais qu'est-ce qu'il veut dire ? songea Du Pré. On aurait des vieilles sorcières à la peau verte qui font cuire des lézards, dans le coin ?

— Et vous venez à Sheridan, reprit Pidgeon.

Bon, j'ai compris, il y a de la Madelaine là-dessous.

— Après-demain, je crois.

Du Pré opina.

— Bart nous emmène en avion. Il nous ramènera, ajouta Pidgeon.

Ma Madelaine a dû passer des coups de fil. Elle veille à ce que tout tourne rond.

— Bon, vous êtes d'accord ? demanda Pidgeon.

Du Pré acquiesça.

— Bien. Je crois que je vais dormir ici.

— Du Pré ! cria Madelaine par la fenêtre de la cuisine. Téléphone !

Il se leva, buta sur une marche de la véranda, se cassa la figure et se rattrapa au chambranle de la porte.

Madelaine avait l'air triste en lui tendant le combiné.

— Du Pré ? fit la voix de Benny Klein.

— Oui.

— Une autre.

— Merde. Où es-tu ?

— À Blaine's Cut.

Des années plus tôt, un vieux fou avait taillé une route dans la roche. Il faisait payer un quart de dollar à ceux qui voulaient l'utiliser. À l'époque, cette saignée dans la roche était la seule façon d'arriver en haut d'un lit de rivière asséché datant de la fonte des glaciers, pour accéder aux Wolf Mountains. Alors les mineurs payaient.

Environ à vingt-cinq kilomètres d'ici. Tout près des terres de Bart.

— J'arrive, dit Du Pré.

Pidgeon était assise dans la voiture de patrouille quand il monta.

Chapitre 20

Dorénavant, je passerai le restant de mes jours à regarder des croix dans la terre et à me souvenir, songeait Du Pré. Si jamais je trouve ce type, je le tue pour ce qu'il a fait à tout ce qui m'entoure.

Du Pré se trouvait à environ un mètre quatre-vingts au-dessus du sol sur la paroi gauche de Blaine's Cut, observant ce qui à première vue semblait une racine sortant d'une large fissure horizontale dans la roche friable. Un pied humain, à la peau brun foncé, desséché, momifié. Les ongles étaient marron-jaune.

Il y avait une faille verticale dans la roche à trois mètres à la droite de Du Pré.

Bras gauche de la croix, main droite du Christ.

Du Pré lorgna du côté de la fissure. Le corps avait été placé dans un sac de marin. La toile, pourrie, était effilochée par endroits. Des insectes rampaient sur le cadavre desséché, qui n'avait plus rien d'humain.

Du Pré se laissa tomber à terre.

— Impossible de savoir depuis combien de temps il est là, dit Benny.

— Des années, répondit Pidgeon. Qui l'a trouvé ?

— Un gosse qui essayait sa 22. Il a tiré dans le pied. Un ongle est tombé. Le gamin y a jeté un coup d'œil ; il a eu le réflexe de foncer chercher son père. Le type a crapahuté jusqu'ici et m'a prévenu. Je ne sais pas combien de gens sont passés à côté sans le voir. Je me demande comment je vais le sortir de là... conclut Benny.

— Il faudra le crocheter pour le descendre, dit Pidgeon, et il va sans doute se briser en mille morceaux. Il est sec et cassant comme du verre. Où est l'ongle ?

Benny lui tendit une enveloppe en papier cristal. Pidgeon l'observa un bon moment.

— Il reste un peu de vernis rouge dessus, remarqua-t-elle.

Du Pré hocha la tête.

Pidgeon leva les yeux vers le haut de la faille. Des branches d'armoise dépassaient du rebord.

Elle claqua la langue.

— Qu'est-ce qu'il y a, là-haut ?

Du Pré recommença l'ascension, pour aller jeter un coup d'œil en haut. Pidgeon portait des chaussures de femme en cuir souple à talons plats, avec une chaînette dorée sur le dessus.

Du Pré découvrit un raidillon qui zigzaguait sur trois mètres pour atteindre le rebord calcaire. Il s'y engagea et, arrivé en haut, dut s'agripper à une armoise pour se hisser sur la saillie, mélange friable de roche et de terre gris jaunâtre.

Il regarda au loin, vers l'ouest. Un chemin défoncé dessinait des méandres à travers les terrains alluvionnaires secs et durcis. Il contournait les roches qui sortaient du sol et risquaient d'accrocher le châssis des véhicules. Des brins d'herbe jaunie, clairsemés, poussaient dans les ornières. Ils étaient aplatis. Quelqu'un était donc passé en voiture, récemment. Du Pré revint sur ses pas, le long du rebord, vers la faille verticale qui divisait le plateau.

Il se roula une cigarette.

L'eau. L'eau et les montagnes se combattent. L'eau finit toujours par gagner. Elle prend son temps, évidemment. Nous les hommes, nous n'avons pas autant de temps. De vieilles histoires.

Immobile, il songea aux femmes mortes couchées seules sur la terre durcie, les orbites becquetées par les oiseaux, le visage mangé par les mouffettes.

Il se dirigea vers la faille et regarda en bas. Pidgeon et Benny levaient la tête vers lui.

Du Pré jeta un regard circulaire.

— Pas d'autres cadavres là-haut, dit-il en tendant les mains, paumes en l'air.

Benny le traita d'enculé de sa mère.

Ce n'est pas drôle, Benny, songea Du Pré, pas drôle du tout.

Un embranchement du chemin défoncé débouchait à une quinzaine de mètres de lui. Il y avait là assez de place pour qu'une camionnette puisse faire demi-tour. Il examina l'endroit et vit des canettes de bière laissées par des chasseurs. En relevant la tête, il aperçut une demi-douzaine d'antilopes[1] qui remontaient en bondissant la butte voisine.

Des rapides, ces bestioles. Les scooters de la prairie. Leur viande est bonne.

Du Pré s'arrêta et inspira profondément. Il ferma ses oreilles à tous les bruits, même au vent, et ses yeux aussi, à tout ce qui n'était pas dans son champ de vision immédiat, afin de rapprocher le sol de lui pour voir ce qui n'aurait pas dû s'y trouver.

Il avança lentement, puis retourna à l'endroit d'où il était parti et examina le centre de la boucle qu'il avait effectuée. Il aperçut quelque chose de rond dans la terre jaune.

Pas de cercles ici, des yeux.

Il se dirigea vers la petite chose ronde, se baissa et l'observa longuement.

Une douille, d'un jeu de clés à douille. Un outil oné-

1. Pronghorn, seule espèce d'antilope de l'Amérique du Nord. *(N.d.T.)*

reux, en acier noir. Avec un peu de boue jaune séchée dessus. Difficile à apercevoir.

Du Pré frotta la boue.

Du 9/16.

Fabriquée en Amérique. SARL Bric'Outils. Du Pré connaissait leurs camions d'outillage. Ils se rendaient sur le lieu de travail des mécanos, avec un large assortiment d'outils. Ils leur faisaient crédit jusqu'au jour de la paye.

Du 9/16.

Il plaça la douille dans sa poche, repartit vers le rebord de la faille, et regarda Benny et Pidgeon, en contrebas.

— Il n'y a pas grand-chose par ici.

La douille a probablement roulé sur le sol quand on a ouvert la portière d'une camionnette. C'est comme ça que je perds les miennes. Quand je comprendrai comment j'ai perdu mes lunettes de soleil, je me sentirai mieux, tu peux me croire.

Du Pré redescendit le raidillon, se laissa tomber et atterrit genoux pliés pour amortir le choc. Puis il dévala la pente à petits pas rapides jusqu'à ce qu'il puisse allonger sa foulée.

— Des chasseurs de cerfs et d'antilopes sont passés là-haut. Des canettes de bière. J'ai trouvé ça. Elle a dû tomber par la portière d'une camionnette.

Du Pré tendit la douille à Pidgeon.

Elle l'examina en hochant la tête.

— Merde, dit Benny, j'en ai perdu plus d'un, de ces trucs-là. La boîte s'ouvre toute seule et les douilles roulent par terre. Du coup, on perd trois, quatre dollars. Pour des douilles de bonne qualité, bien sûr.

— C'est un outil de professionnel? demanda Pidgeon.

— Oui, répondit Du Pré, mais souvenez-vous qu'ici les éleveurs ont intérêt à être de bons mécanos, de bons soudeurs, de bons charpentiers, et j'en passe...

— De bons télépathes aussi, ajouta Benny, et de bons joueurs. Élever du bétail, ça tient du spiritisme. C'est toujours comme ça, quand on élève quelque chose de vivant, on ne sait jamais ce qu'il peut arriver.

— Ouais, dit Pidgeon, il va falloir penser à sortir les ossements de leur trou.

Benny hocha la tête d'un air malheureux.

— Je m'en charge, proposa Du Pré. Benny, tu n'aurais pas un outil dont je pourrais me servir ?

Benny alla à sa camionnette et rapporta une gaffe et un sac mortuaire.

— J'ai une échelle, aussi, dit-il en retournant la chercher.

Du Pré appuya l'échelle contre le rocher, à la gauche du cadavre coincé dans la fissure horizontale. Il y grimpa, prit la gaffe et l'introduisit par à-coups légers afin d'accrocher le corps.

Il tira lentement, centimètre par centimètre. Le paquet vint facilement jusqu'au bord de la fissure.

Une vieille odeur de putréfaction lui monta aux narines. Des mulots affolés s'éparpillèrent en couinant hors de leurs nids creusés sous le sac de toile pourri.

Du Pré lâcha la gaffe, attrapa le paquet, le fit glisser vers lui et le laissa tomber.

Puis il risqua un œil à l'intérieur de l'anfractuosité.

Il vit deux trucs bizarres.

— Benny, tu peux me repasser la gaffe ?

À l'aide du croc, il racla le sol de la fissure et ramena les deux choses en question. On aurait dit des vieux bouts de cuir racorni.

Sur l'un des deux, il y avait des cheveux, assez longs.

Une oreille.

Mon Dieu, songea Du Pré, c'est la peau de son *visage*.

Il la laissa tomber, ainsi que l'autre morceau.

Il regarda à nouveau à l'intérieur de la fissure. Il

ne restait plus rien, mis à part des taches sombres à l'endroit où se trouvait le sac.

Je me demande comment le pied est arrivé jusqu'au bord.

Tiens, une merde de mouffette, noire et sèche, à trente centimètres de mon nez. Des coyotes pourraient arriver jusqu'ici, aussi.

Ils traînent leurs proies en les mâchant. Je me demande pourquoi ils n'ont pas sorti tout le paquet.

Quand Du Pré descendit de l'échelle, Benny remontait la fermeture à glissière du sac mortuaire et l'emmenait dans sa camionnette. Du Pré le suivit avec l'échelle et la gaffe.

— Où diable avez-vous déniché une gaffe dans ce foutu désert ? s'étonna Pidgeon.

— Un type de la marine, expliqua Benny d'un ton grave. Il s'était fait choper pour excès de vitesse. Comme il n'avait pas d'argent, le juge lui a confisqué sa gaffe.

Benny a l'air d'aller mieux, songea Du Pré.

— Merci, dit Benny.

— Tu envoies tout ça à Helena[1] ?

— Non, je vais le leur porter moi-même, en voiture.

Du Pré hocha la tête.

— C'est le type de la piste nord-sud, commenta Pidgeon.

Du Pré acquiesça.

1. Capitale de l'État du Montana. *(N.d.T.)*

Chapitre 21

En roulant vers Toussaint, Du Pré dépassa les équipes qui moissonnaient le blé rouge. Les mastodontes avançaient lentement dans les champs dorés, accompagnés de camions qui recevaient les flots de grains débarrassés de leur balle. Une moissonneuse, deux camions. Quand l'un était plein, il partait vers les silos métalliques des fermes, tandis que l'autre s'avançait sous la trémie.

Ça va faire un sacré paquet de nouilles, songea Du Pré. Dommage que j'aime pas trop ça.

Arrivé à Toussaint, il se gara devant le bar et entra. Il y avait beaucoup d'inconnus qui buvaient des bières, mangeaient et jouaient aux jeux de poker vidéo.

Quand le temps était au beau, les moissonneuses-batteuses fonctionnaient vingt-quatre heures sur vingt-quatre. Toute la nuit, des projecteurs géants accrochés à la cabine des machines illuminaient le blé. Le produit d'une année de labeur dans les champs allait être engrangé, les traites bancaires seraient remboursées. Tout le monde l'espérait. Peut-être même resterait-il un petit quelque chose. Le blé était mûr.

Les équipes qui étaient au repos profitaient de leurs douze heures de répit pour prendre un peu de bon temps. Ces hommes avaient l'accent texan, doux et traînant. Ils étaient partis du Texas trois mois plus tôt et remontaient vers le nord à mesure que le blé mûrissait.

La table de billard était prise d'assaut. Des pièces d'un

quart de dollar s'empilaient à côté de la fente où l'on introduisait la monnaie. Les joueurs attendaient leur tour. On jouait de l'argent au billard et aussi au poker ; les tournois duraient toute la nuit.

Les saisonniers nomades, dès qu'ils gagnent un peu de fric, ils le claquent.

Du Pré sourit. Il aimait bien ces gars-là.

Ils ne causaient jamais beaucoup d'ennuis et, de toute façon, ne se battaient jamais dans un bar. Ils avaient besoin de ce bar, et si on refusait de les servir, leur vie s'en trouvait bien plus difficile. Alors ils se bagarraient de l'autre côté de la rue, sur le parking.

Susan Klein s'activait derrière le comptoir, tirant des bières, préparant des boissons, servant des assiettes de hamburgers et de frites cuites à point.

Elle a un vrai minuteur dans la tête, songea Du Pré. Il fit le tour du comptoir, se servit un verre de whisky et déposa une pièce de vingt cents sur le bord de la caisse enregistreuse.

Les propriétaires des moissonneuses, assis à des tables d'angle, remplissaient des chèques, avançaient de l'argent aux ouvriers avant la paye. Un jour ou deux avant les machines et les hommes, ils se rendaient au point de moisson suivant, pour prendre les dispositions nécessaires. Des hommes d'une soixantaine d'années, aux traits burinés, qui portaient des chapeaux de cow-boy en paille et des bottes texanes étoilées, faites sur mesure.

Susan marqua une pause. Elle essuya la sueur de son front avec deux serviettes en papier. Dehors, il faisait très chaud, la salle était bondée et le gril allumé.

— La moisson a l'air bien partie, dit-elle. Si le beau temps se maintient pendant une semaine, tout le blé sera rentré. Pas de problèmes.

Certaines années, il avait plu pendant les moissons et le grain avait dû attendre le retour du soleil. Engrangé humide, il moisissait. Et les séchoirs à ventilation coûtaient cher. Ils ne servaient à rien tant qu'on n'en avait pas besoin, et quand il fallait s'en servir, il n'y en avait pas assez pour sécher une telle quantité de blé.

Le grand parking de l'autre côté de la rue était rempli de camping-cars dans lesquels vivaient les saisonniers. Avant, les fermiers hébergeaient les équipes dans des baraques-dortoirs, mais depuis que la plupart des employés des ranchs et des fermes avaient été remplacés par des machines, les bâtiments avaient été démolis ou brûlés.

Les moissonneurs nomades.

Des *voyageurs.*

Du Pré sirotait son whisky.

— Tu ne pourrais pas venir jouer un peu de musique, ce soir ? demanda Susan. Le changement d'équipe se fait vers neuf ou dix heures. Si tu commençais à sept heures, les équipes de jour et de nuit pourraient t'entendre.

Du Pré acquiesça.

— Merci, dit Susan.

Du Pré se demanda à qui il pourrait demander de jouer avec lui.

Il y avait deux gamins, des fils d'éleveurs. L'un se débrouillait plutôt bien à la guitare rythmique et l'autre pas trop mal à la basse.

Dommage que mes cousins ne soient pas là, eux, ils ont la musique dans le sang.

Ces gamins sont bons, mais un peu trop jeunes.

Ils aiment les vieilles ballades. Le guitariste voudrait jouer du violon, je lui ai donné une leçon et une cassette de jeu simple, en lui disant que quand il saurait la jouer à la perfection, je lui en donnerais une autre. Moi, je ne veux pas l'écouter répéter. Ça m'est déjà assez pénible de m'entendre m'exercer sur mon crincrin.

Du Pré appela les gamins, ils n'étaient pas chez eux, mais leurs mères promirent qu'ils viendraient ; donc ils viendraient.

Des dures à cuire, ces femmes d'éleveurs.

Du Pré rit tout seul.

Un jeune homme portant un jean délavé, des bottes usées et un chapeau cabossé poussa un youpi victorieux. Du Pré jeta un coup d'œil vers le marqueur de points en haut de l'écran de la machine à poker. Il avait dépassé les cinq cents et les chiffres continuaient à grimper ; le gars avait gagné un gros paquet de fric. Une quinte flush. Dans l'ordre, du dix à l'as, de gauche à droite. Huit cents dollars.

Susan rit et alla dans l'arrière-salle pour chercher l'argent. Le jeune homme arriva au comptoir avec son ticket gagnant et attendit, un sourire jusqu'aux oreilles.

Susan jeta un coup d'œil au ticket et lui tendit la liasse de billets.

— C'est ma tournée ! hurla le jeune homme.

Tout le monde poussa des hourras, y compris Du Pré.

— Je vais m'acheter des fringues et des pneus neufs, expliqua le jeune gars, et puis je remettrai dix fois la mise dans ces foutues machines, en espérant toucher à nouveau le gros lot. Je sais que je l'aurai pas, mais c'est une sacrée bonne façon de passer le temps.

Du Pré regarda la main du jeune. Il avait une alliance. Sa femme devait beaucoup lui manquer.

Du Pré quitta le bar et se rendit chez Madelaine. Elle était dans la cuisine, en train de pétrir la pâte à pain. Mercredi, le jour du pain. Chez Madelaine, il y avait un jour pour le pain, deux pour la lessive et le ménage, deux pour la couture et la broderie, un jour de repos et un jour où elle priait plus ou moins toute la journée. Sauf si Du Pré venait dans son lit ou lui proposait d'aller au bar boire son vin rosé préféré et danser avec elle devant le juke-box.

Elle aimait danser le two-step.

Pas une musique de Métis, le two-step. Elle aimait aussi le quadrille et la bourrée, mais elle adorait le two-step et la musique de Nashville qui parlait de cœurs tricheurs, d'ivrognes, de camions, de prison et de trains de marchandises.

Son père avait travaillé toute sa vie sur la Great Northern Railroad, la ligne de chemin de fer du Grand Nord, même si on l'avait débaptisée après que Burlington l'eût rachetée.

La ligne que Jim Hill avait construite, pensa Du Pré. Les catholiques s'étaient portés acquéreurs de wagons qu'ils avaient transformés en chapelles. Ils les parquaient sur des voies de garage et disaient aux Métis : « Hé, vous, François et Hélène, venez vous faire marier par un prêtre et amenez vos douze gosses pour qu'ils voient ça. »

Les Métis venus ici après la rébellion de la rivière Rouge ne parlaient pas beaucoup aux prêtres. Les prêtres avaient trahi Louis Riel, que les Anglais avaient pendu. Gabriel Dumont, le petit général de Riel, le frère de mon arrière-arrière-grand-père, s'est installé ici. Jusqu'à sa mort, cinquante ans plus tard, il n'a plus adressé la parole à un prêtre. Il a refusé d'être enterré en terre catholique.

La rivière Rouge.

— Je vais jouer de la musique, ce soir, annonça Du Pré.

— Chouette. Est-ce que je pourrai être ta groupie ?

— Quoi ?

— Ta groupie. Tu sais, ces femmes qui suivent les musiciens partout en espérant baiser avec.

— Oh, dit Du Pré, des comme ça, j'en ai au moins dix ou douze. Contente-toi d'être ma Madelaine.

Madelaine le regarda. Elle sourit et lui lança une grosse boule de pâte à pain collante à la figure, rata son coup. La pâte atterrit sur le saint François accroché au mur, derrière la tête de Du Pré.

— Merde, dit Madelaine. Quel genre d'homme es-tu, pour ne pas protéger un pauvre saint ? Pauvre saint François.

Du Pré éclata de rire.

Il faisait encore très chaud à six heures et demie quand il arriva au bar. Benny installait la petite estrade.

Les deux gamins apparurent, récurés et enthousiastes. Ils étaient si jeunes que, légalement, ils n'auraient pas dû jouer dans le bar. Mais bah, qui s'en souciait ?

De braves gosses, songea Du Pré. Deviendront jamais des bons musiciens, mais ils en veulent.

Quand la nouvelle se répandait que Du Pré jouait du violon, le bar se remplissait. Ce soir-là, un peu moins que d'habitude, car les journées de travail étaient longues et dures. Il y avait une cinquantaine de personnes dans la salle quand Du Pré et ses deux acolytes commencèrent. Les équipes d'ouvriers les écoutèrent avec respect. Susan Klein ferma la table de billard. Personne ne protesta.

Madelaine arriva après neuf heures.

Les équipes de nuit quittaient le bar, tandis que celles de jour entraient par petits groupes. Des hommes fatigués, en sueur, couverts de poussière et de balle de blé. Ils reprenaient vie après avoir ingurgité pas mal de bière et de frites.

Du Pré joua des quadrilles et des gigues.

Les gens dansèrent, certains très bien, en particulier deux Texans qui étaient vraiment bons.

Du Pré fit une pause au bout d'une heure.

Il offrit du vin rosé à Madelaine.

— Tout le monde pense que la moisson est bonne, cette année, dit-elle.

Du Pré hocha la tête. Tout le monde espère toujours que la récolte sera bonne, que le blé sera mûr et qu'il ne pleuvra pas pendant la moisson.

Quand Du Pré eut fini de jouer, il resta jusqu'à la fermeture du bar à danser avec Madelaine sur la musique du juke-box.

Chapitre 22

— Putain ! cria Pidgeon. Vous êtes vraiment obligé de conduire comme ça !

Du Pré se mit à rire. Le paysage défilait à toute allure. Ils se trouvaient dans cet espace situé entre le nord de la Yellowstone et le sud du Missouri, que l'on appelle le *Big Dry*, le Grand Pays Sec. Là où les derniers bisons sauvages d'Amérique avaient été massacrés par une expédition du Smithsonian Institute[1].

L'arrière-grand-père de Du Pré avait assisté à la boucherie du haut d'une colline voisine. Après le départ de l'expédition, il était allé dépouiller et dépecer trois femelles, avait fumé la viande et l'avait rapportée à sa famille. Ce fut la dernière fois que les Métis mangèrent du bison.

Le bœuf, c'est bon aussi, songea Du Pré.

— Espèce d'enfoiré ! brailla Pidgeon.

Du Pré lui sourit à belles dents.

— Roulez à quatre-vingt-dix et vous n'arriverez jamais nulle part, répondit-il en s'époumonant pour couvrir le bruit du moteur. C'est grand, le Montana.

Pidgeon tenta d'allumer une cigarette, mais la flamme de son briquet s'éteignait sans arrêt. Du Pré lui prit la clope des mains, l'alluma avec son vieux Zippo et la lui rendit.

1. Institution fondée en 1846, qui possède seize musées à Washington. *(N.d.T.)*

Pidgeon fuma en regardant par la vitre ouverte.

Du Pré descendit à cent trente, pour lui faire plaisir.

— À combien on roule? demanda-t-elle.

— À peu près à la vitesse autorisée.

Depuis le talus, il voyait l'autoroute qui longeait la Yellowstone de l'autre côté, sur la rive sud. La circulation y était très dense. Une impression de grouillement dans le paysage calme et désert.

Ils traversèrent la rivière, prirent une bretelle d'accès à l'autoroute et filèrent vers l'ouest, puis direction Hardin, au sud, sur la réserve des Crows, et, de là, descendirent vers Sheridan.

Du Pré conduisait maintenant à cent. Sur les deux-voies on pouvait se permettre de garder le pied au plancher, mais sur les autoroutes, il y avait des patrouilles de police partout.

L'enseignante était de Billings.

Retrouvée près de Sheridan.

Elle avait disparu depuis deux jours. C'est la première fois que l'on a un cadavre plutôt frais, songea Du Pré.

Il n'est pas loin.

Je le trouverai.

— Je pense que les flics du coin vont coopérer, dit Pidgeon, mais sait-on jamais. Le FBI n'a jamais cherché à épargner l'amour-propre de qui que ce soit.

Tu m'étonnes.

— J'ai téléphoné au shérif. Il nous attend au *Denny's,* à l'entrée nord de la ville.

Du Pré approuva d'un signe de tête.

En Amérique, on trouve son chemin grâce aux hamburgers.

Des mauvais hamburgers, en plus.

Ils arrivèrent à la bretelle de sortie du champ de bataille de Little Big Horn. Onze Métis étaient morts ici. Mitch Bouyer, le chef des éclaireurs, avait tenté d'éloigner ses amis. Il savait combien de Sioux, de Cheyennes et d'autres Indiens des Plaines s'étaient retrouvés là.

Custer avait renvoyé son éclaireur préféré, un Crow nommé Half Yellow Face.

Mitch était mort ici. Charley Reynolds, le trappeur solitaire, aussi.

Custer, ce salopard.

Les Indiens, ce jour-là, ont eu leur Jour d'Herbe Grasse[1].

— Mon cœur a cessé de galoper, dit Pidgeon. Vous pouvez accélérer, maintenant. Je sais que ça vous fait mal de respecter la loi.

— Moi, je respecte les lois quand elles sont bonnes, remarqua Du Pré.

— Bien.

Pidgeon portait un jean, des brodequins, une chemise en coton et un gilet à manches courtes avec des poches partout dans lesquelles elle avait rangé son flingue, ses papiers d'identité, des menottes, un appareil photo, des rouleaux de pellicule et un petit magnétophone à cassette.

— En dix ans, on a retrouvé trois corps près de Sheridan, expliqua-t-elle. Des jeunes femmes que l'on n'a jamais identifiées. Toutes mutilées. Chaque affaire a été traitée comme un cas isolé, parce qu'il s'était écoulé beaucoup de temps entre chaque meurtre, je suppose.

— J'ignorais que ce genre de crime était aussi courant, dit Du Pré.

Pidgeon hocha la tête.

— Moi, je l'ai appris par un exposé de fin de trimestre. Combien de femmes tuées et abandonnées sans

1. La bataille de Little Big Horn (25-26 juin 1876) a été aussi appelée *Battle of Greasy Grass*. Les Indiens des Plaines nommaient ainsi la rivière Little Big Horn. *(N.d.T.)*

que personne soit inculpé. En vingt ans, il y en a eu des milliers. *Des milliers*. Je n'arrivais pas à y croire.

— Ces types-là sont difficiles à trouver, dit Du Pré. Ils bougent sans arrêt. Ils enlèvent quelqu'un, le tuent et laissent son cadavre ailleurs. Ils ne reviennent pas sur le lieu du crime. Ou alors ils tuent des filles qui font le trottoir. Elles sont bien obligées de monter dans les voitures pour ne pas attirer l'attention des flics. Autrement elles se font coffrer.

— Il s'agit surtout de très jeunes filles, d'un milieu social défavorisé. J'ai entendu dire qu'on les appelait « viande à routier », ou quelque chose comme ça. L'argent, c'est drôlement important, dans ce pays.

Du Pré opina du chef. C'est drôlement important partout.

— Est-ce que Bart l'a mal pris, quand vous lui avez dit que vous ne vouliez pas venir en avion, comme il l'avait proposé ? demanda Pidgeon.

— Non. J'essaie de l'aider. Il est trop généreux. Certaines personnes profitent de lui. Il veut aider tout le monde, il est riche. Moi, je veux qu'il sache que je l'aime bien, même s'il est plein aux as.

Pidgeon émit un grognement.

— C'est un brave garçon, conclut Du Pré.

— Je l'aime bien aussi, dit Pidgeon. Il a un visage tellement doux, tellement triste. Un type de cinquante ans, bouleversé par le merdier dans lequel se fout le monde, et lui aussi par la même occasion.

— Ouais.

Ils roulèrent en silence durant la fin du trajet. Du Pré prit la première sortie pour Sheridan. On voyait le panneau du *Denny's* depuis l'autoroute.

— Nous sommes en avance, dit Pidgeon.

Du Pré gara la voiture, ôta son chapeau, s'essuya le front, se frotta les yeux et bâilla. Puis il se laissa aller contre le dossier de son siège, les yeux fermés.

— Hé, Du Pré, chuchota Pidgeon. Devinez quoi ? Le *Denny's* est en train de se faire braquer. Hé, hé...

Du Pré se redressa comme un ressort.

— Pas de mouvements brusques, conseilla Pidgeon. Vous voyez cette voiture, là-bas, en face de la porte qui donne sur la rue ? Le moteur tourne. Il y a un gosse au volant qui fume clope sur clope en regardant la porte de sortie. Regardez, le resto est ouvert, il y a plein de voitures sur le parking et pourtant on ne voit personne à l'intérieur. Je vous parie qu'ils sont tous couchés par terre.

Du Pré suivit son regard. Effectivement, on ne voyait rien bouger à l'intérieur du restaurant.

— Que comptez-vous faire ?

— M'amuser, dit Pidgeon. C'est important dans la vie, de s'amuser. Très important. La plupart des gens ne s'amusent pas.

Pidgeon me rappelle un peu cette pauvre Corey Banning[1], songea Du Pré. L'agent du FBI descendu par ce con de Packy. Sale histoire. Des loups. Merde.

Pidgeon avait sorti son flingue de sa poche.

Elle alluma une cigarette.

— Je vais vous dire quelque chose, Du Pré. Ce que j'ai envie de faire est tellement contre le règlement du FBI que je vais *vous* le laisser faire. Tenez.

Elle fit glisser le cran de sûreté du Sig Sauer et le lui tendit.

— Et si j'en ai pas envie ? demanda Du Pré.

— Je dirai à Madelaine que vous vous êtes dégonflé. Vous tuez personne, d'accord ?

— D'accord.

Du Pré sortit de la voiture, glissa l'automatique sous la ceinture de son jean, traversa le petit parking vers le trottoir bordé d'arbustes d'ornement. Le gamin assis au

1. Voir *Le Pas du loup, op. cit.*

volant de la voiture lui jeta un coup d'œil, ne vit qu'un cow-boy et recommença à guetter la porte d'entrée du *Denny's*.

Du Pré traversa le trottoir et descendit sur la chaussée. Dès qu'un camion passa, il piqua un sprint, puis marcha jusqu'à la portière côté conducteur dont la vitre était baissée, et appuya le canon du pistolet contre la tempe du gamin.

— Pas un geste.

Le gosse frissonna violemment.

Du Pré passa la main par la vitre baissée, coupa le contact, sortit les clés et les mit dans sa poche. Il n'était pas visible, derrière le conducteur.

— T'as combien de copains, là-dedans ? demanda-t-il en appuyant à nouveau le canon sur la tempe du gamin.

— Deux, souffla le gosse.

— Bon. Quels flingues ont-ils ?

— Deux pistolets. Des 22.

— Très bien.

Deux jeunes jaillirent comme des fusées de l'intérieur du restaurant, portant chacun dans une main des sacs en papier et dans l'autre des hamburgers. Ils foncèrent sur la voiture.

Quand ils furent à six mètres, Du Pré se redressa et tira un coup de feu en l'air.

— Couchez-vous par terre ! ordonna-t-il en abaissant son arme.

L'un des deux jeunes se figea. Le second trébucha et atterrit tête la première sur l'aile de la voiture.

Explosé.

L'autre laissa tomber son sac et son flingue et mit les mains sur la tête.

Du Pré ouvrit la portière côté conducteur.

— Toi, tu sors.

Le gosse sortit.

Du Pré le poussa sur le trottoir. Celui qui s'était cogné était à genoux et se tenait la figure. Du sang coulait entre ses doigts.

Du Pré entendit une sirène.

Deux voitures de police se pointèrent, tous phares allumés, et s'immobilisèrent dans un crissement de pneus.

Du Pré attendit, son arme pointée vers les trois jeunes gens.

Chapitre 23

— Du bon boulot, dit le shérif, un homme grand et fort, avec un gros ventre, des cheveux argentés brossés en arrière et des yeux bleus atteints de strabisme.

Il avait rejoint Du Pré et Pidgeon sur le parking, tandis qu'on emmenait les trois voyous à la prison. Le gérant du restaurant avait eu si peur qu'il avait fait une crise cardiaque. On était en train de l'installer dans l'ambulance. Tous les clients du restaurant étaient sortis sur le parking et discutaient ferme.

— Merci, reprit le shérif. On connaît ces garçons. Deux d'entre eux sont sortis du pénitencier d'État la semaine dernière. J'imagine qu'ils ont pas vraiment été rééduqués.

Il avait craché le dernier mot.

Les flics n'étaient pas dupes.

— Ils n'avaient pas l'air très doués, remarqua Du Pré.

Le shérif le regarda.

— La plupart de ces petits cons ont un QI plus bas que la température ambiante. De temps en temps, on tombe sur un gars qui a une cervelle, mais j'en vois pas beaucoup. Je dirai deux au cours des dix dernières années, en dehors des faussaires et des escrocs. Les braqueurs et les cambrioleurs sont pas des lumières.

Pidgeon avait mis ses grosses lunettes de soleil d'aviateur, aux verres très foncés.

— Nous ne sommes pas très polis, madame, dit soudain le shérif. Je m'excuse.

— Pas de quoi, dit Pidgeon. Pourrions-nous aller bavarder quelque part ? J'ai un avion à prendre ce soir, à Billings.

— Oui, bien sûr. Il y a un saloon un peu plus loin. On y mange correctement et il n'y a pas de juke-box. Ça vous va ?

Il les emmena dans sa voiture. Une simple bâtisse de brique rouge avec un panneau MINT CLUB, et sans pub au néon pour une marque de bière ou une autre. Un vieux bar, propre, un peu miteux. Des éleveurs, plus tout jeunes, étaient assis au comptoir et discutaient en buvant de la bière rousse.

Le shérif guida Du Pré et Pidgeon dans une minuscule arrière-salle meublée d'une unique table et d'une banquette. Il jeta son chapeau sur la table et se glissa sur la banquette.

La serveuse entra.

— Qu'est-ce que vous prenez ? demanda le shérif.

— Pour moi, un cheeseburger et un verre de limonade, dit Pidgeon.

Les deux hommes ajoutèrent des frites à leur commande.

— Je n'ai pas grand-chose à vous apprendre, dit le shérif. Je n'en sais guère plus que ce que dit le maigre rapport du médecin légiste. Je connais l'endroit où le corps a été trouvé.

— Pourriez-vous me faxer le dossier complet à Washington ? demanda Pidgeon en lui tendant sa carte.

— Bien sûr. Quand je l'aurai. Pauvre Susannah Granger... Elle enseignait la dactylo et l'économie sociale et familiale au collège de Billings. Sa première année. Elle avait obtenu son diplôme à Bozeman, Montana. Chrétienne pratiquante. Ne buvait pas, ne fumait pas, ne traînait pas en ville. Quand on l'a retrouvée, elle avait de l'alcool dans le sang. Étranglée jusqu'à tomber inconsciente, puis la veine jugulaire coupée, très soigneusement. Le tueur l'a abandonnée dans les broussailles, jambes écartées et un...

— Quelque chose enfoncé dans le vagin ou l'anus ? termina Pidgeon.

— Un bâton dans chaque.

Pidgeon hocha la tête. Son petit magnétophone était posé devant elle.

Leurs assiettes arrivèrent. Pidgeon mangea du bout des dents.

Du Pré et le shérif s'empiffrèrent.

— Donc, vous voulez voir l'endroit où nous l'avons trouvée ? reprit le shérif.

— Non, j'ai changé d'avis, dit Pidgeon. Du Pré et moi avons besoin de continuer jusqu'à Billings.

Ce dernier haussa les épaules.

Le shérif les ramena à leur voiture.

— J'aimerais aussi des doubles des photos de l'endroit, dit Pidgeon. Comment a-t-on trouvé le corps ?

— Un pilote amateur qui faisait des heures de vol pour passer sa licence. En regardant en bas, il a aperçu le corps.

Du Pré prit la voie express vers le nord en direction de Billings.

— C'est le premier cadavre récent auquel nous ayons affaire, observa Pidgeon. Et pas celui d'une adolescente fugueuse. Cette ordure perd la main. Quand le schéma mental d'un tueur dévie, même d'un poil, c'est qu'il y a un problème. Il y a quelque chose à Billings. Quelque chose d'autre. Susannah Granger vivait chez une tante.

Lorsqu'ils arrivèrent à Billings, Pidgeon entra dans une cabine téléphonique et donna plusieurs coups de fil. Elle revint à la voiture avec un plan à la main.

— La tante accepte de nous recevoir, dit-elle.

Elle indiqua l'itinéraire à Du Pré. Ils aboutirent sur un terrain de caravaning. Les caravanes étaient proprettes et bien entretenues, certaines avaient même à l'arrière une terrasse en bois de séquoia.

— Numéro vingt-huit, dit Pidgeon. Regardez, c'est celle-ci, là où est garée la voiture bleue avec l'autocollant AVORTER C'EST TUER.

Du Pré s'arrêta.

— Attendez-moi ici, ordonna Pidgeon. Vous lui feriez peur.

Elle sortit de la voiture et alla frapper à la porte de la caravane. La porte s'ouvrit sur une grosse femme en tailleur-pantalon bleu. Pidgeon entra.

Du Pré se roula une cigarette, prit la bouteille de whisky sous son siège et but une bonne rasade. Il se faisait tard. Il avait faim. Du coup, il rebut du whisky.

Il regarda de l'autre côté de l'allée. Il y avait une petite voiture compacte bleue. Seule. Sans caravane à côté.

La femme devait avoir un gosse. La voiture bleue était garée tout près de la caravane appartenant à la tante de la victime.

Il grilla une autre clope.

Pidgeon revint au bout d'une demi-heure, tout excitée.

— Bon, Susannah s'était rendue à une réunion pastorale le soir où elle a été enlevée. Après la réunion, elle s'est occupée des livres comptables de l'église; il était minuit passé quand elle est partie. Mais elle n'est jamais revenue à la caravane. Ce matin, la police a appelé la tante pour dire qu'on avait retrouvé son véhicule abandonné à deux kilomètres d'ici. Sur le bas-côté de la route. Pas beaucoup de circulation par là, la nuit. Aucun fast-food dans le coin. C'est une route secondaire. On peut entrer dans la ville ou la traverser par des voies plus rapides. Les flics ont remorqué le véhicule jusqu'ici.

Du Pré observa la petite voiture.

— Bien. Qu'est-ce qu'on fait ?

— J'aimerais voir si elle démarre, dit Pidgeon en lui tendant la clé.

Du Pré monta dans la voiture, mit le contact. Le démarreur fonctionna, mais le moteur ne voulut rien savoir. Il regarda la jauge d'essence. À sec.

Susannah Granger s'était garée sur le bas-côté parce qu'elle était tombée en panne d'essence. En pleine nuit.

Et quelqu'un était arrivé.

— À quel endroit a-t-on trouvé la voiture ? demanda Du Pré.

— Sais pas. Mais je peux passer un coup de fil. J'ai parlé au flic qui s'est occupé du remorquage.

Ils remontèrent dans la voiture de Du Pré et roulèrent jusqu'à une cabine téléphonique.

Pidgeon resta dix minutes au bout du fil.

Du Pré fuma et but du whisky.

— Il faut que je file à l'aéroport, dit Pidgeon, mais je veux que vous trouviez l'endroit, sur Spurgin Road.

— On y est, remarqua Du Pré.

— Ça alors !

— Quel numéro ?

— 17545.

— C'est à environ huit cents mètres d'ici, en direction de l'aéroport.

Quand ils arrivèrent à l'endroit indiqué, Du Pré le lui désigna. Un terrain vague qui servait de parking devant un long hangar métallique.

FOURNITURES POUR SOUDURE.

Susannah Granger est tombée en panne d'essence ici, en rentrant chez elle.

Du Pré continua vers l'aéroport situé dans les hauteurs de Billings. Il aida Pidgeon à porter ses bagages jusqu'à l'embarquement.

Elle l'embrassa sur la joue.
— Merci, Du Pré.
— Vous allez revenir.
— Trouvez-moi ces types, Du Pré. Vous savez comment me joindre. Ou Harvey.
— Passez-lui le bonjour. S'il vient, un jour, on ira chasser, ou pêcher...
— Harvey déteste les grands espaces. Quand il y va, ce n'est pas pour s'amuser.
Du Pré rit.
— Mais moi, j'aime ça, dit Pidgeon. Embrassez Madelaine de ma part.
Du Pré acquiesça. Pidgeon monta dans le hall d'embarquement.
Du Pré retourna à l'endroit où la petite voiture avait été trouvée. Il faisait nuit, à présent. Il prit une torche puissante et balaya le sol autour de l'endroit où la voiture avait dû s'arrêter, faute de carburant.
Il avait plu, trois ou quatre jours plus tôt. Il y avait des traces de flaques boueuses, asséchées. Du Pré aperçut un bout de papier dans l'argile claire.
Il le libéra de sa gangue.

ÉGLISE ÉVANGÉLIQUE DU LIBRE ARBITRE.

Un papier imprimé invitant à un service religieux.
Du Pré le déplia et regarda la page de gauche, puis alla vers sa voiture pour lire à la lumière des phares.
— « Soliste : Susannah Granger. »
Elle chantait dans le chœur de l'église.
Jamais plus elle ne chanterait pour Dieu.

Chapitre 24

Du Pré, assis sur le capot de sa vieille voiture de patrouille, attendait Rolly Challis sur la Hi-Line, à Raster Creek. Il était quatre heures du matin. Rolly avait dit qu'il serait là à quatre heures quinze.

Du Pré s'en roula une.

Ce type, il connaît tellement bien la route qu'il sait à la minute près l'heure à laquelle il sera à tel ou tel endroit.

À la recherche de l'assassin de Shelly Challis, sa petite sœur.

Du Pré avait emporté une thermos de café.

Il consulta sa montre.

Il entendit le vrombissement du moteur de l'énorme dix-huit roues noir.

Il regardait encore la petite aiguille de la montre quand le semi-remorque s'immobilisa sur le parking.

Avec une minute d'avance.

Chapeau.

Rolly descendit de la cabine et s'avança, dressé sur la pointe des pieds, en étirant ses bras et son dos.

— Salut, Du Pré.

Il lui tendit la main.

— Bon, dit Du Pré, je lis pas tellement les journaux. Votre type fait encore des siennes, là-bas ?

— Possible, répondit Rolly, mais on n'a rien de nouveau. Le gars abandonne les corps à des endroits où on ne les retrouve que par hasard. J'imagine qu'il doit y en avoir d'autres. C'est l'enfer pour les familles. La mienne est passée par là.

Du Pré lui montra la thermos.

Rolly secoua la tête.

— On en a eu une autre, à Sheridan, annonça Du Pré.

Rolly hocha la tête.

— Vous êtes au courant ? demanda Du Pré.

— Ouais, une jeune prof. J'ai vu une photo d'elle. Pas très sexy. Du genre cul-bénit.

— Oui, elle appartenait à une Église fondamentaliste. Elle était un peu plus âgée que les filles auxquelles s'attaque le tueur sur la Piste du Grand Nord.

— Ils sont deux. Je les veux tous les deux, dit Rolly. Pas faciles à trouver. J'ai bien cru que j'en tenais un, une affaire dans l'est de l'État de Washington, mais il s'est avéré que la fille avait été violée et assassinée par son oncle.

Bon Dieu, ça me rappelle ce salopard de Bucky Dassault, qui se fait appeler Benjamin Medicine Eagle, songea Du Pré. Il n'a encore tué personne, mais je le hais quand même.

Les deux hommes grillèrent une cigarette.

— Je l'appelle le Rassembleur, reprit Rolly. J'ai l'impression qu'il choisit un endroit et que, dans le mois qui suit, il tue quatre, cinq filles, peut-être davantage, les laisse cachées là et poursuit sa route. Des gamines fugueuses qui se prostituent. La femme a toujours un moyen de survivre... Mais ça ne les empêche pas de se faire tuer.

Du Pré hocha la tête. Pauvre petite Lourdes. Toujours tellement triste. Toujours malheureuse. Pourtant, Madelaine faisait tout ce qu'elle pouvait pour la rendre heureuse.

Personne ne peut rendre quelqu'un heureux.

S'il refuse de l'être.

À m'entendre, on croirait un de ces connards de psys qu'on voit à la télé.

Faut que j'arrête de regarder la télé.

Là.

— Bon, j'y vais, dit Rolly. La meilleure chose qu'on puisse faire, c'est de garder le contact.

Ils se serrèrent la main.

Du Pré but du café et fuma. Une aube rose sang pointait à l'est.

Il commençait à y avoir de la circulation. Quelques gros camions, d'énormes camping-cars et des voitures particulières, dans les deux sens.

Du Pré monta dans sa voiture, fit demi-tour sur l'aire de repos et repartit vers le sud, vers Toussaint.

L'air était frais et sec.

Des cerfs-mulets revenaient de leur trou d'eau pour se diriger vers l'endroit où ils se cacheraient dans la journée. Les bois des mâles étaient couverts de velours. Des antilopes filèrent comme l'éclair, montrant la rosace blanche de leur derrière. Les faucons planaient bas à la recherche de rongeurs surpris par la lumière avant d'avoir regagné leur terrier. Un blaireau traversa la route en se dandinant, boule de muscles ramassée sur elle-même, à ras du sol.

Du Pré maintint sa vitesse à cent quarante.

Il n'y avait plus personne sur la route. Bientôt, il aperçut les sommets enneigés et les flancs sombres des Wolf Mountains dans la lumière du soleil levant. Sur les cimes, la neige étincelait, rose pâle et dorée.

Quand il passa le long d'un marais, il y eut un brusque envol de canards dans le ciel.

La route s'élevait en pente douce devant lui.

Il sentit une odeur de chaud. Un flot de vapeur entra par les aérateurs.

Du Pré jeta un coup d'œil dans son rétroviseur. Il traînait une fumée blanche.

Il se mit au point mort et coupa le contact. Ce maudit moteur va chauffer et couler une bielle, si ça se trouve. Il n'avait que trois cent quatre-vingt mille kilomètres au compteur.

De la merde, ces moteurs de Detroit.

Il guetta le bruit sourd caractéristique d'un moteur en train de rendre l'âme. Il ne vint pas.

Il s'arrêta à l'entrée d'un chemin de cinq mètres à peine qui donnait accès à un champ.

Un dix-huit roues passa en rugissant, si près de la voiture qu'il la fit osciller.

Merde. Je hais les bagnoles. J'aime les chevaux. Si les choses empirent, on peut toujours bouffer son cheval.

Je pourrais peut-être essayer de bouffer cette saloperie. Une livre d'acier haché par jour, arrosée de whisky pour la faire descendre. Peut-être une livre trois fois par jour. Je mettrai quoi, un an, pour l'avaler.

Saloperie.

Un camping-car passa. Un teckel sortait la tête par la vitre. Cette saleté de bestiole se mit à japper.

Du Pré sortit sa bouteille de whisky de sous son siège.

Faut que je trouve un téléphone. J'appelle Bart, je lui demande d'emprunter la dépanneuse de Morris et de venir me remorquer.

J'aime pas ça.

Il s'enfila une grande rasade.

Plusieurs minibus immatriculés dans le Minnesota passèrent à toute allure, tout près les uns des autres. Des gens qui partaient en vacances ensemble.

Du Pré but une autre gorgée de whisky, replaça la bouteille sous son siège, se roula une cigarette, sortit de la voiture et observa la route.

Rien.

Bon, faut que je me décide à tendre le pouce. Moi,

quand je veux arrêter une voiture, on dirait un mec qui va dévaliser un train ou voler du bétail. Je me prendrais pas en stop moi-même.

Merde.

Il attendit un peu avant de lever le pouce.

Il entendit un véhicule ralentir derrière lui. Un long fourgon vert foncé, aux vitres teintées, s'arrêta de l'autre côté de la route, à l'entrée d'un chemin.

La porte du conducteur s'ouvrit et un homme en sortit. Il portait une salopette de mécanicien. Un visage rougeaud, buriné. Des cheveux blond sable, bouclés, avec un début de calvitie.

— Des ennuis ? dit-il en traversant la chaussée. Je m'appelle Simpson.

— Moi, c'est Du Pré. J'ai pété une durite.

Ils échangèrent une poignée de main.

— Laissez-moi jeter un coup d'œil, dit l'homme. Je travaille pas mal sur les voitures. Tiens, une vieille voiture de patrouille. Une Plymouth. Bon moteur.

Du Pré haussa les épaules. Il actionna le système d'ouverture du capot, le souleva et plaça la tige de sécurité dans son support.

De la vapeur jaillit pendant un bon moment. L'air puait l'antigel.

L'homme se pencha sur le moteur, l'inspecta, sortit un canif et coupa la durite de caoutchouc qui avait éclaté près du moteur, prit le bout du tuyau et y glissa l'index.

— D'accord, dit-il. Une minute...

Il fit une grimace, puis retira son doigt.

— Sans doute un bout de joint coincé dans le thermostat. Ça va aller. Vous avez pas coulé une bielle ?

— J'ai rien entendu.

— J'ai une durite au bon diamètre. Et du liquide de refroidissement, aussi.

Cinq minutes plus tard, le moteur ronronnait. L'homme réglait le carburateur.

— Je vous dois combien ? demanda Du Pré.

L'homme haussa les épaules.

— Pas la peine. Le Seigneur nous dit de secourir le voyageur.

Du Pré lui tendit quarante dollars.

— Je veux que vous les preniez, pour remplacer la durite, le liquide de refroidissement. Si vous venez à Toussaint, je vous paye un coup.

— Je travaille dans le coin, dit l'homme. Je répare les moissonneuses et les camions. Faut que tout marche au poil. Si les engins tournent pas, les batteurs perdent de l'argent.

— Vous avez un garage ?

— Non. J'ai tout ce qu'il faut dans le fourgon. Je répare directement sur place, dans les champs. De temps en temps, y a bien un moteur qui pète, et là, je peux rien faire, mais ça n'arrive pas souvent. La dernière fois, c'était il y a six ans.

Du Pré hocha la tête.

— Bon, dit le gars. Faut que j'y aille. On m'attend. J'ai un dépannage à faire, assez loin d'ici.

Il traversa la route, remonta dans son fourgon, démarra et repartit vers le nord.

Du Pré poursuivit sa route vers le sud, à cent quarante. Le moteur tournait impec.

J'ai eu de la chance.

Pas eu besoin d'appeler Bart.

Il se serait foutu de ma gueule.

Chapitre 25

— Je me fais du souci pour toi, Gabriel, dit Bart.

Ils étaient au bar de Toussaint. Susan Klein, dans la chambre froide, dressait une liste de commandes. Le bar était désert. Dehors, il faisait un temps magnifique. Les poivrots du matin étaient déjà partis, bien chargés, et les clients du déjeuner n'étaient pas encore arrivés.

— Ah ? fit Du Pré, qui regardait dans le miroir le reflet enfumé et brouillé des trophées de cerfs moisissants accrochés au mur et le rouge sang du néon des pubs de bière.

— Tu as ce regard, poursuivit Bart. Tu ne peux pas tuer ces types comme ça. Harvey se fait du souci. Il m'a dit qu'il serait obligé de te coffrer. Puisque tu es prévenu, il le fera sans trop de scrupules.

— Ouais. Je ne suis pas inquiet.

Bart détourna les yeux et secoua la tête.

— Tes demandes sont intéressantes, dit-il en regardant le petit bout de papier blanc sur lequel étaient consignées quelques lignes, de l'écriture méticuleusement calligraphiée de Du Pré.

— Les gars du FBI ne peuvent pas faire ça, de toute façon, expliqua Du Pré. Moi, j'aimerais savoir où vont ces salauds. On ne sait jamais, si je retrouvais une voiture, je pourrais découvrir des choses intéressantes.

— D'accord, dit Bart, je te fais envoyer tout ça en express.

Du Pré détacha cinq cents dollars de la liasse qu'il avait sur lui et les lui tendit.

Bart ouvrit la bouche pour protester, puis accepta l'argent.

— C'est bien, ce que tu as fait pour la petite Lourdes, dit Du Pré.

Bart haussa les épaules.

— J'ai de l'argent, Du Pré. Mais je n'ai pas beaucoup de sagesse.

Lourdes passait le reste de l'été à Chicago, chez une tante de Bart, une vieille dame célibataire, et prenait des cours à l'Institut des beaux-arts.

— Je crois que tu aimerais connaître une grande ville, avait dit Bart à la jeune fille. Chicago, c'est une grande ville. D'accord, c'est pas Seattle, mais il faudra t'en contenter.

Lourdes pleura, prépara un petit sac et prit l'avion le lendemain.

— Elle veut étudier l'*art*? s'exclama Madelaine. Comment ça se fait qu'elle m'en a pas parlé?

— Tu es sa mère, dit Bart.

— D'accord. Je te laisse t'occuper d'elle un petit moment.

— Pauvre Lourdes. Tante Marella est très vieux jeu.

— Ça veut dire que Lourdes est en sécurité chez elle, remarqua Madelaine. Moi, je préfère ça.

Du Pré s'éclaircit la gorge.

— Hum... Quel âge avais-tu, la première fois que tu...

— Quinze ans.

— Bon, je dis plus rien.

— Très drôle, rétorqua Madelaine.

— Harvey sera là après-demain, annonça Bart. Il aurait vraiment voulu venir plus tôt, mais il ne pouvait justifier sa présence ici puisqu'il supervise Pidgeon. Donc j'ai envoyé un avion le chercher.

— Ouais, dit Du Pré. Allons au bar.

Madelaine, furieuse, fumait comme une cocotte-minute. Dans l'heure suivante, elle allait faire payer à Du Pré sa remarque impertinente, s'il était assez stupide pour attendre l'explosion.

Je me demande si elle va mieux maintenant, pensa Du Pré. Il tourna son verre entre ses doigts. La glace avait fondu et le whisky était trop délayé. Mais il était encore tôt.

— Je crois que je vais aller chez Benetsee, dit-il. Il finira par revenir, le vieux hibou.

— Ça, c'est pas sûr, remarqua Bart. Il est capable de rester loin d'ici et de t'envoyer des messages par coyote interposé.

Du Pré rit, termina son verre et sortit du bar. Il monta dans sa vieille voiture de patrouille et roula vers la cabane de Benetsee.

Il remonta l'allée herbue et roula sur des bûches de bois de chauffage tombées de la camionnette lors de la dernière livraison. Les mauvaises herbes se raréfiaient à mesure que l'on approchait de la cabane. Une demi-douzaine de moutons mérinos broutaient, gardés par un petit chien de berger.

Du Pré se gara, puis fit le tour de la cabane délabrée en direction du jardin où se trouvait la hutte de sudation. Le rabat était soulevé, les cendres froides.

Jeune-Homme-Qui-N'a-Pas-De-Nom priait, debout au bord du ruisseau, les bras serrés autour des épaules. Du Pré s'assit à l'écart sur un gros rondin de pin ponderosa qui servait de billot à fendre le bois et attendit qu'il se décidât à bouger.

— Vous avez un nom, à présent ?

Le jeune homme secoua la tête en souriant.

— Ça ne me manque pas. Un nom peut désigner l'apparence aussi bien que la réalité.

Du Pré s'approcha de lui et regarda le ruisseau. Il grouillait de petites truites, serrées les unes contre les autres, tournoyant dans un minuscule trou d'eau.

Une plume bleue de martin-pêcheur flottait dans l'air.

D'accord, songea du Pré, je ne veux même pas *savoir*.

— Des nouvelles de Benetsee ?

Le jeune homme hocha la tête.

— Il reviendra à l'automne. Au début de l'automne, peut-être. De toute façon, avant les premières neiges.

Tu parles, il peut se mettre à neiger demain, pensa Du Pré. Il m'est arrivé de voir de la neige le 4 Juillet, à la fin juillet, même début août. J'ai été bloqué dans les Wolf une semaine. J'ai vu du blizzard un 20 août. La première neige, mon cul. Pendant qu'il y est, il peut dire qu'il reviendra quand le soleil brillera.

— Votre Madelaine m'a envoyé de quoi manger, c'était bon, dit le jeune homme. C'est une femme très gentille.

Du Pré approuva. Madelaine, elle nourrirait la terre entière et sécherait toutes les larmes, si elle le pouvait. D'une manière ou d'une autre, elle s'occupe de la moitié des gens du coin.

— C'est bien que vous soyez venu, reprit le jeune homme. Votre Jacqueline m'a invité à souper. Vous viendrez aussi ?

Du Pré acquiesça. Sa fille Jacqueline, son mari Raymond et leurs... quatorze gosses. Le médecin lui a dit *basta*, ça suffit, merde. Je vous ai ligaturé les trompes. Encore des jumeaux et vous y passiez.

À l'hôpital, Madelaine avait longuement parlé à Jacqueline. La naissance des derniers jumeaux avait bien failli la tuer. Elle avait secoué la tête et pleuré.

Mon gendre Raymond a l'air soulagé, ces temps-ci. Il arrive à nourrir sa marmaille à peu près correctement. C'est pas de la tarte, de se souvenir des prénoms de tous ces gosses. Moi, je ne me souviens que de la moitié.

Je n'avais que deux enfants quand ma femme est morte.

Du Pré sentit sa gorge se serrer. Il se souvint de sa

femme, mourante, ses yeux brillant de fièvre, sa chevelure noire trempée sur l'oreiller.

Mes deux petites filles, Jacqueline et Maria, debout à mes côtés. Je leur tenais la main.

Ma femme nous a souri, elle a poussé un long, long soupir et puis elle est partie.

Mes filles se sont plutôt bien débrouillées. Elles s'occupent bien de moi.

— Je veux parler à ce vieux blaireau, dit Du Pré, soudain furieux.

Le jeune homme souriait toujours. Il avait un regard profond, très doux. Le monde l'amusait, ou il en avait pitié.

— Bon, reprit Du Pré, je crois pas que je puisse le trouver.

Le jeune homme se mit à rire.

— Benetsee, s'il ne veut pas qu'on le trouve, on le trouve pas. Vous avez déjà essayé d'attraper un coyote avec un seau ?

Du Pré rit à son tour.

— Il m'a dit de vous dire qu'il pense à vous, ajouta le jeune homme. Et que vous êtes stupide. Il voudrait bien y changer quelque chose, mais il n'y a pas de remède.

Du Pré hocha la tête.

— Vous lui répondrez de ma part : « Benetsee, vieux putois, va tringler un coyote boiteux et chope-toi la chtouille. »

Le jeune homme partit d'un grand rire, pareil à un joyeux clapotis.

— Comment l'avez-vous rencontré ? demanda Du Pré.

Le jeune homme observa le vol d'une pie au loin.

— Je travaillais à Calgary. Il est venu... Il m'a dit : « Laisse tomber, ton sang n'est pas fait pour ça. » Je l'ai écouté, et je suis là.

— Quel métier faisiez-vous ?

Le jeune homme pinça les lèvres. Il eut l'air malheureux.

— J'enseignais l'informatique.

— Bon Dieu, moi qui vous prenais pour un de ces hippies.

— Non, pas à cette époque-là.

— La tête de Benetsee est sortie de l'ordinateur ?

Le jeune homme secoua la tête.

— Je préfère pas en parler. C'était assez effrayant, vous savez, la façon dont c'est arrivé.

Du Pré entendit une voiture remonter l'allée et se garer. Il y eut un claquement de portière.

— Du Pré ! cria Bart.

Du Pré se retourna.

— Tu ferais mieux de rappliquer.

— J'ai besoin de ce maudit Benetsee, dit Du Pré en lançant un regard mécontent en direction du jeune homme.

— Il dit que non.

— Qu'il aille se faire foutre.

— Du Pré ! répéta Bart.

Il paraissait angoissé, vidé.

Du Pré alla à sa rencontre.

— Où ça ?

— Là-haut, sur la Hi-Line. On vient de la trouver. C'est hors du comté, mais tu ferais mieux de venir.

Du Pré sentit ses tripes se nouer.

— L'aînée des filles Morissette, dit Bart. Sa mère croyait qu'elle avait fait une fugue à Billings. Ça lui était arrivé plusieurs fois.

La petite Barbara Morissette.

Une cousine de Madelaine. Sa famille vivait à Toussaint.

À trois maisons de chez Madelaine.

Chapitre 26

— Putain, c'est horrible, dit le shérif Paton. Voilà trente ans que je suis dans ce boulot, et j'ai jamais vu une chose pareille. L'animal qui a fait ça, il va mourir. C'est tout.

Trois des adjoints du shérif étaient là. Tous prêts à tuer quelqu'un, visiblement.

La petite Barbara Morissette était allongée sur le dos, les jambes écartées, une branche enfoncée dans l'entrejambe.

Le tueur lui avait scié la tête et l'avait coincée dans une entaille faite dans son ventre.

Un cauchemar.

Du Pré sentit ses yeux lui brûler. Il se souvint de la fillette aux cheveux auburn. Une enfant douce. Elle aimait la musique.

Quel âge ? Quinze ? Seize ?

Madelaine doit être en train de prier.

Moi, je suis malade de rage.

Nom de Dieu.

Du Pré embrassa du regard l'aire de repos, derrière lui. La gamine était dans les broussailles derrière le parking. Pas depuis très longtemps. On l'avait peut-être laissée là la veille au soir.

Du Pré regarda le sol. Pas de traces de corps traîné.

Barbara Morissette était petite et menue. Un homme fort pouvait facilement la porter sur son épaule.

Il l'avait découpée ici. Le sol était noir de sang séché.

Des mouches vertes et bleues bourdonnaient, pondant leurs œufs.

La croix, l'entaille, l'endroit où ils se retrouvent, songea Du Pré.

Sur la Hi-Line.

Chacun sait que l'autre existe.

C'est obligé.

Sont-ils contents d'eux ? Jaloux l'un de l'autre ? Se mettent-ils en rogne ? Quand ils sont en rogne, est-ce que ça les rend stupides ?

Moi, la colère me rend con.

Il faut que je retrouve ma respiration.

Penser.

Maudit Benetsee, j'ai besoin de ses rêves.

Il faut que je fasse avec les miens, que j'arrête de geindre.

— Merde, dit Paton. Je suis pas près d'arriver à dormir.

Du Pré le regarda. Un homme grand, maigre, ridé et buriné, des yeux bleu délavé derrière des lunettes à double foyer. Un gros revolver. Probablement un 44 Magnum. Léger. Il avait dû descendre quelques mecs, dans le temps. Le genre de shérif qui appelle le malfaiteur, qu'il connaît, et lui dit : « Bon, écoute, soit tu te rends, soit je viens te chercher. Mais si je dois venir te chercher, je serai pas de bonne humeur. »

Je parie qu'ils viennent tous.

Le FBI arriva. Des camionnettes remplies de techniciens et d'équipement.

Dans une voiture, Pidgeon et deux types.

Pidgeon fit un signe à Du Pré. Elle enfonça ses mains dans les poches de sa veste et s'approcha. Elle regarda longtemps la pauvre Barbara Morissette, puis se pencha pour l'examiner.

Ses dents blanches régulières mordaient sa lèvre inférieure.

L'équipe des techniciens du FBI se rassembla. Ils parlaient à voix feutrée en sortant les appareils photo, les mètres à ruban, les mallettes. Ils enfilèrent des combinaisons bleu clair.

Pidgeon s'avança vers Du Pré et le shérif Paton.

— Agent spécial Pidgeon, se présenta-t-elle en sortant la main de sa poche.

Paton lui rendit une vigoureuse poignée de main. Il la regarda droit dans les yeux en hochant la tête.

— Madame.

Pidgeon sourit.

— Quand l'a-t-on trouvée ?

— Un peu avant l'aube. Un couple... de touristes entrés dans les buissons avec leur duvet pour... euh, faire un somme. Ils ont buté dessus.

Oh, songea Du Pré, une vie sexuelle flinguée pour un bon bout de temps.

Pidgeon hocha la tête.

— Vous êtes au courant, pour ce type ?

— Ouais. On a trouvé six corps, en vingt ans. Je ne sais pas si c'est l'œuvre du même salopard.

— Nous le trouverons, affirma Pidgeon.

— Je l'espère, dit Paton. Bon, si vous avez besoin de quoi que ce soit, vous appelez Myra, c'est la standardiste. Je lui ai dit de s'occuper de tout. Pendant que je fais campagne et que je me fais tirer dessus de temps en temps, Myra dirige le service. Elle l'a toujours dirigé. Ah, je suis coroner, aussi. J'ai fait tout ce qu'il y avait à faire. Constaté le décès, rempli la paperasse. C'est du boulot. Vous, occupez-vous de trouver ce fils de pute.

— Nous le trouverons, répéta Pidgeon.

— Hum, fit Paton. Bon, je dois y aller. J'ai un accident dont il faut que je m'occupe, un peu plus loin.

— Oui, nous sommes passés devant, dit Pidgeon. C'était pas beau à voir.

— Quand un dix-huit roues rentre dans une voiture de tourisme, c'est jamais beau à voir. Mais cette fois, le camion s'est retourné et le chauffeur a été tué. Ça n'arrive pas souvent. J'imagine qu'on va découvrir qu'il était défoncé. Ces gars marchent aux amphés pour arriver à couvrir quinze cents ou deux mille bornes d'une traite. On peut pas leur en vouloir. Faut bien gagner sa croûte. C'est pas facile. Un de mes fils est routier. J'espère que j'aurai pas à traîner son corps sur le bas-côté de cette foutue route.

Deux gros diesels passèrent en rugissant.

Le shérif s'éloigna à pas lents. Désemparé. Un peu triste.

— C'est une petite-cousine de Madelaine, dit Du Pré. Madelaine et la mère de Barbara ne s'entendent pas bien. Mais elle va devenir folle. C'est quelqu'un de sa famille.

— Au moins, il y aura quelqu'un pour pleurer la petite, dit Pidgeon. La plupart du temps, tout le monde s'en fout. Tiens, quand j'étais à Seattle, j'ai parlé à deux prostituées. Elles avaient peur et elles pleuraient leurs copines mortes. J'ai horreur de tout ça.

— Comment va notre Harvey ? demanda Du Pré.

— Casse-couilles. Il se fait du mouron pour vous. Il a pas fini de vous cuisiner quand il vous verra. Il est prêt à démolir ces ordures à coups de pelle. Vous savez, au FBI, on est plutôt bons, d'habitude. Avec le temps, on arrive à épingler cette racaille. Mais les tueurs en série sont très difficiles à attraper. Et les plus intelligents d'entre eux sont encore plus difficiles à choper. Ce salopard de Ted Bundy était pas une lumière, ça l'a pas empêché d'en tuer un paquet. Quant au Tueur de la rivière Verte, il ne laisse aucune trace. Idem pour le Chain Killer. Il y a un type, dans le Sud, qui profite du moment où on met le feu aux marais pour faire brûler ses victimes. Aucune trace non plus.

— Nos deux gars laissent des indices, eux, remarqua Du Pré.

— Oui, mais on ne sait pas lesquels sont vraiment les leurs. Ça pourrait nous prendre des années, Du Pré.

Il secoua la tête.

— Ça sera fini avant l'arrivée de la neige.

Pidgeon le regarda.

— Bon, je rejoins nos magiciens en combinaison bleue, pour voir ce qu'ils trouvent.

Du Pré baissa les yeux. À ses pieds, il vit un petit bout de plastique transparent, le genre de plastique dur qui sert à emballer des objets. Il se pencha et le ramassa. Assez lourd.

— Qu'est-ce que vous avez trouvé ? demanda Pidgeon.

— Un bout de plastique.

— Ici, on trouve un tas de saloperies qui viennent de l'autoroute et de l'aire de repos, dit Pidgeon. Mais il faut le garder. On pourra au moins savoir combien de temps il est resté au soleil.

Ils s'approchèrent de la zone où travaillaient les techniciens. Deux d'entre eux remontaient la fermeture à glissière d'une housse mortuaire de couleur jaune. Ils la firent rouler sur un brancard et la portèrent jusqu'au fourgon de la morgue.

Deux hommes en bleu examinaient avec minutie l'endroit où avait reposé le corps, le visage très près du sol. Ils ne touchaient pas la terre imbibée de sang. L'un des deux, à l'aide d'une pince, extirpa quelque chose du sol, le souleva et le laissa tomber dans un sachet en plastique déjà numéroté. Puis il se redressa et prit des notes.

— Celui-là, c'est le Tueur de la Hi-Line, dit Du Pré.

— Hum, fit Pidgeon.

Peut-être pas, songea Du Pré. C'est peut-être Come-to-Jesus, qui essaie de ressembler au Tueur.

Peut-être qu'ils plaisantent tous les deux à propos des mortes. Je l'ai eue avant toi, na.

Il faut que je pense comme eux, et je ne veux pas.

Il faut que je connaisse leurs rêves. Que je sois dans leurs rêves.

J'arriverai peut-être à me rapprocher et à les faire fuir. Je les chasserai comme chassent les coyotes. Le premier court après le lapin, l'oblige à dessiner des cercles, puis, quand il est fatigué, un deuxième prend sa place et ainsi de suite, jusqu'à l'épuisement complet du lapin.

Quelque chose comme ça.

Jeune-Homme-Qui-N'a-Pas-de-Nom. Le vieux Benetsee, c'est un genre de coyote. Toujours à plaisanter. À raconter des histoires de coyotes.

Les chiens de Dieu. Ils doivent tout savoir. Moi, je racontais toujours tout à mon chien, et je ne sais pas grand-chose.

— Du Pré, dit Pidgeon, vous embrasserez Madelaine pour moi.

— Vous ne venez pas ?

— Non. J'accompagne la petite Barbara. Je lui parlerai pendant l'autopsie. Je fais ça, quand je peux.

— Et qu'est-ce que vous lui direz ?

— Je lui dirai : « Barbara, je suis désolée. J'ai besoin que tu m'aides. Je te promets de trouver cet homme. Après, il ne pourra plus jamais faire cela à personne. »

— Bien. Je le dirai à Madelaine.

Chapitre 27

— Je ne sais comment le pilote s'est débrouillé pour atterrir sur votre putain de piste pourrie, dit Harvey. J'avais le trouillomètre à zéro. J'en ai avalé mon chapelet. J'imaginais mes pauvres enfants orphelins et ma belle veuve dans le besoin. Et je pensais à l'enfoiré qui allait me succéder auprès de ma belle veuve dans le besoin. Je le haïssais.

Du Pré éclata de rire. Harvey avait horreur de l'avion. C'était un angoissé de première.

Le petit avion avait atterri en hurlant sur la piste après que le pilote eut inversé la poussée des moteurs. Du Pré se souvenait bien qu'à ce moment-là on était propulsé contre sa ceinture de sécurité. Parfois, des vaches, des moutons, des chevaux paissaient dans le champ situé en bout de piste. Parfois, ils étaient sur la piste, quand le propriétaire de la pâture oubliait de réparer la clôture.

Si le zinc rentre dans une vache, il se plie en deux. Il y a plus personne.

Harvey Wallace. Grand, maigre, svelte, sombre, sardonique. Son nom indien, Belette Grasse. Un garçon blackfeet qui avait fait son chemin.

Des durs à cuire, ces Blackfeet. Ils campaient dans la prairie à découvert. Fallait qu'ils soient rudes. Ils me rappellent les Athapascans[1]. Dans les vieilles ballades, on décrivait comment les Athapascans étaient arrivés par la Piste du Grand Nord, venus des flancs nord de l'Himalaya. Des coriaces, le peuple des Esclaves[2], les Apaches, les Navajos, les Haidas[3]. Des guerriers cannibales.

Venus d'Asie par le détroit de Béring et la Piste du Grand Nord, jusque dans les Rocheuses. Il n'y a pas si longtemps. Les Haidas commerçaient avec le Japon et la Chine. Ils avaient quitté les îles de la Reine-Charlotte et traversé le Pacifique Nord. Une femme chanteuse leur disait dans une chanson comment arriver jusque-là. Rentrez chez vous, disait la chanson du retour.

De vrais fumiers. Ils nous ont obligés, nous autres Crees, à fuir vers l'est, les Sioux aussi, vers le sud et l'est. Les Blancs nous ont vendu des armes et on est revenus chez nous.

La vie n'était pas toujours rose, à l'époque.

— À quoi pensez-vous ? demanda Harvey.

Du Pré sursauta. Il avait oublié Harvey, debout à côté de sa valise.

— Excusez-moi, dit-il en prenant la valise.

Ils se dirigèrent vers la vieille voiture de patrouille.

Le petit avion avait effectué un demi-cercle sur la piste d'envol et était de nouveau dans les airs. Le ronflement aigu du moteur commençait à diminuer.

— Comment va Madelaine ? demanda Harvey.

— Pas trop bien. La jeune fille morte était la fille de sa cousine. Madelaine est partie la réconforter. Le chagrin. On tient une veillée funèbre, en ce moment.

1. Indiens du Canada qui vivaient à l'ouest et au nord-ouest de la baie d'Hudson. *(N.d.T.)*

2. Tribu indienne du Canada qui vivait près du grand lac de l'Esclave. *(N.d.T.)*

3. Indiens de Colombie-Britannique. *(N.d.T.)*

Harvey hocha la tête.

— Des chants, des danses anciennes. Les frères et sœurs de Barbara sont très tristes. La mère est triste. Madelaine ne l'aime pas beaucoup. Elle ne l'appelle jamais par son prénom. Je l'ai toujours entendue dire « Mrs. Morissette ». Le mari est mort tué par un train alors qu'il travaillait sur les voies, il y a huit, dix ans de cela.

Harvey hocha à nouveau la tête.

— Madelaine dansera probablement avec vous quand même, dit Du Pré.

— Elle dansera avec un Blackfeet.

— Ma Madelaine a les idées larges. Je crois qu'elle danserait même avec un mormon.

— Les idées larges, en effet. Bon, qu'est-ce que Pidgeon pense de tout ça ?

Du Pré haussa les épaules. Il ignorait ce que pensait Pidgeon.

— Il s'agit du Tueur de la Hi-Line, ou de l'autre, ou de quelqu'un qui essaie de nous faire croire que c'est lui. Comment voulez-vous qu'on y comprenne quelque chose ?

Ils arrivaient à la voiture. Des sauterelles passèrent en bruissant, quelques locustes cendrées, aux ailes noires bordées de jaune.

Du Pré fourra le bagage de Harvey sur la banquette arrière, démarra et, quittant le petit aéroport de Cooper, fila vers Toussaint. Bart avait, de ses deniers, fait allonger la piste, pour permettre aux petits avions privés de se poser.

Du Pré se roula une cigarette et l'alluma.

Harvey prit la petite boîte en carton qui se trouvait sur le siège.

— Jolie, dit-il. Quand l'avez-vous reçue ?

— Il y a deux jours.

— Vous collez le récepteur sur une voiture et il vous

indique sa position dans un secteur de quatre-vingts kilomètres. Il vous dit si elle roule, où elle va et, si elle vient vers vous, combien de temps il lui faudra avant d'arriver.

— J'en ai toujours voulu un, dit Du Pré.

Douze gros camions de blé les dépassèrent, en direction des silos de Cooper. Là, il y avait une voie ferrée de garage et d'immenses silos à grains. Certains fermiers vendaient le blé directement à la récolte, d'autres l'entreposaient en attendant la montée des prix, et en priant pour qu'ils ne dégringolent pas.

Du Pré se gara devant le bar. Il y avait beaucoup de véhicules, plutôt vieux et minables, garés alentour.

— La veillée se tient ici ? demanda Harvey.

— Oui, l'alcool est interdit dans les écoles, alors on la fait ici. Il n'y a pas beaucoup de salles à louer, dans le coin.

Toussaint comptait peut-être une cinquantaine de maisons et la plupart étaient des mobile-homes.

Une petite ville pauvrc. Bcaucoup de Métis. Des pauvres gens. Quelques rares maisons de riches.

Harvey et Du Pré entrèrent dans le bar. La salle était pleine à craquer. Dans un coin, Mrs. Morissette, assise, recevait les gens venus lui présenter leurs condoléances. Sur une table à tréteaux étaient disposées des marmites de ragoût et des salades. Susan avait mis un rôti de bœuf à réchauffer sous une lampe à infrarouge. Un fermier se tenait à côté, prêt à couper les tranches.

— Vous avez faim ? demanda Du Pré.

— J'ai l'estomac dans les talons, dit Harvey. Je suis incapable d'avaler quoi que ce soit avant de prendre l'avion. Après, j'ai une faim de loup. Enfin, j'ai échappé encore une fois au grand splash.

Susan servit un whisky à Du Pré et regarda Harvey.

— Voyons... fit celui-ci. Un Bloody Mary ?

Susan acquiesça. Du Pré désigna d'un signe de tête le calepin sur lequel elle notait les ardoises des clients.

Bon sang, il faut que je lui règle ce que je lui dois. Je ne me souviens pas depuis quand je ne l'ai pas payée.

Harvey partit se servir une assiette de ragoût.

— Susan, combien je te dois ?

— Tu as de l'argent sur le compte.

— C'est Bart, hein ?

— Motus et bouche cousue, Gabriel. Je crois que tu as encore mille dollars à ton crédit.

Oui, Bart, évidemment.

— Écoute, dit Susan, Bart se sent frustré. Il veut faire quelque chose devant cette horreur. Alors il est entré et a plaqué des liasses de billets sur le comptoir en disant qu'il réglait *toutes* les ardoises. Même celles de ceux qu'il ne connaît pas.

— Je suppose qu'il ne connaît pas tous les gens qui font de l'argent pour lui, non plus, remarqua Du Pré.

Susan rit.

— Benny ne va pas tarder à arriver, dit-elle. Une bagarre a éclaté dans un ranch, deux gosses des équipes de batteurs s'y sont mis. Un jeune a frappé l'autre avec une clé en croix. Celui qui a été frappé a dû être transporté à l'hôpital puis héliporté à Billings. Blessé à la tête. Je ne sais pas à quel point, mais ça ne doit pas être beau à voir. Benny a arrêté l'autre et l'a coffré.

Eh bien, comme ça, assis sur son cul, en taule, il aura tout le temps de se demander si on va l'inculper d'homicide ou de coups et blessures, jusqu'à ce que le gars à l'hôpital clamse ou décide de rester en vie.

Mrs. Morissette commença à hurler. Plusieurs femmes allèrent l'entourer. Elle gémit.

Cette conne n'est pas sincère, pensa Du Pré.

Madelaine le regarda, puis leva les yeux au plafond. Bon, se dit-il, pour une fois, je ne me suis pas trompé.

Harvey, attablé assez loin du groupe des pleureuses, engloutissait la nourriture comme s'il n'avait pas mangé depuis des jours.

Possible qu'il n'ait pas mangé depuis longtemps. C'est plutôt courageux de sa part de prendre l'avion alors qu'il sait à quoi s'attendre. Moi, ça ne me dérange pas trop. J'ai juste la colique pendant trois jours avant de monter dans un coucou.

Je n'aime pas le XXe siècle. Et je n'aimerai pas le XXIe non plus. J'en suis sûr.

Madelaine quitta le groupe de femmes, s'avança vers lui, l'enlaça et l'embrassa.

— Tu as ramené cet horrible Blackfeet, chuchota-t-elle.

— Fallait bien. J'étais le seul à avoir une voiture.

— Tu crois que sa bite est aussi grosse que ce qu'on dit ?

Du Pré haussa les épaules.

— OK, dit Madelaine, c'était juste pour savoir.

Nouveau haussement d'épaules.

— Je vais peut-être danser avec lui, enchaîna-t-elle.

Son haleine sentait le vin.

Elle est bouleversée, pensa Du Pré. En colère après moi parce qu'elle est furieuse pour ce qui est arrivé à la pauvre petite Barbara Morissette.

Ce salopard, il fait un sacré gâchis.

Du Pré sirota son whisky.

Chapitre 28

Booger Tom, les yeux plissés, regardait le soleil brûlant de midi, haut dans le ciel blanc de poussière et de chaleur. La lumière intense, dure, délavait toutes les couleurs. Les balles de grain qui s'élevaient des moissonneuses étincelaient comme des éclats de métal.

— Il tape dur, le salaud, dit-il.

Du Pré hocha la tête. Il avait souvent fait les moissons et n'en gardait pas un bon souvenir. Il s'était bien amusé dans les bars, le samedi soir après la paye, sauf les deux fois où il s'était fait arrêter avec le reste de l'équipe.

Dans certaines petites villes du Montana où on ne rigole pas, c'était pratiquc courante de vous piquer tout le fric que vous aviez gagné pendant l'été en vous collant des amendes pour trouble de l'ordre public, avant de vous éjecter du comté.

La paye de l'été.

— Moi, j'ai jamais fait ça, dit Harvey. Je fayotais pour être envoyé à l'université d'été. Je déteste la campagne. C'est sale. Vous imaginez tous ces insectes en train de forniquer ? C'est pas une bonne adresse.

Booger Tom regarda Harvey en souriant de toutes ses dents.

— Faut que je vous fasse monter sur un cheval, dit-il.

Harvey écarquilla les yeux, horrifié.

— Un cheval ?

— Ouais. Comme ceux que vous montiez dans les rodéos. Arrêtez de me pisser dans les bottes et de dire qu'il pleut. Je sais qui vous êtes.

— C'est qui ? demanda Du Pré.

— Il faisait du rodéo. Et il se débrouillait plutôt bien.

— J'avais horreur de ça, dit Harvey.

Du Pré se mit à rire.

— C'est simple, expliqua Harvey, j'avais besoin d'une bourse pour continuer l'université, et le rodéo...

— ... vous a permis de vous envoyer en l'air plus souvent que le football, le coupa Booger Tom. Je vous connais depuis toujours, mes salauds.

Les grosses moissonneuses avançaient, le rabatteur du tambour poussant les tiges de blé vers la barre de coupe.

Soudain, l'une d'elles eut une secousse. On entendit un profond *whannnnngggg* par-dessus le bruit des moteurs.

L'engin s'arrêta. De la vapeur s'échappait du moteur.

— Merde, dit Booger Tom en regardant en direction de l'ouest. Il va pleuvoir vers minuit. Merde. Il faut rentrer ce foutu blé.

Un des batteurs traversa en bondissant le champ immense, monta dans une camionnette à plateau et parla dans le micro de la radio.

— L'immobilisation d'une machine coûte un dollar cinquante de l'heure, dit Booger Tom.

— Les avocats coûtent bien plus cher, répliqua Harvey.

Booger Tom grogna.

— Bon, que fait-on aujourd'hui ? demanda Harvey. Je vais voir ce gars qui habite chez Benetsee ?

— Oui, dit Du Pré. D'abord on déjeune et ensuite on y va.

Il emmena Harvey et Booger Tom chez Bart.

Le frigo était plein à craquer de saumon fumé, de pâté, de caviar et de quoi faire des salades. Du bon vin, du blanc frappé. Bart ne buvait plus, mais il savait quel vin devait accompagner tel ou tel plat.

— Regardez-moi ça ! s'exclama Harvey. Il y a deux mois de mon salaire de misère dans ce frigo ! Des boîtes de *deux kilos* de béluga. De Tcherkassy. Jamais entendu parler de Tcherkassy. Et le saumon vient d'Irlande, je parie.

— Non, d'Islande, corrigea Du Pré.

— Oh... Formidable. Des câpres ?

Du Pré soupira, ouvrit un placard et en sortit un bocal haut et étroit.

— Les types du bureau me croiront jamais, dit Harvey. J'ai vu une bouteille de graves ouverte, non ?

Du Pré la pêcha dans le frigo.

— Je crois que je vais me faire un bon vieux sandwich, dit Booger Tom.

— Je prendrai un hamburger un peu plus tard, renchérit Du Pré.

— Barbares ! conclut Harvey en enfonçant un cracker dans le caviar.

— Du foutre de poisson, dit Booger Tom.

— Justement, allez vous faire foutre, rétorqua Harvey. Sortez, si vous n'êtes pas contents. Moi, je veux pouvoir bâfrer en paix.

— Allez, viens, Du Pré, dit Booger Tom. J'ai du jambon et... tu sais, de la vraie *nourriture*, chez moi.

Ils sortirent par la porte de derrière et se dirigèrent vers le cabanon de Booger Tom, la plus vieille bâtisse du ranch, peut-être centenaire.

Tom ouvrit la porte fatiguée et Du Pré pénétra dans la tanière de l'ours : selles sur des billots de bois, cordes en crin de cheval, licous, filets, un râtelier d'armes et, dominant le tout, une forte odeur de vieilles chaussettes sales.

— Affreux, hein ? dit Booger Tom.

Il précéda Du Pré et sortit en direction d'un petit bâtiment en bardeaux marron, à quelques mètres de là.

Une cuisine extérieure. Impeccable : pompe à eau sur l'évier, vieux gros poêle Clarion, réfrigérateur en acier chromé.

Tom prit du jambon, de la moutarde, du pain dans la panière et deux assiettes émaillées toutes bosselées dans le vaisselier.

Ils mangèrent à l'ombre derrière la cuisine, sous les branches d'un saule pleureur. Un ruisseau coulait près de la table de pique-nique.

— Des œufs de poisson, dit Booger Tom. Et de la pisse française. On aura tout vu.

Du Pré éclata de rire. Et *toc* pour la bouteille de vin à deux cents dollars. De la pisse française.

— Il est bien, ce Harvey, dit Tom. Je l'ai vu à Rapid City, je crois. Il a plongé dans une glissière de sécurité pour foncer à la rescousse d'un cavalier qui était passé sous un brahma[1]. Grâce à lui, le gars s'en est sorti. Harvey a eu un bras cassé, du coup il a pas pu se faire de fric.

Du Pré hocha la tête.

Tom sortit quatre bières du ruisseau.

— La bière rafraîchie dans un ruisseau a vraiment meilleur goût, dit-il.

Ils en burent deux chacun, mangèrent et fumèrent.

La chaleur ne baissait pas.

Ils revinrent lentement chez Bart. Du Pré regarda en direction de la moissonneuse en panne. Il y avait deux hommes dessus et un troisième, en salopette, penché sur le moteur. Il tendit le bras en arrière et on lui passa un outil.

1. Taureau réputé sauvage et dangereux, élevé spécialement pour les rodéos. *(N.d.T.)*

Du Pré remarqua le fourgon vert foncé.

Le gars qui m'a tiré du pétrin, là-haut dans le Nord. Simpson.

Ici, tout était poussiéreux. La fourgonnette, impeccable. Ses vitres teintées étincelaient.

Du Pré se roula une cigarette.

— Fais attention avec le feu, dit Booger Tom.

Du Pré acquiesça. Il fuma et écrasa le mégot sous le talon de sa botte.

— Je crois que je vais faire un tour là-bas, pour voir ce qu'ils font, annonça-t-il.

— Il fait trop chaud pour moi. Vas-y tout seul.

— Préviens Harvey que je n'en ai pas pour longtemps.

Du Pré enjamba la clôture de l'autre côté de la route et traversa les chaumes jusqu'à la moissonneuse immobilisée. L'autre continuait d'avancer. Deux camions étaient arrêtés au bout du champ. Les conducteurs somnolaient à l'ombre.

Les bottes de Du Pré faisaient craquer les tiges sèches, qui glissaient sous ses semelles, l'obligeant à marcher presque sur la pointe des pieds pour garder l'équilibre.

Une pie vola près de lui, bas dans le ciel.

Le seul oiseau que j'aie jamais vu avec une aussi longue queue, ce devait être un paon, songea Du Pré.

Simpson sortit la tête du moteur, prit un chiffon rouge dans sa poche et s'essuya le front. Il dit quelque chose à l'homme qui venait de lui passer l'outil; celui-ci alla à l'arrière du fourgon, ouvrit les portières et monta à l'intérieur. Il y resta un moment et ressortit avec une boîte métallique rouge et un sac en papier.

Simpson prit la boîte, l'ouvrit, choisit une douille puis saisit quelque chose dans le sac et se pencha à nouveau sur le moteur.

Il resta courbé en deux plus de dix minutes.

Du Pré voyait la tension de ses muscles tandis qu'il forçait sur la clé.

Il se redressa et s'essuya à nouveau le front.

Du Pré, maintenant tout près de lui, le regarda faire les derniers réglages. Simpson fit signe au conducteur de la batteuse d'essayer de démarrer.

Le démarreur grinça, le moteur accrocha et la cheminée d'échappement exhala une fumée noire.

Le conducteur fit rugir le moteur.

Simpson retourna au moteur puis se redressa, recula d'un pas, hocha la tête, referma le capot et rabattit les pattes de sécurité.

Le conducteur leva les pouces pour lui signaler que tout était parfait.

Simpson et son aide emportèrent les outils dans le fourgon. Simpson grimpa à l'intérieur, attendit que l'aide lui tende les outils, et les rangea.

Ce dernier s'éloigna. En sortant de son véhicule, Simpson aperçut Du Pré, agita la main dans sa direction et sourit. Puis il s'installa au volant et démarra.

Du Pré le regarda partir, puis retourna à pas lents chez Bart. Le trajet du retour lui parut infiniment plus court.

Harvey, assis sur la terrasse, buvait un verre de vin blanc.

— Que se passe-t-il ?

Du Pré haussa les épaules.

Chapitre 29

— Nous avons même loué les services de médiums, dit Harvey. Je ne peux vous dire de façon certaine ce que nous avons découvert ou pas grâce à eux. Parfois on se disait qu'ils nous avaient été utiles, mais nos études de probabilité concluaient que le hasard pouvait tout aussi bien nous avoir menés à une arrestation. Vous savez, la bonne vieille méthode des flics : vous étalez suffisamment de glu, et votre mouche finit par s'y prendre. Parmi des milliers d'indices, l'un d'eux sera le premier maillon d'une chaîne de déductions. Mais je ne suis pas fort en maths. Nous avons fait appel à des mathématiciens. Le Bureau n'aime pas trop en parler. La vérité, c'est que les tueurs en série sont à la fois tous pareils et tous différents ; la plupart d'entre eux sont plutôt stupides et ne parviennent à nous échapper que parce qu'ils sont imprévisibles. Ceux qui me causent vraiment du souci sont les intelligents. Il y a autant, proportionnellement, de tueurs en série intelligents qu'il y a de gens intelligents sur terre, c'est-à-dire pas beaucoup. Pas beaucoup. Et c'est déjà assez difficile de mettre la main sur les autres. Il se peut que nous n'ayons jamais arrêté un tueur.

— Ouais, dit Du Pré. Vous avez essayé les astrologues ?

— Oui.

— Je plaisantais.

— Pas moi. On a fait appel à eux. Je me souviens d'une femme... Je l'aimais bien. Elle était très humble, douce et intelligente. Selon elle, l'astrologie ne dit pas plus la vérité que ne le fait la Bible. Toutes les deux n'énoncent que des vérités poétiques. Ce sont deux manières irrationnelles d'appréhender le monde. L'astrologie est une façon d'interpréter la vie et le destin, et essayer de la faire entrer dans un cadre est idiot. Elle disait aussi que, dans son monde, les tueurs en série et certains autres criminels, que nous appelons sociopathes, étaient appelés « êtres élémentaires », ne vivant que pour eux, incapables de comprendre qu'il n'y a pas qu'eux sur terre. Le monde à leurs yeux n'existe que pour leur plaisir. Ils peuvent séduire mais jamais aimer. Ce sont des charmeurs. J'ai pensé qu'elle était cinglée et puis je me suis souvenu que ces salauds avaient bel et bien essayé de me séduire. Ils tentaient toujours de justifier ce qui s'était passé. Même de me convaincre qu'en fait il ne s'était rien passé. *Et pour eux, effectivement, il ne s'était rien passé.*

— Foutaises, dit Du Pré. À vous entendre, vos êtres élémentaires me font penser à n'importe quel adolescent.

— Vous êtes un peu dur.

Du Pré haussa les épaules.

Harvey regarda au loin.

— Les adolescents sont comme ça, je vous l'accorde. Mais pas tout le temps. Ils apprennent. Ils grandissent. Les sociopathes, eux, n'évoluent pas.

— Vous savez, dit Du Pré, le problème avec des phrases de ce genre, c'est que quand vous les prononcez, vous pensez savoir ce qu'elles veulent dire. Et si vous pensez savoir ce qu'elles veulent dire, vous croyez savoir quelque chose.

— Nom de Dieu, vous étudiez la philo, en ce moment ?

— Non. Je dis des conneries.

Ils étaient assis à une table de pique-nique, à Raster Creek, et discutaient en attendant Rolly Challis.

— Me voilà, moi, bon flic du FBI, en train de raconter des conneries avec un mec qui a la gâchette facile et que je vais sans doute être obligé d'arrêter un jour ou l'autre, attendant un braqueur de banque que je n'ai jamais pu pincer, dit Harvey en souriant. Le sourire, c'est pour la frime.

— Harvey, de combien de femmes mortes sommes-nous en train de parler, hein ? Un sacré paquet. Moi, je vais faire en sorte que ça s'arrête. Je ne vous gêne pas. Vous vous inquiétez trop.

— Je ne m'inquiète pas assez. Je vous connais tous les deux, mes salauds.

— Mais qu'est-ce que j'ai fait pour que vous pensiez ça de moi ? demanda Du Pré. Je me suis contenté de descendre un connard qui me tirait dessus. Je ne sais pas si vous vous souvenez, mais je me suis *aussi* tiré dessus.

— Oh, vous parlez de l'inspection du bétail qui a mal tourné ?

— Ouais. Je me suis tiré une balle dans le ventre en essayant de leur montrer quel bon tireur j'étais. Et j'ai flingué le gars qui me visait. J'ai eu de la chance et pas lui. Je l'ai eu en plein cœur. Je l'ai même pas *regardé*, Harvey. J'espérais seulement détourner son tir, ou quelque chose comme ça.

— Je ne pensais pas à cette histoire, dit Harvey.

— Vous voulez parler de Lucky ? Il est tombé et s'est brisé la nuque. Je n'étais pas là.

— Puisque vous le dites, fit Harvey d'un ton las.

— Bon, ce Simpson colle avec le profil qu'a envoyé Pidgeon.

— Sûr. Comme n'importe quel maniaque de la propreté qui n'arrête pas de briquer son fourgon, qui fait du bon boulot et qui clame qu'il est bon chrétien.

— Mais nous n'avons toujours pas les dates des meurtres, remarqua Du Pré.

— Évidemment, les corps restent des mois, voire des années, avant d'être découverts.

— Ce Tueur de la Hi-Line, il opère sur la route fédérale 2.

— Un routier, sans doute, conclut Harvey.

— Ou un voyageur de commerce.

— Elle est longue, cette fédérale. Plus de trois mille bornes.

— Je crois que voilà Rolly, dit Du Pré.

Un gros camion montait la colline, venant de l'ouest. Bientôt, la cabine noire et carrée apparut.

Du Pré et Harvey demeurèrent silencieux. Le camion roulait vite. Rolly leva le pied et rétrograda en entrant dans le parking. Les freins à air comprimé sifflèrent et le gros diesel s'immobilisa.

Rolly resta deux ou trois minutes dans sa cabine, puis sauta lestement à terre, un grand chapeau noir sur la tête. Il sourit aux deux hommes et se dirigea vers eux d'un pas nonchalant.

— Bonjour, Du Pré, dit-il, l'œil pétillant. Agent Wallace...

— Jouez pas au con, Rolly, dit Harvey. J'ai mal à la tête.

— J'ai de l'aspirine dans le camion, proposa Rolly.

— Non, merci. Ça me donne des brûlures d'estomac.

Rolly fut secoué d'un rire silencieux.

— Vous avez quelque chose ? demanda-t-il brusquement.

— On espère toujours avoir quelque chose, répondit Harvey.

Rolly hocha la tête et déplaça sa chique de tabac dans sa joue.

— Je crois que je me suis trompé sur toute la ligne,

dit-il. Je pensais qu'il s'agissait d'un routier qui fait la Hi-Line, mais je n'en suis plus si sûr.

Harvey le regarda, attendant la suite.

— Pensez aux endroits où les corps ont été découverts. Un camion garé en bord de route aurait été trop voyant. Quelqu'un l'aurait signalé. Trop visible. Non, ce n'est pas un routier. Un représentant de commerce, ou même un gars qui aime rouler en voiture.

— On a vérifié tout ça, dit Harvey. Exploré les environs. Il n'y a pas tellement d'endroits sur la Hi-Line où s'arrêter pour faire le plein. On a cherché à savoir si un type passant toujours par là correspondait à ce profil. Évidemment, on a eu un tas de noms, des pistes, tous des représentants de commerce. On a vérifié leurs itinéraires et leur emploi du temps ; aucun ne collait avec toutes les victimes. Non, ce gars a l'art d'abandonner les corps un peu partout. Nous en avons retrouvé certains le lendemain du meurtre. Aucun nom n'est ressorti dans tout ce méli-mélo.

— Ça veut dire que vous avez *travaillé* ? ironisa Rolly.

— Allez vous faire foutre, Challis, dit Harvey. Je suis ouvert à toute suggestion.

— Ce type prévoit tout, reprit Rolly. Il pense à ne pas trop se faire voir dans les stations d'essence ou les cafés. Il doit être drôlement prudent.

— Non, vous croyez ? fit Harvey, sarcastique.

— Vous avez un profil ? demanda Rolly.

— Pidgeon pense que ce gars a la haine. Enfant maltraité. Il exhibe ses victimes. Petit délinquant dans sa jeunesse, mais probablement rien d'autre.

— J'ai entendu dire qu'il étrangle les filles, dit Rolly. Et qu'il les drogue. Alcool et anxiolytiques, à grosses doses. Rien de compliqué. On trouve du Témesta dans la rue aussi facilement que des cacahuètes dans un stade. Quant à l'alcool, y en a partout.

Harvey hocha la tête.

— Là où ça se complique, c'est pour l'essence.

— Ce type doit avoir une grosse fourgonnette avec un ou deux fûts de deux cents litres. En plus de ce qu'il a dans son réservoir.

Harvey le regarda.

— Avec ça, il a de quoi rouler deux mille cinq cents kilomètres.

— Ce qui est sûr, c'est qu'il s'arrête pour prendre de l'essence, dit Rolly. Avec un réservoir plein, il peut parcourir six cents bornes. Mais où peut-il aller pour faire un plein de deux cents litres ? Dans une ferme ? Il doit avoir un endroit sûr.

— On y a pensé, mais on s'est dit que c'était un peu tiré par les cheveux. Comment peut-il remplir des fûts de deux cents litres sans se faire repérer ?

— Il peut s'arrêter cinq ou six fois dans une grande ville, aux pompes automatiques. Les gamins aux caisses sont sous-payés, ils changent vitc de boulot.

— Et il ne trafique sûrement pas les plaques d'immatriculation, remarqua Harvey.

— Et il est obligé de changer souvent de pneus.

— Ouais, tous les quatre-vingt mille kilomètres. Environ douze allers et retours sur la fédérale 2. Il n'en fait certainement pas autant.

— Plus on va vers Yakima, plus on trouve de corps, dit Rolly. Il a une préférence pour le versant abrité de la chaîne des Cascades.

— On entre dans les détails, commenta Harvey.

— Ouais, dit Rolly, mais vous voyez une autre solution ?

Du Pré se roula une cigarette. Il regarda vers le sud. Les Wolf Mountains étaient par là, mais la courbure de la terre les cachait.

Ce Simpson, je l'aurai, songea-t-il. C'est lui. Mais il faut que je le traque comme les chasseurs d'autrefois.

Tu rêves du cerf et il vient à toi. Tu rêves des bisons et ils arrivent. Si tu les appelles, ils viennent.

Quand nous partions poser des pièges, est-ce que nous rêvions du loup, de la martre ou du pékan ?

Il s'en roula une autre.

Maudit Benetsee.

Je vais parler à Jeune-Homme-Qui-N'a-Pas-De-Nom.

Rêve à ce que tu vas chasser.

Il alluma sa cigarette.

— Je peux en avoir une ? demanda Rolly.

Du Pré hocha la tête.

Chapitre 30

Du Pré s'éveilla dans la nuit. Madelaine dormait à poings fermés, le souffle léger et régulier, un bras pendant hors du lit. Elle dormait souvent ainsi.

Du Pré se leva, s'enveloppa dans une couverture et se dirigea à pas de loup vers la véranda, à l'arrière de la maison. L'air était lourd et sentait la foudre. Il y eut un grand éclair et de grosses gouttes de pluie s'abattirent sur la maison. Nouvel éclair. Un chat fila parmi les herbes et se réfugia sous la cabane de jardin.

Du Pré était à moitié endormi. Les images créées par les éclairs affaiblis brûlaient dans son cerveau. Il crut voir la tignasse blanche de Benetsee disparaître dans les ombres vagues, parmi les aulnes et les saules qui bordaient le ruisseau.

Il sortit par la porte de derrière, écrasant l'herbe mouillée sous ses pieds nus. Trempé jusqu'aux os, il avança vers la ligne d'arbres et s'arrêta sur la berge du ruisseau.

L'éclair passa si près au-dessus de sa tête qu'il s'accroupit.

Glacé, il retourna vers la maison, ôta la couverture dégoulinante, la suspendit sur la terrasse, et alla dans la salle de bains tout nu, sur la pointe des pieds. Il se frictionna, se rendit dans la cuisine, roula une cigarette et resta à fumer. Après cette douche froide, il était complètement éveillé.

Il soupira, versa du whisky dans un grand verre où il fit couler de l'eau du robinet jusqu'à ce que l'alcool soit complètement dilué. Il le but d'un trait. Le liquide lui réchauffa l'estomac.

Une bonne chose que tout le blé ait été rentré ce soir, songea-t-il. Les équipes de batteurs allaient partir vers l'est, certaines peut-être vers le nord, dans l'Alberta.

Ils avaient eu beau temps.

Il était quatre heures du matin. Les moissonneurs avaient dû quitter le bar de Toussaint. Le bip de traçage que Harvey lui avait envoyé de Washington était posé sur la table de la cuisine. Du Pré s'habilla, glissa l'appareil dans sa poche, sortit et se rendit à pied au bar. Il trébucha une fois dans un nid-de-poule. Ses bottes de cow-boy glissaient dans la bouillasse. Il sortit du bosquet d'arbres qui bordait le parking, en face du bar. Tous les camping-cars étaient plongés dans l'obscurité ; les compresseurs ronronnaient.

Le fourgon de Simpson était garé dans un carré de lumière en face du bar. Du Pré approcha. Il tendit l'oreille, à l'affût d'un aboiement, mais n'entendit rien.

Arrivé devant le fourgon, il ôta le film plastique qui couvrait le bip, exposant la base collante. Il avait été modelé de façon à ressembler à une sorte de motte d'argile. Du Pré colla le petit appareil électronique à l'intérieur de l'aile d'une roue arrière, sur le métal propre.

Maudit Simpson, il doit briquer sa caisse à la main avec ses verres à double foyer sur le nez. Mais peut-être pas.

Du Pré retourna chez Madelaine, se déshabilla et se glissa dans le lit. Il somnola une heure, se leva, prit son petit déjeuner, puis ressortit et monta dans sa voiture. Il alluma le module de traçage ; une petite lumière verte s'alluma. Elle signalait que le fourgon se trouvait à cinq cents mètres de chez Madelaine, en direction de l'est.

Du Pré hocha la tête. Le soleil se levait par là.

Il alla en ville, se gara à côté du bar, brancha le module de traçage sur l'émetteur, s'enfonça dans son siège et piqua un roupillon.

Dans les camping-cars, les hommes commençaient à bouger. Des portes s'ouvraient et se fermaient. Des moteurs se mirent en route. Deux véhicules quittèrent lentement le parking, empruntant la rue principale, en direction de l'autoroute.

Le fourgon de Simpson était encore là, sur le terrain de camping en face du bar.

Du Pré attendit.

Au bout d'une heure, Simpson sortit du camping-car qu'il partageait avec deux autres hommes. L'un d'eux lui lança une plaisanterie depuis le pas de la porte. Simpson tenait à la main une tasse de café, spéciale routier, avec un bord étroit et une base large.

Il monta dans son fourgon, fit chauffer le moteur, vérifia le fonctionnement des essuie-glaces, se pencha par la vitre et tripota le rétroviseur.

Puis il démarra très vite.

Du Pré attendit quelques instants avant de le suivre. Si Simpson allait vers l'ouest, il prendrait d'abord la direction du nord, s'il allait vers l'est, celle de l'est. S'il allait vers le sud, celle du sud. Mais Du Pré ne pensait pas qu'il irait par là.

Il le suivit jusqu'à l'intersection où Simpson irait au nord ou à l'est. Il opta pour l'est.

Il n'avait aucune raison logique de quitter cette route pendant les cent cinquante kilomètres suivants. Du Pré suivit le fourgon à une distance de trente kilomètres. La lumière verte indiquait la direction de l'est. Simpson roulait à cent kilomètres à l'heure exactement.

Le chiffre affiché sur l'écran à cristaux liquides ne bougeait pratiquement pas. Rien de spécial. Une fois, Simpson ralentit à soixante.

Il a dû tomber sur une vache, songea Du Pré. Dans trente bornes, il ira soit à Miles City soit à Plentywood.

Simpson prit la route de Miles City. Du Pré suivait huit kilomètres derrière. Simpson roulait toujours à cent.

Jamais mis aussi longtemps pour me rendre à Miles City. Bien sûr, comme je ne transporte pas un cadavre dans ma voiture, je peux prendre des libertés avec le code de la route.

Simpson s'arrêta à l'entrée nord de Miles City pour prendre de l'essence. Du Pré attendit au bord de la route qu'il redémarre, puis se dirigea vers le centre-ville. Simpson était à un kilomètre et demi plus loin, à l'arrêt. Du Pré fit le plein, vérifia l'huile, les courroies et secoua la tête en voyant la durite que Simpson avait changée quelques jours plus tôt.

Je me demande s'il possède un jeu de clés à douilles en acier noir.

À l'arrière du fourgon, il a peut-être une épaisse bâche en caoutchouc. Imperméable au sang.

Une boîte de petits couteaux à lame courte enchâssée dans une poignée de plastique noir. Fabriqués à Taïwan.

Peut-être aussi une boîte contenant des boucles d'oreilles, des bagues, des bracelets.

Des crucifix.

Peut-être une carte routière, avec des croix, qu'il sort au cours de ses nuits solitaires pour la regarder en se branlant.

J'espère que je ne me trompe pas.

Je ne supporte pas ces salopards de pères la pudeur qui passent leur temps à parler de l'amour, alors qu'ils ne pensent qu'à la mort.

Du Pré pissa, remonta dans sa voiture et partit au centre-ville. Il prit un bon déjeuner dans un saloon, un sandwich au bœuf, de la bière, une salade qu'il composa lui-même en se servant dans les différentes jattes proposées aux clients sur un grand chariot en acier.

Il se roula une cigarette, la fuma, en roula une autre, prit une deuxième bière et régla l'addition.

Il remonta dans sa voiture et roula en direction du lieu indiqué par la lumière verte, qui signalait l'endroit où le fourgon s'était arrêté. Il était garé devant une église, un bâtiment bas en parpaings. Une grande bannière pendait sur un côté, indiquant « SERVICE RELIGIEUX CE SOIR ».

Du Pré poussa jusqu'à l'aéroport. Il trouva une agence de location de voitures. Parmi les véhicules garés, il repéra deux vieilles conduites intérieures. Il n'y avait personne dans l'agence. Sur le comptoir, à côté du téléphone, un panneau disait : « Si vous voulez louer une voiture, appelez le 788-9081. »

Une voix de femme répondit à son appel.

— J'ai besoin de louer une voiture, expliqua-t-il.

— Bon, j'envoie les gosses à l'école, je casse la croûte et j'arrive. Dans une demi-heure.

— D'accord.

— Si vous voulez une bière, il y en a dans la glacière sous le comptoir. Il suffit de soulever la tablette et de faire le tour.

— Merci.

Du Pré trouva la bière et alla s'asseoir dehors, à l'ombre. Il sirota sa bière en fumant une cigarette. La femme arriva et lui loua une petite Colt marron pour vingt-cinq dollars.

— Faites le plein avant de la rapporter, s'il vous plaît, ou laissez quelques dollars si vous n'avez pas le temps. Posez les clés sur le comptoir.

Du Pré hocha la tête.

Il partit en ville au volant de la petite voiture. Il s'arrêta dans un grand magasin bon marché où il acheta un chapeau de paille blanc, une paire de grosses lunettes de soleil et une horrible chemise hawaïenne aux couleurs criardes.

Comme ça, je ne ressemble plus à un Métis, songea-t-il en repartant vers l'église. Mais je n'achèterai pas les sandales pourries qui vont avec. Je vais peut-être quand même aller à ce service religieux.

Il retourna au magasin et s'acheta un pantalon large en coton beige et des tennis qui avaient l'air sales.

Je suis servi, songea Du Pré, ils trouvent moyen de vous vendre des pompes qui ont l'air sales.

Il acheta aussi des cigarettes blondes à bout filtre et un briquet à gaz. Son briquet se remarquait trop, avec sa tresse d'amadou et sa pierre.

Je suis un super agent secret, pensa-t-il. Je me sens vraiment con.

Saloperie de bordel de merde.

Il y avait une grande tente dressée à l'arrière de l'église. Du Pré se gara un peu plus loin, puis se dirigea vers la tente pour jeter un coup d'œil à l'intérieur.

Simpson et trois autres types étaient occupés à monter une estrade, sciant des planches et plantant des clous. Ils travaillaient vite et bien.

Du Pré hocha la tête.

Il trouva un motel, loua une chambre et dormit pendant cinq heures.

La lumière verte sur l'unité de traçage n'avait pas bougé.

À sept heures, il se rendit au service religieux.

Il y avait là une centaine de personnes.

Simpson était assis au premier rang de chaises pliantes, bien habillé, avec un costume et des souliers noirs, une chemise blanche et une cravate noire. Il s'était passé de la brillantine dans les cheveux.

La congrégation chantait des hymnes à tue-tête. L'une des chanteuses du chœur était une jolie blonde, éclatant d'une beauté qui durerait quatre ou cinq ans. Ensuite, elle prendrait du poids et se maquillerait à outrance.

Du Pré regarda Simpson. Celui-ci fixait la fille, derrière ses lunettes à verres teintés.

Sa tête ne bougeait jamais.

Chapitre 31

Du Pré était assis dans la hutte de sudation plongée dans l'obscurité. La vapeur, chaude et dense, nettoyait ses poumons de toute la nicotine qu'ils contenaient. Il toussa, inhala profondément. La peinture dont il avait enduit son visage obstruait les pores de sa peau. La sueur ruisselait sur son corps.

Il était seul. Il prit de l'eau dans une jatte à l'aide d'une écorce de bouleau incurvée et la dispersa sur les pierres brûlantes. Elles rougeoyèrent sans produire de lumière. Elles flottèrent devant ses yeux. Du Pré ne distinguait plus vraiment le sol du plafond. Il était assis, mais se sentait si léger qu'il aurait pu se trouver sur la toile serrée du toit de la hutte.

Dehors, Jeune-Homme-Qui-N'a-Pas-De-Nom était assis, en train de tambouriner. Les battements et les rythmes se multipliaient.

Aucun homme ne peut faire ça tout seul, songea Du Pré. Je suis musicien. Il joue régulier, neuf-cinq, treize-cinq, avec des contretemps. Toute ma vie j'ai entendu des gens jouer des percussions, mais je n'ai jamais rien entendu de pareil.

Jeune-Homme-Qui-N'a-Pas-De-Nom se mit à ululer. Des chants de prières et d'offrandes.

Le sang de Du Pré chanta.

Il pencha la tête et pleura. Ses larmes se mêlaient à sa sueur.

Je demande beaucoup de choses. La force et la ruse. La vaillance. Le cœur d'un guerrier. Le cœur d'un guerrier c'est son humilité, la force de la tribu c'est l'humilité du guerrier. Nous sommes très petits sur cette terre, mais nous y avons notre place.

Du Pré respira.

Il clarifia son esprit, laissant le chant du tambour et la voix couler dans son souffle et son sang.

Il rêva.

Il s'éveilla lentement, le dos glacé. Il était allongé par terre et sentait les brins d'herbe durs contre sa peau. Il leva les yeux : les étoiles étaient apparues, ainsi qu'un fin croissant de lune.

— Hé, Du Pré, dit Benetsee.

Du Pré écarquilla brusquement les yeux.

— Bouge pas, sinon je te parle pas, prévint Benetsee.

Du Pré se pétrifia.

Ce vieux putois. Il est là. Il s'amuse à me jouer ses maudits tours.

Salaud.

— Tu te débrouilles bien. Continue, dit Benetsee.

Du Pré attendit.

Un vent se leva. Les saules soupirèrent. Une chouette chuinta doucement.

Du Pré sentit des ailes caresser son visage.

Ailes de Silence. La nuit, la chouette est une bonne chasseuse. Le jour, aveuglée par le soleil, elle est le jouet des étourneaux.

Du Pré entendit les coyotes commencer à hurler, le chœur des chasseurs. Puis les jappements cessèrent.

Il se redressa et regarda autour de lui.

Jeune-Homme-Qui-N'a-Pas-De-Nom était assis, jambes repliées sous lui, tête baissée. Il tenait un paquet enveloppé dans des peaux de martre.

Du Pré se leva et se dirigea vers la table en planches

sur laquelle il avait posé ses vêtements avant d'entrer dans la hutte de sudation. Il se frictionna avec une serviette et se rhabilla. Ses chaussettes étaient humides ; il eut du mal à enfiler ses bottes. Il se roula une cigarette, l'alluma et regarda les étoiles.

Elles sont loin. Elles n'ont pas besoin de s'occuper de nous. Nous, nous trouvons notre chemin autour du monde grâce à elles.

Du Pré jeta un coup d'œil en direction de l'apprenti de Benetsee. Il priait.

Il n'avait pas bougé.

Du Pré contourna la hutte, alla à sa voiture boire une gorgée de whisky et revint.

Le jeune homme était assis sur la table, souriant.

— Bon, dit Du Pré. Où est Benetsee ?

— Je suis au Canada, idiot, répondit le jeune homme.

Mais avec la vieille voix cassée de Benetsee.

Du Pré le regarda.

— Merde, dit-il.

Il monta dans sa voiture et roula, sans but, vers l'ouest, sur des chemins qui serpentaient à travers les Hautes Plaines ondoyantes. Il ne savait pas où il allait. Il s'en moquait.

Il déboucha sur une route secondaire qui coupait à travers un pré, au pied d'un escarpement rocheux. Le Saut du Bison, un ancien *pishkun*, une falaise d'où l'on poussait les bisons dans le vide.

Il emprunta la route qui montait jusqu'à un éboulis d'énormes rochers ronds tombés du bord de la falaise.

Il sortit de sa voiture et leva les yeux.

À la faible lumière des étoiles, il distinguait les taches de couleur claire des longues herbes émergeant des cours d'eau.

L'eau et la roche. L'eau finit toujours par gagner.

Du Pré observa intensément les alentours. Il vit des

ombres géantes dégringolant dans l'air. Les fantômes des bisons meuglant dans leur chute. Les chasseurs dansaient, triomphants, sur le bord de la falaise. Le chaman, les os brisés, gisait sur les rochers. La cérémonie du *pishkun* se produisait une fois par génération. De la viande en abondance. Le chaman guidait les bisons vers le bord en chantant.

Les femmes dépeçaient les bisons, séchaient la viande et dansaient.

Le sol était noir de sang.

Les loups et les ours, attirés par l'odeur de la viande, s'approchaient.

Les corbeaux, les pies, les blaireaux, les mouffettes, les vautours et les insectes aussi.

Les aigles.

Là-haut, il y avait des trappes au fond desquelles se cachaient les attrapeurs d'aigles. Ils attachaient un tétras aux bâtons entrecroisés qui bouchaient le piège. Dès que l'aigle plongeait pour saisir la grouse dans ses serres, le chasseur se redressait, agrippait ses pattes et tirait vers le bas, de telle sorte que le rapace ne puisse atteindre ses mains avec son bec.

Leur système ne marchait pas si bien que ça, je parie, songea Du Pré. Les chamans, il leur manquait souvent des doigts, tranchés par le bec des aigles. Il y avait des ossements de chamans, en bas, dans les rochers, sous l'herbe.

Du Pré possédait des centaines de pointes de flèches et de lances, des grattoirs, qu'il ramassait depuis qu'il était gosse dans les monticules des terriers d'écureuils, les lits asséchés de rivières qui avaient changé de cours et dans les terrains retournés au bulldozer.

Il s'assit, fuma et leva les yeux vers l'escarpement rocheux.

Un rituel de chasse particulier. Moi, je vais pas flamquer la panique parmi des culs-bénits pour qu'ils se jettent de la falaise. Ils font ça tout seuls.

Que suis-je en train de chasser ? Un méchant.

Que chasse-t-il, lui ? Des jeunes femmes stupides.

Où va-t-il s'approvisionner ? Dans les églises.

Où va-t-il boire ? Pas dans les bars, ces lieux de péché.

Où dort-il ?

Du Pré péta les plombs. Il hurla. Le son de sa voix résonna contre la falaise et fut répercuté en écho. Des oiseaux, réveillés, se mirent à pépier. Il donna un coup de pied dans la portière de la voiture et l'enfonça. Il saisit son 9 mm et vida le chargeur sur un gros rocher rond. La dernière balle s'aplatit sur la roche dans un hurlement diabolique, réduite à un disque de plomb et de cuivre.

— Je vous trouverai, mes salauds, je vous arracherai le cœur et je le boufferai. Après vous errerez dans les ténèbres, sans votre cœur.

Il s'assit sur le capot, se roula une cigarette, l'alluma, aspira profondément la fumée et se mit à tousser comme un malade.

J'ai la gorge à vif d'avoir trop crié. J'ai du whisky. Je bois trop. Trop, c'est quand on aime trop ça. Vaut mieux pas trop boire, ça n'éteint pas le feu, au contraire, ça l'attise.

Madelaine est à moitié folle de peur. Elle craint que ses petits se fassent tuer par cet homme.

Du Pré but du whisky.

Il leva les yeux vers le bord de la falaise, quatre-vingt-dix mètres plus haut, et laissa tomber la bouteille par terre.

Il sortit une gourde du coffre, la passa en bandoulière, puis commença à gravir le sentier, serpent blanc zigzaguant au milieu de l'armoise.

Il grimpa à quatre pattes, jurant dans les passages difficiles. Il mit ses mains là où il n'aurait pas dû. Les serpents à sonnettes pouvaient se lover sur les rochers tièdes.

Si une saloperie de serpent me mord, je me fous tellement en rogne qu'il en crève.

Je chasse ces types.

Je ne peux pas les tuer, Harvey ne plaisante pas.

Moi non plus.

Du Pré s'ouvrit la main sur une roche coupante. Il aspira le sang de l'entaille profonde puis, baissant les yeux, vit une fine pointe de lance en obsidienne émergeant de la terre jaune, coincée entre deux rochers. Il tira dessus, mais elle refusa de venir. Il sortit la lame de tournevis de la barre porte-outils accrochée à sa ceinture et commença à creuser autour de la pointe.

Elle était plantée dans un os de bison. Une côte.

Un mâle était mort sur ce chemin. Pourquoi avaient-ils pris la peine de le tuer ?

Du Pré leva la tête vers le bord de la falaise. Il se trouvait au-dessous, pile au milieu. Exactement là où s'était trouvé le chaman.

Du Pré saisit la côte et pesa dessus. L'os céda, puis se cassa brutalement en deux, libérant la pointe que Du Pré récupéra au vol.

Il porta à ses yeux le morceau de roche noire vitrifiée. Les étoiles scintillaient sur ses facettes conchoïdales.

Le tailleur de pierre se promenait avec un bois d'élan.

Du Pré s'assit un moment et regarda sa voiture de patrouille, en bas. Un coyote qui passait s'arrêta pour pisser dessus.

Du Pré se mit à rire.

— Te gêne pas, mon pote.

Benetsee.

Chapitre 32

Du Pré, à la table du petit déjeuner, mangeait de la main gauche. Il avait trente points de suture à la main droite qui lui faisaient un mal de chien. Il effilocha un morceau de jambon à l'aide de sa fourchette et le mit dans sa bouche.

Madelaine, assise en face de lui, avait grignoté une bouchée d'œuf. Elle buvait du café en fumant une des cigarettes blondes que Du Pré avait achetées à Miles City. Elle avait les yeux cernés et était à cran.

— Tu parles pas beaucoup à ta Madelaine, ces temps-ci, remarqua-t-elle. Tu t'en vas je sais pas où, tu reviens avec de drôles de vêtements, tu repars, tu reviens avec la main ouverte, et tu dis rien. Tu sais qui est ce type, je le sens. Et tu ne m'en parles pas.

Je te connais, si je te dis que je crois que c'est Simpson, tu pars sur le sentier de la guerre et tu vas lui couper les couilles. Alors Harvey sera obligé de t'arrêter, toi. Je te dirai rien.

Madelaine lui lança un regard noir.

— Qu'est-ce que tu as trouvé, là où tu es allé ?

Du Pré baissa la tête et s'efforça d'arracher un autre bout de jambon à la tranche.

— Pas grand-chose.

— T'es pas en train de me parler, là, Du Pré.

Bon sang, il faut que je trouve un mensonge qui tienne la route. Mais elle saura que je mens.

Il haussa les épaules.

Madelaine lui jeta son café à la figure.

— Tu sais qui c'est ! hurla-t-elle.

Elle lui lança une assiette de galettes de maïs, puis bondit sur ses pieds et se mit à le canarder avec tous les plats qui se trouvaient dans l'égouttoir.

Du Pré plongea sous la table.

Elle lui balança toute la vaisselle qui lui tombait sous la main entre les jambes.

— Maman, maman ! s'écria le petit Cyrill, son plus jeune. Mais tu es folle !

— Saloperie de bâtard de Métis d'enculé de sa mère ! hurla Madelaine.

Du Pré s'accroupit sous la table. S'il s'enfuyait, elle lui donnerait la chasse dans toute la maison. Autant limiter les dégâts à une seule pièce.

Cyrill partit en courant. Du Pré lui souhaita une longue vie dans un trou noir.

Un saladier en faïence atteignit Du Pré en plein sur le genou gauche.

— Ah ! je suis mort ! Tu m'as tué !

— La gosse de ma cousine est morte ! Ce salopard lui a coupé la tête, et toi, tu veux pas me dire qui c'est ! beugla Madelaine en l'attaquant avec l'argenterie.

Du Pré chercha à se souvenir s'il y avait des gros couteaux de cuisine dans l'égouttoir. Vainement.

Un gros couteau pointu se planta en vibrant dans le plancher, juste devant sa jambe.

— Nom de Dieu ! s'écria-t-il. Tu veux me tuer avant que j'aie trouvé ce gars ?

— Salaud !

— Mes enfants, mes enfants, fit le père Van den Heuvel qui entrait précipitamment. Madelaine, Gabriel, voyons !

Dans sa hâte, le gros prêtre se prit les pieds dans le tapis du couloir et s'écrasa contre le cabinet vitré qui contenait la collection de porcelaines de Madelaine. Le bruit de la collision fut horrible

— Oh... firent Madelaine et Du Pré, en chœur.

— MERDE ! fit le prêtre.

Madelaine resta pétrifiée. Puis soudain elle partit d'un long rire de gorge qui n'en finissait plus.

Du Pré risqua un œil par-dessus la table. Elle le regardait en riant et en secouant la tête.

Le père Van den Heuvel se remit sur ses pieds et commença à épousseter les éclats de porcelaine accrochés à sa soutane.

— Ah, les hommes, fit Madelaine d'une voix lourde de mépris amusé.

Du Pré se leva et embrassa la pièce du regard pour mesurer l'étendue du désastre : des trous dans le plâtre du mur, qu'il allait reboucher. Il lui faudrait aussi emmener Madelaine à Billings, afin de racheter de la vaisselle. Il mesura la distance entre le couteau planté dans le parquet et l'endroit où s'étaient trouvées ses couilles, sous la table. Moins de trente centimètres.

Du Pré, beau joueur, s'abstint de tout commentaire.

— Je... je suis vraiment... désolé, bredouilla le prêtre.

Il avait toujours des petits bouts de verre et de porcelaine sur sa soutane.

— Vous êtes deux gros... couillons, dit Madelaine, hilare.

Du Pré acquiesça d'un silencieux et vigoureux hochement de tête.

— Je vous achèterai de nouvelles... proposa le prêtre d'un ton piteux.

— Oh, non, le coupa Madelaine. Il n'en est pas question. Vous vouliez aider. Moi, j'ai perdu mon sang-froid, que Dieu me punisse. Mais il me pardonnera très vite. Vous, les mecs, vous êtes tellement nuls ! Je vous observe depuis des années, vous faites des conneries et nous les femmes, en général, on sourit et on hausse les épaules. Vous y pouvez rien, avec vos deux têtes, toujours à penser avec la plus petite. Les prêtres aussi. Mon père, vous racontez des conneries. Moi, je prie la Mère de Dieu. Il en a besoin. Vous les hommes... tous débiles. Bah !

Quand Madelaine se fâchait, le noir de ses pupilles étincelait d'éclairs pourpres. Du sang assiniboine coulait dans ses veines. Les femmes assiniboines étaient célèbres pour leur beauté, leur foutu caractère et leur tempérament guerrier.

Étonnant que ces Assiniboines n'aient pas fait grimper tout le monde aux arbres, avec des femmes pareilles dans leur camp, songea Du Pré.

— Eh bien, mes enfants, risqua le père Van den Heuvel, à présent que nous sommes calmés...

— Moi, je suis pas calmée, dit Madelaine. Pas du tout. Vous aviez l'air tellement désolé que je n'ai pas pu m'empêcher de rire. Ma petite-cousine est morte, la tête coupée, enfoncée dans son ventre. Non, je ne suis pas calmée. Ce salaud de Du Pré est parti chercher un type, il a rien trouvé, et ce connard ose revenir à la maison. Vous savez ce qu'on faisait, du temps des chariots ?

Du Pré se garda bien de répondre.

— Des chariots ? fit le père Van den Heuvel.

— Autrefois, raconta Madelaine, vous autres les hommes, vous n'étiez pas souvent là, vous veniez, aidiez à faire un bébé ; on vous envoyait au loin, les *voyageurs*, les chasseurs, sauf ceux d'entre vous censés rester à une quinzaine de kilomètres autour du camp, pour nous protéger, nous et nos bébés.

Du Pré approuva.

— Donc je suis furieuse, conclut Madelaine. Parce qu'il sait quelque chose et il veut pas me le dire. Il veut pas me le dire pour pas faire peur à ce type. Il préfère me faire peur à moi. Il veut pas que je sache, peut-être il préfère utiliser un de mes enfants comme *appât*.

Du Pré eut un signe de dénégation.

— Merde, dit Madelaine. Tu me mens. Je m'en vais te couper la bite, et pas plus tard que maintenant.

Du Pré regarda le plafond.

— Il faut aimer son prochain, intervint le prêtre.

— Aimer son prochain, mon cul, dit Madelaine. Ce connard de Du Pré connaît quelqu'un qui est peut-être le tueur et il veut pas me dire son nom pour pas lui faire peur. Il a pas confiance en moi.

Tu parles, pensa Du Pré, tu lui tirerais dessus la première. Tu parles que je vais te le dire.

— Dites, proposa le père Van den Heuvel, si nous prenions une bonne tasse de café et que nous discutions de tout cela tranquillement ?

— Mon père, dit Madelaine, j'ai pas envie d'entendre vos conneries. Là, on parle de mes enfants, de ma Lourdes, de ma Simone. Si vous croyez que votre présence va m'arrêter et aider ce pauvre connard de Du Pré, vous vous mettez le doigt dans l'œil. Vous êtes un brave homme, mais vous n'aidez pas beaucoup. Pourquoi vous allez pas parler à quelqu'un qui vous écoutera ? Moi, j'ai pas le temps.

— Elle a raison, dit Du Pré. Vous devriez partir.

— S'il vous plaît, dit le prêtre, plus de ça, tous les deux.

— Plus de quoi ? riposta Madelaine. J'ai cassé quelques assiettes bon marché, vous, vous m'avez bousillé toutes mes belles porcelaines, dont certaines venaient de mon arrière-grand-mère. Tu parles d'une aide.

— Je m'en vais, dit le père Van den Heuvel.

— Dans quelque temps, je regretterai d'avoir été aussi vache avec vous, poursuivit Madelaine, mais pour l'instant, je ne suis pas désolée. Allez parler à quelqu'un d'autre. Allez baiser une chèvre. C'est ça, allez baiser une chèvre dans votre église, moi, là, j'ai besoin de parler à ce connard de Métis.

Du Pré tendit les mains, paumes en l'air. Il regarda le prêtre et haussa les épaules.

— Il faut que vous partiez, dit-il. Moi, je vais peut-être y passer, mais vous n'y pouvez rien.

— Il te donnera l'extrême-onction, gronda Madelaine.

Le prêtre voulut dire quelque chose mais s'étouffa à moitié.

— Tout se passera bien, reprit Du Pré. Tout le monde meurt, tôt ou tard. C'est banal.

— Désolée, dit Madelaine. Je jetterai plus rien à la tête de Du Pré. Je lui couperai pas les couilles. Je suis désolée, Jésus. J'ai perdu mon calme, je viendrai réciter vos foutus *Je vous salue, Marie* et me repentir quand j'aurai décidé de le faire, d'accord ? Mais là, vous feriez mieux de partir.

Le gros prêtre s'éloigna en écrasant des éclats de porcelaine. La porte se referma doucement.

Ils entendirent un glapissement : le prêtre avait trébuché en descendant les marches et s'était cassé la figure.

Ils attendirent.

Une portière claqua et la voiture démarra.

— Au moins il ne s'est pas refermé la portière sur la tête, pour une fois, remarqua Madelaine.

Du Pré hocha la tête.

— Je trouverai ce type. Je suis sur sa piste, dit-il.

— Là, dans ma cuisine ?

— Je dois y aller.

— Ouais, c'est ça, et t'as pas intérêt à revenir avant qu'il soit mort, tu m'entends ? Pense à mes enfants.

Du Pré acquiesça et sortit.

Chapitre 33

Du Pré dormait sur une haute crête qui s'étendait à l'ouest des Wolf Mountains. Il avait trouvé un abri de plaques de schiste empilées, laissées là autrefois par des chasseurs. Ils observaient les animaux à travers les interstices des plaques sans que l'on puisse déceler le moindre de leurs mouvements. Depuis la crête, on voyait jusqu'à cent kilomètres au nord, cent cinquante au sud et quatre-vingts à l'ouest. Les Wolf Mountains s'élevaient à l'est, montrant leurs flancs bleus couverts de pins, d'épicéas et de sapins ; la roche au-dessus de la dernière ligne d'arbres était grise comme la mer, les pics coiffés de neiges éternelles.

Un cerf-mulet curieux s'approcha de lui, mais l'animal glissa sur un éboulis de roche jaunâtre et en s'enfuyant, affolé, déclencha une averse de cailloux de la corniche sur laquelle il s'était réfugié d'un bond. Du Pré s'éveilla, son arme à la main.

Il y eut un éclair vert. La traîne brillante, jaune-vert d'un météore traversa le ciel, du nord vers le sud, puis s'évanouit rapidement. Du Pré ferma les yeux et des points jaunes brûlèrent un moment derrière ses paupières.

Il faisait froid. Le vent était calme, l'air sec.

Mes ancêtres descendaient du pays de la rivière Rouge à l'automne, pour avoir de la viande l'hiver. Ils conduisaient ces petits chariots avec des rondins de peuplier de Virginie en guise de roues, sans la moindre pièce de métal. Ils transportaient les *parflèches*[1]. On guidait les bisons vers des enclos d'abattage, on séchait la viande. Le chef des chasseurs s'assurait que chaque famille avait sa ration de viande pour l'hiver, avant de prendre sa part. Et puis on rentrait chez nous. Les Sioux, les Assiniboines, les Blackfeet, parfois les Crows essayaient de nous voler nos chevaux, nos femmes, de nous éloigner des troupeaux de bisons. Nous ne partions pas. Nous avions pour nous défendre les mousquets de la Compagnie de la baie d'Hudson.

La piste se trouve là-bas, à quinze kilomètres. Les chariots de la rivière Rouge ont disparu depuis longtemps, mais j'entends encore de loin, la nuit, *cric, cric, cric,* le crissement des essieux à travers les prairies. Ils n'étaient pas huilés, de temps en temps les roues prenaient feu. Les hommes métis pissaient dessus pour les refroidir. L'eau était rare.

La rivière Rouge.

Benetsee et Madelaine me parlent, je ferais bien de les écouter.

Je vais aller voir Bart pour lui dire que j'ai besoin de quelqu'un qui tienne Simpson à l'œil. Bart sautera sur l'occasion. Si quelqu'un suit Simpson de près, je le tuerai pas.

Il faudrait qu'un reporter se mêle à cette équipe de moissonneurs pour faire un article dans le journal du dimanche, du genre « Savez-vous d'où viennent vos nouilles ? »

Ce Tueur de la Hi-Line, je dois le trouver.

Rêve au cerf et le cerf vient.

Rêve au tueur et il me laissera une piste.

Un malade.

1. Sacoches à rabat en peau de bison servant de trousses aux chamans et où l'on conservait les objets cérémoniels. *(N.d.T.)*

Du Pré s'extirpa de ses couvertures et s'éloigna de quelques pas pour pisser. La vapeur s'éleva dans l'air froid de la nuit.

Madelaine, je suis dehors, dans la nature, pour le tenir à l'écart de toi, de tes enfants. Comme les Indiens le faisaient autrefois. À cette différence près que je n'ai pas peint mon visage.

Il était quatre heures du matin. L'aube poindrait dans une heure ; il y avait déjà un mince liseré rose à l'horizon.

Du Pré roula ses couvertures dans son tapis de sol, attacha les fixations, le balança sur son épaule et redescendit vers sa vieille voiture de patrouille. Il mit le paquetage dans le coffre et posa le sac plein de whisky, de tabac, de chargeurs de 9 mm, de munitions, de *jerky* et de chocolat sur le siège avant. En arrivant, il avait pensé à garer la voiture dans le sens du départ. Il descendit la piste rocheuse qui menait à la route secondaire, qu'il suivit jusqu'à une deux-voies, étroite et mal bitumée. Il poussa jusqu'à cent vingt, en évitant les plus gros nids-de-poule.

Il arriva à l'aire de repos de Raster Creek au moment où le jour se levait. Il gara sa voiture, se rendit aux toilettes et, en sortant, se dirigea vers l'endroit où le corps de la petite Barbara Morissette avait été retrouvé, la tête enfoncée dans le ventre avec les mouches qui dansaient autour des plaies sanglantes.

Il prit son temps.

Un type est revenu ici, peut-être hier après-midi. Du Pré s'accroupit et observa l'empreinte à peine visible d'une grosse chaussure de randonnée, avec cinq étoiles au centre de la semelle.

Il compta les sillons tracés par les colonnes de fourmis dans le léger creux laissé par les semelles, vers l'endroit où travaillaient les insectes. Un scarabée bombardier les avait traversés rapidement. Quatre, et un. Il leva les yeux vers la fourmilière, située à six mètres de là.

Bon, pensa-t-il, peut-être vingt-quatre heures depuis son passage. Ou plutôt moins. Hier, en fin d'après-midi. Pas de rosée, pas de pluie. Qui es-tu ?

Il suivit des yeux les traces de pas qui menaient à l'endroit où avait reposé le corps de la petite Barbara. Pas d'empreinte de chien, le type ne baladait pas son clébard. Il était allé directement à cet endroit. Il n'avait pas de raison de s'y rendre. Pas de raison...

Du Pré continua son chemin. Il vit un bout de papier jaune, plié, de la taille d'une carte à jouer, à une dizaine de mètres.

Il ralentit.

Les mêmes traces. N'en perds pas une miette, à présent.

Le bout de papier avait échoué contre une armoise, sans doute poussé par le vent, hier après-midi, à l'heure où le vent se lève à l'ouest.

Du Pré se déplaça lentement.

En arrivant devant le bout de papier, il s'accroupit, le ramassa avec précaution et le tourna entre ses doigts. Le papier était chiffonné et brillant. D'un côté, il portait une légère tache marron clair. Le type l'avait plié, mis dans sa poche revolver, entre son portefeuille et ses fesses. Il s'était assis dessus. Avait sué dessus. L'avait bien aplati.

Du Pré leva les yeux vers un faucon qui flottait entre lui et le soleil levant. Son ombre avait couvert son visage. Le faucon planait. Il plongea soudain et Du Pré entendit un couinement, puis plus rien.

Il déplia le papier. Un grain lourd, jaune. Une publicité pour un concours d'aéromodélisme à Fargo, Dakota du Nord.

De l'autre côté, une adresse à Renton, État de Washington.

Du Pré l'étudia un long moment, puis replia l'imprimé, le glissa dans sa poche et s'approcha du lieu du crime.

Il vit une culotte sur le sol à l'endroit où l'on avait retrouvé Barbara. Il se pencha vivement, la ramassa et observa les taches qui s'y trouvaient. Il baissa les yeux et vit les empreintes de bottes et le petit trou laissé par la lourde boucle d'une ceinture à la gauche du pied gauche lorsque le type avait baissé son pantalon pour se branler.

Ce ne peut être que lui. Personne n'est revenu ici. Il était là, il n'y a pas longtemps.

Du Pré retourna à sa voiture, fourra la culotte dans le réceptacle qui servait de poubelle, sous un sachet rempli de canettes et de mégots. Il sortit le papier de sa poche et l'observa longuement. Puis il craqua une grande allumette, brûla le papier et écrasa les restes noircis dans la terre jaune.

Bon, j'arrive.

Il regarda vers l'est le soleil rouge baigné de brume, monta dans sa voiture, se roula une cigarette et but du whisky. Il avait soif. Il but plusieurs grands verres d'eau fraîche qu'il conservait dans un pichet isotherme blanc et bleu. Il mangea un peu de *jerky*.

Il fila vers l'est, très vite, arriva à un croisement, bifurqua vers le sud, à fond la caisse. Il prit l'autoroute et diminua sa vitesse de vingt kilomètres à l'heure.

Il s'arrêta pour faire le plein juste après la limite d'État du Dakota du Nord puis dépassa le confluent de la rivière Yellowstone et du Missouri.

Dans le temps, il y avait là un important comptoir. On y troquait des fourrures contre du mauvais whisky. On y trouvait des perles, des couteaux, des pots de cuivre, de la poudre vermillon, des aiguilles, du fil, de la farine, du tabac.

Certains des *voyageurs* descendaient en canot jusqu'à Saint Louis, La Nouvelle-Orléans. Au retour, il leur fallait haler ces foutues embarcations à l'aide d'une corde. Une sacrée longue marche. Le voyage de retour durait deux ans.

Du Pré prit une route secondaire et se dirigea vers la réserve de Turtle Mountain.

Je suis venu souvent ici, songea-t-il, pour voir mes cousins.

Faut que je parle à Bassman.

Il appela le domicile de Bassman depuis la cabine téléphonique d'une station-service. Le numéro était momentanément hors service. Encore un pauvre Métis qui ne peut pas payer sa facture de téléphone.

Du Pré roula jusque chez Bassman. Sa première femme était morte, saoule, dans un accident de voiture, cinq ans plus tôt. Bassman s'était remarié assez vite et les enfants des deux lits jouaient tous dans la cour. Ils avaient tous à peu près un an de différence, sauf qu'il n'y avait pas de gosse de quatre ans, car Bassman avait mis dix ou douze mois avant de dénicher une nouvelle épouse. Les mioches couraient partout en riant et les plus grands surveillaient les plus petits. Deux chiens jaunes miteux se mirent à aboyer quand Du Pré se gara devant la maison.

Bassman apparut à la porte. Il portait un T-shirt rouge déchiré, un jean et des mocassins. Il avait tressé ses cheveux. Ce mois-ci, il avait décidé d'être indien. Le mois prochain, il se couperait peut-être les cheveux très court et porterait une chemise à manches longues, pour cacher les traces de piqûres le long des veines de ses bras. Bassman avait passé dix ans à Los Angeles, pas de très bonnes années.

Du Pré l'aimait beaucoup.

— Du Pré, dit Bassman, entre. T'as mangé ?

— Ouais.

— T'as l'air fatigué. Tu veux dormir ?

Du Pré secoua la tête.

— Ah, fit Bassman en descendant dans la cour encombrée. T'as besoin d'une voiture immatriculée dans le Dakota du Nord, hein ?

Du Pré hocha la tête. Les signaux de fumée marchaient plutôt bien, apparemment.

— J'en ai une bien pour toi, dit Bassman.

Ils y allèrent aussitôt. Une fourgonnette bleu foncé, presque neuve, bon moteur, bons pneus, des rideaux derrière les sièges-baquets.

— Les clés sont dessus, dit Bassman, en portant le paquetage de Du Pré. Le plein est fait. Si tu as besoin de quelque chose à Fargo, appelle Le Bon. Toussaint Le Bon. Il joue bien du violon, comme toi.

Du Pré prit son sac sur le siège avant de sa voiture de patrouille, marcha jusqu'à la fourgonnette et jeta le sac sur le plancher, à l'arrière.

Il descendit la vitre.

Bassman lui tendit un sac en papier. À l'intérieur, il y avait quelque chose de petit et de lourd qui cliquetait un peu.

Du Pré regarda son cousin.

Celui-ci hocha la tête à son tour.

Chapitre 34

Du Pré était sale. Il ne s'était pas rasé, il sentait la sueur et le vin bon marché.

Le champ de foire était bondé de gens venus voir les démonstrations de modèles réduits. Les petits avions vrombissaient en montant en chandelle, plongeaient en rugissant et les pilotes, par petits groupes, observaient la compétition.

Du Pré, qui avait pris un ticket de parking, finit par trouver le véhicule qu'il cherchait, un long fourgon poussiéreux d'avoir beaucoup roulé. Les pneus arrière étaient plus larges que ceux de devant. Des pneus à carcasse radiale, déformés. Le fourgon était plus lourd à l'arrière qu'il aurait dû l'être. Du Pré jeta un coup d'œil par la vitre. Le plancher était surélevé d'une cinquantaine de centimètres par rapport à sa hauteur d'origine. Du côté conducteur, il y avait un bouchon de réservoir de carburant supplémentaire, monté haut derrière la portière. L'autre bouchon était protégé par un rabat de sécurité.

Le fourgon était immatriculé dans l'État de Washington.

Du Pré se redressa et alla jeter dans une poubelle le sachet en papier contenant la bouteille de vin bon marché. Il retourna à sa fourgonnette, y monta, se rasa, se lava et enfila la chemise hawaïenne aux couleurs criardes, le pantalon de cotonnade et la paire de tennis qu'il avait achetés à Miles City. Il gribouilla quelque chose sur un bout de papier qu'il glissa dans la poche de sa chemise, puis se rendit au comptoir d'inscription aux épreuves et tendit le papier à une hôtesse qui regardait quelqu'un d'autre. Du Pré s'éclipsa rapidement. Il dépassa le fourgon immatriculé dans l'État de Washington, jusqu'à un empilement de traverses de chemin de fer laissées là en vue de la construction d'un corral.

Il s'assit et se roula une cigarette.

Le haut-parleur beugla le nom qu'il avait trouvé sur le papier jaune, prévenant le propriétaire que son véhicule posait un problème.

Trois minutes plus tard, un homme grand et maigre, avec de longs bras et des muscles noueux de débardeur, arriva en bondissant dans le parking. Il avait de longs cheveux blonds frisés. Il portait un jean, des tennis et un sweat-shirt qui tombait sur sa ceinture.

Du Pré le regarda.

Bien, bien.

Il attendit que le gars se soit assuré que son véhicule ne posait pas de problème; celui-ci repartit vers le champ où les petits avions décollaient et atterrissaient.

Du Pré le suivit d'un pas nonchalant.

L'homme en rejoignit deux autres qui s'affairaient autour d'un piper-cub, contrôlant les mouvements des rabats et des ailerons du modèle réduit à l'aide du petit manche à balai de la radiocommande.

L'un des deux hommes, accroupi, fit tourner l'hélice avec son doigt; le moteur accrocha, l'avion frémit, tandis que le micromoteur crachotait et pétaradait.

L'homme que traquait Du Pré se tenait en retrait des deux autres, en observateur.

L'un des deux hommes emporta l'avion sur la piste de terre et le maintint en hauteur tandis que le pilote donnait de l'accélération. Il leva le pouce pour signifier que tout allait bien; l'autre lâcha l'avion qui plongea puis remonta, pratiquement à la verticale.

Quand l'engin se posa, l'homme que traquait Du Pré fit une plaisanterie ; les deux autres le regardèrent, sans rire. L'homme rougit, se détourna vivement et s'éloigna vers le bâtiment de parpaing qui abritait les toilettes.

Il y resta longtemps.

Quand il en ressortit, la luminosité du soleil lui fit cligner les yeux. Il se dirigea vers l'un des hangars d'exposition.

Du Pré le suivit tandis qu'il faisait le tour du matériel exposé, moteurs, peintures, matériaux, plans, ossatures d'avions assemblées attendant leurs finitions satinées et leurs couches de vernis.

L'homme s'arrêta devant un stand qui proposait des modèles réduits d'avions de combat de la Seconde Guerre mondiale. Les reproductions étaient parfaites. L'homme passa plus d'une heure à bavarder avec le fabricant. Celui-ci commençait à s'énerver, car l'homme ne bougeait pas et empêchait les gens de regarder. Au bout d'un moment, il lui demanda carrément de s'en aller.

Ce gars-là n'est pas bien dans sa tête, pensa Du Pré. Je le savais.

L'homme passa deux heures à se promener entre les différents stands d'exposition. Du Pré le suivait à distance.

La foule commençait à affluer par les portes pour entrer sur le terrain. Le haut-parleur annonça un combat aérien entre un avion américain et un Zéro japonais. Du Pré suivit le mouvement, à une trentaine de mètres derrière l'homme qu'il traquait. Celui-ci s'arrêta.

Le combat aérien débuta. Les petits avions vrombirent et évoluèrent dans les airs, effectuant des vrilles et des immelmanns[1] ; ils se canardaient avec des mitrailleuses miniatures.

1. Manœuvre acrobatique de combat aérien, créée par Max Immelmann, pilote de chasse de la Première Guerre mondiale. *(N.d.T.)*

La foule observait les avions et Du Pré observait l'homme. Celui-ci fit demi-tour, dans sa direction.

Du Pré se roula une cigarette.

L'homme passa à dix mètres de lui et louvoya entre les véhicules garés sur le parking, vers son fourgon. Il paraissait pressé.

Du Pré le suivit.

La foule avait les yeux fixés sur les avions dans le ciel.

L'homme fit le tour de son fourgon. Au moment où il ouvrait la portière arrière, Du Pré s'avança et tira à deux reprises sur lui, en pleine tête, avec un petit pistolet de 22 qui possédait un silencieux perforé fait à partir d'un tuyau d'aluminium.

Le pistolet cracha, *pfft, pfft,* et l'homme que traquait Du Pré se redressa et tomba dans le fourgon. Mort. Du Pré poussa ses jambes à l'intérieur, jeta l'arme sur lui, ôta le gant de plastique qu'il portait à la main droite et le fourra dans sa poche. Il referma la portière et essuya la poignée avec son mouchoir.

Il traversa le parking jusqu'à la fourgonnette prêtée par son cousin, monta et s'éloigna lentement. Il entendit la foule pousser des vivats. Une traînée de fumée noire s'échappait du Zéro.

Du Pré sortit du champ d'aviation, prit l'autoroute et roula jusqu'à ce qu'il s'aperçoive qu'il avait une faim de loup. Il s'arrêta à Bismarck, entra dans un bon restaurant et mangea un gros steak et deux parts de tourte aux pommes avec de la glace.

Il fit le plein d'essence, s'arrêta dans un magasin de spiritueux pour acheter une demi-bouteille de bourbon et roula jusqu'à trois heures du matin. Quand il fit halte dans la cour de Bassman, ses phares illuminèrent brièvement les fenêtres de la maison. Son cousin sortit, accompagné de deux hommes que Du Pré avait rencontrés plusieurs années auparavant, mais il ne se souvenait pas s'ils étaient musiciens.

L'un des hommes s'approcha de la fourgonnette et aida Du Pré à sortir ses affaires. Du Pré remit ses couvertures dans le coffre de la voiture de patrouille et déposa son sac sur le siège avant.

Les deux hommes partirent au volant de la fourgonnette.

Bassman apporta un grand plat de saucisses, du fromage, des tranches de viande froide, des légumes, un pichet de vin bon marché et ils mangèrent en silence, assis sur la terrasse éclairée par une demi-lune.

Du Pré prit son violon, Bassman sa guitare, et ils jouèrent de vieilles ballades.

Ils jouèrent la *Complainte de Baptiste,* des chants de marins et des airs accompagnant le dépeçage de la viande. Ils jouèrent deux ou trois ballades que les *voyageurs* chantaient après avoir charrié leurs lourds ballots de fourrure.

Ensuite, ils restèrent assis, à boire et à fumer.

— Je reviendrai à Toussaint, dit Bassman. Peut-être dans un mois, nous jouerons de la bonne musique. J'aime bien la femme qui tient le bar. Tu sais qu'elle nous a donné cent dollars chacun, la dernière fois qu'on a joué ?

Du Pré hocha la tête. Susan lui aurait fait injure en proposant de le payer, mais elle savait que Bassman et les musiciens comme lui n'avaient jamais d'argent. Ils le dépensaient avec de jolies femmes, s'achetaient de l'alcool, des chemises en soie et des cordes pour leurs instruments.

— Oui, dit Du Pré. C'est une femme bien.

— Comment va ta Madelaine ? demanda Bassman, dont les yeux pétillaient.

— Elle tient la forme, répondit Du Pré.

— Elle danse bougrement bien.

— Oui.

— Quand tu reviendras ici, à Turtle Mountain, reprit

son cousin, on pourrait aller jouer de la musique dans les bars du coin.

— Ça me va, acquiesça Du Pré.

— Tu joues de la bonne musique métisse. Tu sais, ces jeunes qui pensaient qu'on était nuls, maintenant ils viennent nous voir pour nous dire : « Hé, apprenez-nous les vieux airs. » Je pensais qu'ils aimaient que Michael Jackson ou les mecs dans ce genre-là. Mais ils s'y sont bien mis. Y a deux gamins, l'un des deux joue du violon ; ils seront vraiment bons dans une dizaine d'années.

— Ça prend du temps, remarqua Du Pré.

Il regarda les étoiles, la Grande Ourse qui pointait vers l'étoile Polaire.

Il y a longtemps, mon grand-père m'avait offert un petit violon, je devais avoir huit ans. Je faisais des bruits. Mon grand-père souriait en disant que je jouais bien. Mon père Catfoot, il jouait du violon. Je le rendais fou.

Ils m'ont appris pendant longtemps. Ils m'ont offert encore deux violons.

Celui sur lequel je joue appartenait à mon grand-père. J'ai dû le faire réparer un peu, mais il a un bon son, pour jouer ces vieilles chansons.

J'ai pas vraiment bien joué jusqu'à la mort de ma femme. Je jouais pas mal, avant, mais bien mieux après, et ça me rend triste.

Il faut peut-être perdre quelque chose d'important, pour bien jouer.

Mais là, qu'est-ce que j'ai perdu ?

Du Pré rangea son violon dans son étui.

— Il faut que je rentre chez moi.

Bassman hocha la tête et lui tendit la main.

— Quand tu reviendras, on jouera de la bonne musique.

Chapitre 35

Rolly Challis regardait le petit récepteur noir. Du Pré, les bras croisés, attendait.

— C'est bien parti, dit Rolly. Si ça marche de ton côté. Trois jours. Après après-demain. Tout ira bien. Je peux aller à Spokane, et même plus loin, et revenir, pas de problème.

Du Pré hocha la tête.

Rolly lui sourit, monta dans son gros semi noir et repartit sur la fédérale 2, vers l'ouest.

Du Pré alla s'asseoir à une table de pique-nique, fuma puis remonta dans sa voiture de patrouille et se dirigea vers le sud.

Les Wolf Mountains s'élevaient à sa gauche.

Bientôt, ça va barder, songea-t-il. Peut-être. Il manquerait plus qu'un type du FBI ait filé le salopard que j'ai descendu à Fargo. Mais ils sont peut-être pas si futés que ça.

Oh, je dis des conneries, j'aurais été arrêté en sortant du champ de foire. Il n'y avait pas de fédéraux là-bas. Je les aurais vus.

C'était pas mon genre de boulot.

Mais maintenant, si.

Si c'était bien ce gars-là. Si c'était pas lui, il avait qu'à pas aller se branler à l'endroit où la petite Barbara a été retrouvée, la tête enfoncée dans le ventre.

Des pistes. C'était la bonne piste, oui.

Harvey, s'il sait additionner deux et deux, il va pas me lâcher. Je l'entends d'ici. Moi, je lui demanderai s'il veut un autre coup à boire ; s'il refuse, je lui dirai d'aller se faire foutre.

Encore un.

Madelaine me manque, mais je ne rentrerai pas tant que je n'aurai pas fini. Elle serait pas d'humeur, si le boulot n'était fait qu'à moitié.

Je pense.

Quand tout cela a-t-il commencé ?

La rivière Rouge.

Tu n'es qu'un pauvre Métis, tu devrais faire gaffe à ta vie.

Je vis ma vie sous les Wolf Mountains, dans les Grandes Plaines. Dans ce qui était la rivière Rouge.

Parfois, je regrette que mon peuple n'ait pas battu les Anglais. On aurait notre propre territoire.

Les Anglais, ils étaient rusés, des vrais fumiers, personne ne pouvait les battre.

Du Pré fouilla sous son siège, prit la bouteille et but une lampée. Le whisky le fit un peu tousser. Ça brûlait. C'était bon.

Il fonça sur la route. Une claire matinée de fin d'été, l'air était transparent. Il avait plu un peu pendant la nuit, assez pour laver la poussière. À l'ouest, l'horizon était gris de nuages.

Du Pré arriva à Toussaint tôt dans la journée. Il se gara devant le bar et y entra. L'endroit sentait l'eau de Javel, le détergent et la cire. Susan tenait à ce qu'il soit impeccablement nettoyé. Elle employait deux femmes pour l'aider au ménage trois jours par semaine et le dimanche matin.

Elle leva les yeux vers Du Pré quand il entra, puis replongea sous le bar.

Du Pré se pencha sur le comptoir. Elle nettoyait l'intérieur des glacières.

— Sers-toi ce que tu veux, lui dit-elle.

Il fit le tour du bar et se servit un grand whisky.

— Ton copain Harvey a appelé, dit-elle. Il avait pas l'air de bon poil.

— Ces Blackfeet, ils sont jamais contents, lâcha Du Pré.

— Ouais. Il était tellement en rogne qu'il a dit qu'il allait venir ici bientôt pour te faire ton affaire.

— Le chèque que je lui ai donné était sans provision, dit Du Pré.

— Ouais, et t'es parti longtemps. Madelaine est passée deux ou trois fois. Elle te cherchait.

La glacière faisait caisse de résonance et amplifiait sa voix.

— Elle avait un flingue, un couteau, quand elle est venue ? questionna Du Pré.

— Non. T'étais pas en train de te farcir une de ces femmes qui te font les yeux doux quand tu joues du violon, hein ?

— Quelles femmes ? s'étonna Du Pré.

— Presque toutes, espèce d'enfoiré de Métis. Si j'aimais pas autant mon Benny, il y a belle lurette que je t'aurais sauté dessus. T'es plutôt joli garçon et tu joues de la bonne musique.

— J'aime personne d'autre que Madelaine.

— Je m'en doutais, mais t'es un homme, et vous autres les hommes, vous avez parfois de drôles de façons de faire...

— Je peux t'aider ? demanda Du Pré.

— Les hommes sont des bons à rien, côté nettoyage, refusa Susan. Avec leurs grosses pattes d'ours, ils bousillent les meubles. Benny essaie de m'aider à nettoyer. Il s'occupe de la salle de bains. Il fait vraiment tout ce qu'il peut. Eh ben, quand il a fini, c'est plus sale qu'avant. Vous êtes pitoyables.

Du Pré opina du bonnet face à son reflet dans le miroir.

— À propos de quoi vous vous êtes disputés, avec Madelaine ? demanda Susan.

— Je ne sais pas.

— Tu parles.

Elle sortit de la glacière et se redressa, cramoisie et en sueur, un bandana bleu noué autour du front. Sa chemise de travail avait des taches sombres aux aisselles.

— Tu devrais l'appeler, conseilla-t-elle.

Du Pré regarda son verre.

— Bon, moi, je l'appelle, décida Susan.

Elle se dirigea vers le téléphone et composa le numéro. Du Pré s'assit sur un tabouret. Il avait la nausée.

Madelaine arriva tout de suite. Elle se glissa sur l'un des tabourets du comptoir. Susan lui servit un verre du vin rosé pétillant qu'elle aimait, puis disparut dans la réserve.

— Hé, Du Pré, dit Madelaine, t'es parti longtemps et t'as pas appelé ta Madelaine. Comment elle s'appelle, la nouvelle ?

Du Pré la regarda. Elle baissa les yeux.

— D'accord. Je suis désolée pour tout ça.

— Ouais, ça me plaît pas trop.

— Où t'es allé ?

Il haussa les épaules.

— Oh, dit-elle, tu l'as fait.

Il regarda le miroir. Il avait envie de vomir.

— C'est fini ? demanda Madelaine.

Il secoua la tête.

— Bon, j'arrête de poser des questions idiotes.

Du Pré fonça aux toilettes. La porte était ouverte. L'endroit venait d'être passé à la serpillière. Il vomit, courbé en deux sur la cuvette. Il eut des hoquets à répétition qui le laissèrent pâle, tremblant et en sueur. Il s'appuya à deux mains sur le lavabo, fit couler de l'eau froide, se frotta la figure et s'aspergea la nuque. Puis il se sécha avec un tas de serviettes en papier.

Quand il ressortit, Madelaine l'attendait avec une bouteille du whisky qu'il aimait.

— Viens à la maison. T'as pas mangé comme il faut. T'as besoin d'un bain, peut-être de deux ou trois. Viens à la maison, ta Madelaine va s'occuper de toi. Maintenant.

Il sortit, ouvrit la portière côté passager. Madelaine monta et il l'accompagna chez elle.

Elle le fit entrer, lui prépara un grog avec du citron, du sucre et du whisky, qu'il but d'un trait. Elle lui fit cuire du riz et des saucisses douces. Il mangea et but deux autres grogs.

Ensuite il passa une heure sous la douche, laissant l'eau brûlante couler sur son corps.

J'arriverai jamais à faire partir tout ça, songea-t-il.

Mais de quoi ai-je honte ?

Il s'énerva. L'eau refroidissait. Il ferma les robinets, sortit de la cabine de douche, se sécha et entra dans la chambre de Madelaine. Il y avait des vêtements propres sur le lit. Il s'habilla et retourna à la cuisine. La porte de derrière était ouverte. Il sortit et trouva Madelaine sous la tonnelle couverte de houblon, assise à une table de pique-nique sur laquelle était posée une cruche emplie d'un liquide brun pâle et de glaçons. Elle lui roulait des cigarettes.

Du Pré alla s'asseoir à ses côtés. Il alluma une cigarette.

— Et voilà, dit-elle. Maintenant tu t'en veux d'avoir tué ce type.

— Quel type ? fit Du Pré, furieux.

— Je le dis qu'une fois, ensuite j'en parlerai plus jamais. Tu vas tuer l'autre, aussi. Merci. Ils tuent les gosses des gens depuis longtemps.

Du Pré se servit un verre et but. Il avait un meilleur goût dans la bouche.

— Tu es un type bien, Du Pré. Il t'arrive d'avoir à

faire des choses pas très jolies à cause d'hommes méchants. Les flics ne les attrapent jamais. Ça fait vingt ans qu'ils courent après, non ?

Du Pré alluma une autre cigarette.

— Tu es un type vraiment gentil, poursuivit Madelaine. Tu n'aimes pas ça du tout. Si t'aimais ça, moi je t'aimerais pas. Non. Les types qui aiment ça, c'est pas des gens bien, tu sais.

Du Pré but une gorgée.

— Fais ce que tu as à faire, reprit Madelaine. Je suis fière de toi. Je n'en reparlerai plus.

Du Pré hocha la tête.

— Il te faudra du temps pour t'en remettre. Tu t'en remettras peut-être jamais complètement. La vie, elle est pas toujours jolie.

Du Pré la regarda.

— Bon, ton Blackfeet, Harvey, il est très en colère. Il va venir ici. Je dis rien, tu dis rien, c'est tout. Maintenant, va te reposer. Je vais te préparer un bon dîner.

Du Pré acquiesça.

Il rentra dans la maison pour dormir.

Il demeura longtemps allongé avant de sombrer dans le sommeil.

Chapitre 36

Harvey et Pidgeon étaient assis d'un côté de la table et Du Pré, de l'autre. Ils avaient posé devant eux deux blocs de papier et des magnétophones. Ils portaient leur déguisement du FBI.

Du Pré portait un vieux jean. Il sortit un paquet de tabac Bull Durham, des feuilles à rouler et son briquet d'amadou.

— On ne fume pas, dit Harvey.

— Allez vous faire foutre, dit Du Pré.

— C'est pas drôle, les mecs, fit Pidgeon.

— Il ne s'agit pas d'un interrogatoire en bonne et due forme, dit Harvey.

— Tu parles, ricana Pidgeon.

— Vous m'emmerdez, Du Pré, dit Harvey.

— Hé, les mâles, si vous voulez que je m'en aille, de façon à vous laisser entrechoquer vos ramures et gratter le sol de vos sabots, comme au bon vieux temps, je m'en vais, remarqua Pidgeon.

— Faites-moi plaisir, dit Harvey.

— Allez vous faire foutre.

— Écoutez, Pidgeon. Il le faut. Notre principal suspect finit avec deux balles dans la tête à Fargo, Dakota du Nord. Ça ressemble à un règlement de comptes entre motards. Mais personne lui en voulait, apparemment. Nos balances n'ont pas la moindre idée de qui a fait le coup. Ce vieux Larry n'avait que des amis, qui d'ailleurs le trouvaient tous pas très net. Pidgeon, avez-vous déjà eu affaire à l'enfoiré assis de l'autre côté de la table ?

— C'est un parfait gentleman, assura-t-elle.

— Du Pré, vous allez répondre à mes questions.

— Non.

— Alors je dois vous demander de repasser au détecteur de mensonges.

— Allez vous faire foutre.

— Écoutez, Harvey, intervint Pidgeon, nous avons des règles, vous savez, accusation, arrestation, témoignages, preuves, tout le tremblement. Si vous avez quelque chose, on peut mettre la machine en marche, mais vous n'avez rien et tout le monde le sait. Si Du Pré a effacé ce fumier de la surface de la terre, il a fait du bon boulot bien propre. Vous voudriez pas aller simplement chasser la grouse, par hasard ?

— Je suis votre supérieur, gronda Harvey, hargneux.

— Ma fille, ne laisse pas ton petit cœur s'emballer, se moqua Pidgeon. Harvey, si vous tenez à harceler Gabriel, ne vous gênez pas, mais si vous voulez me virer, essayez un peu. Je vous poursuis en justice pour harcèlement sexuel. Je dirai que vous m'avez mis la main aux fesses et tout le reste.

— Je n'ai jamais posé la main sur vos fesses, protesta Harvey.

— J'ai une mauvaise nouvelle pour vous. Si les jurés jettent un coup d'œil sur *mon* cul, ils ne croiront jamais qu'un gars a pu s'empêcher d'y toucher. Faux témoignage, certes, mais ne vivons-nous pas dans un monde sans pitié ? Nous ne sommes que des mammifères tentant de survivre dans un univers hostile. Si vous voulez vraiment la peau de Du Pré, vous devriez sortir tous les deux sur le parking et régler le problème à coups de poing. Moi, j'emporte ces magnétophones, mais la bonne nouvelle, c'est que je vais détruire les bandes.

Elle fourra les deux magnétos dans sa mallette, après avoir sorti les cassettes et les avoir nichées dans son soutien-gorge. Elle reboutonna son chemisier de soie blanche. Jusqu'en haut.

Harvey cassa un crayon en deux.

— Je pense que mon supérieur manque un peu de baise à la maison, décréta Pidgeon. En tant que psychologue, je peux vous dire que le sexe, ou la frustration, gouverne le monde.

— Pidgeon, dit Harvey, ça suffit. Vous êtes une méchante petite fille. Soyez raisonnable.

— Les études ont montré, poursuivit Pidgeon, qu'elles montrent des choses. En voilà la parfaite illustration. Bon, qu'avons-nous *réellement* à nous mettre sous la dent ?

— Cette ordure de Simpson, répondit Harvey.

— Oui. Parlons-en. J'*aime* Simpson. C'est un vrai champion. Je lui donne 10 sur 10. Mais je regrette de ne pas avoir de *preuves*.

— Oh, ça... fit Harvey.

— Ben, je ne vois pas un juge, même le plus stupide, nous délivrer un mandat d'arrêt. Je ne nous vois pas raconter à un grand jury composé de bons citoyens que Simpson est un vrai champion, le plus grand salopard d'assassin de tous les temps, que nous en sommes persuadés, que nous n'avons pas la moindre preuve, mais qu'il faudra qu'ils nous croient.

— Cependant, intervint Harvey, je tiens à ce que Du Pré sache qu'au cas où, disons, notre grand champion serait frappé par la foudre, je ne pourrais m'empêcher de me demander si lui, Du Pré, n'était pas assis à côté du commutateur.

— Oh, c'est vrai, ironisa Pidgeon, nous avons des satellites espions au-dessus de nos têtes qui prennent de chouettes photos ! Obtenez un cliché de Du Pré en train de poinçonner le ticket de notre champion et il faudra faire griller notre ami ici présent. Mettons des micros miniatures dans le protège-valseuses de Simpson. Mettons des agents secrets soigneusement déguisés en roues de secours dans son fourgon. Et on le *coincera.*

Du Pré se roula une cigarette.

— Pidgeon, dit Harvey, vous devriez vraiment être plus gentille. C'est une bonne chose d'être gentil. Je suis gentil, aussi. J'essaie d'expliquer gentiment à ce foutu nègre des prairies assis en face de moi que ça m'ennuierait beaucoup d'avoir à l'arrêter et à l'expédier à Walla Walla.

— Nègre des prairies? répéta Pidgeon. J'imagine que ça veut dire Indien? Mon sang cherokee réclame justice. Honte à vous! Nous avons, réunis ici, un Blackfeet, une Noire Blanche Creek Cherokee et un Cree Chippewa Français. Du Pré, Harvey a perdu le nord. Il est tombé sur la tête. Son ascenseur est bloqué entre deux étages. Son pain est pas cuit. Il n'a plus de valets dans son jeu. Insultes raciales. *Tss, tss.*

Harvey tendit la main vers le tabac et les feuilles de Du Pré et se roula une cigarette.

— Moi aussi, j'en veux une, dit Pidgeon en prenant la cigarette que Harvey venait de rouler.

— Bon. Je vous ai déjà parlé de Du Pré et de sa mitrailleuse?

— Non. Vous l'avez déjà vue?

— Non. Je l'ai entendue, une fois.

— Harvey, si vous n'avez pas *vu* cette foutue mitrailleuse, si vous n'avez pas ramassé des bouts de cuivre ou des balles qui en proviennent, vous n'avez fait que l'entendre. Il s'agissait peut-être d'une regrettable flatulence.

— Écoutez, intervint Du Pré, j'ai envie d'aller au bar et de faire un billard.

— Youpi! se réjouit Pidgeon.

— Vous pensez qu'on est prêt pour annoncer la grande nouvelle en exclusivité? fit Harvey.

Du Pré sourit.

— Bien sûr que nous sommes prêts, Harvey, dit Pidgeon, mais d'abord, laissez-moi annoncer à ce bon Mr. Du Pré que nous sommes sur le point d'arrêter Simpson, et pas plus tard que très bientôt.

Du Pré se redressa.

— Oui, pourvu qu'il ne nous foute pas tout en l'air, renchérit Harvey.

— Ce serait bien, dit Pidgeon.

— Vous avez quelque chose ? demanda Du Pré.

— *Ça*, nous ne pouvons pas en parler, dit Harvey.

— Oh, non, nous ne pouvons pas en parler du tout, renchérit Pidgeon.

— C'est du sérieux ? demanda Du Pré.

— Oui, plutôt, dit Harvey.

— Donc, bas les pattes, Du Pré, ajouta Pidgeon. Et je ne plaisante pas.

Du Pré haussa les épaules.

— On ne plaisante pas, répéta Harvey.

Du Pré se leva.

— Je vais jouer au billard. Ça m'aidera à garder l'esprit clair.

— Excellente idée ! dit Pidgeon.

Ils quittèrent la caravane installée derrière le bar de Susan Klein et entrèrent par la porte de derrière. Comme il faisait frisquet, Susan avait allumé un petit feu dans le poêle à bois. Pidgeon jeta les cassettes dans les braises rougeoyantes.

Du Pré se servit un verre, alla à la table de billard, glissa deux pièces de vingt-cinq cents dans la fente, sortit les billes du rack et les plaça dans le triangle. Il prit la bille de tir, fit le tour de la table et cassa en douceur. Deux billes tombèrent dans les poches.

Harvey parlait à Susan Klein.

Pidgeon observait une queue de billard, les yeux plissés. Elle finit par hocher la tête, mit un billet de cinq dollars sur un côté de la table et regarda Du Pré.

Celui-ci acquiesça et misa aussi un billet de cinq.

Pidgeon envoya toutes les billes rayées dans les poches, sans interruption, puis choisit une poche pour la huit et l'y expédia.

Elle prit les deux billets de cinq.

Du Pré hocha la tête.

Elle les reposa.

Il hocha la tête.

Elle cassa et rien ne tomba.

Du Pré en rentra six, manqua son coup par la bande.

Pidgeon, impitoyable, nettoya la table.

Quand les enjeux montèrent à deux cents dollars et que Du Pré n'était toujours pas près de gagner, Pidgeon sourit et hocha la tête.

Il y avait maintenant une dizaine de personnes autour de la table. Pariant de chaque côté. Harvey avait de l'argent, mais aucun preneur pour son joueur. Pidgeon, évidemment.

— Cinq cents dollars, ça vous va ? demanda-t-elle.

Du Pré hocha la tête.

Il mit du bleu sur l'embout de sa queue de billard, sourit, se pencha et vida la table.

Il ramassa les mille dollars.

Pidgeon hocha la tête.

Elle l'embrassa sur la joue.

— C'était lui, chuchota-t-elle. On a retrouvé toutes sortes de trucs dans le fourgon.

Chapitre 37

— Il est parti vers le sud, fit la voix.

Du Pré raccrocha.

Simpson, retourné au Texas. Ben voyons.

Bart buvait son thé à petites gorgées. Il portait des bottes de chantier et une combinaison maculée de traînées de graisse noirâtres. Il avait travaillé sur Sucette, sa pelle mécanique géante.

— Merci, lui dit Du Pré.

Bart haussa les épaules, se détourna et regarda les Wolf Mountains par la fenêtre.

Du Pré sortit, monta dans sa voiture de patrouille, roula jusqu'aux réservoirs d'essence et fit le plein. Il vérifia l'huile et le liquide de refroidissement.

Il vit la durite que Simpson avait remplacée. Il y avait une éternité, semblait-il.

Il prit le petit téléphone magique et composa un numéro. Rolly répondit.

— Pour le chargement dont vous aviez besoin, dit Du Pré, soyez à peu près à huit kilomètres de l'endroit prévu.

Rolly interrompit la communication sans un mot.

Tout sera bientôt fini, songea Du Pré. Il avait un peu mal à la tête et ses articulations commençaient à le faire souffrir. Le temps était humide.

J'ai de l'arthrose. Pourtant j'ai l'impression qu'il n'y

a pas si longtemps j'étais jeune, je ne ressentais pas ces douleurs.

Il additionna mentalement ses fractures, ses mauvaises entorses et la blessure par balle qu'il s'était faite à l'estomac. Blessure superficielle, mais l'arme avait touché sa chemise et des bouts de tissu en jean et des grains de poudre bleue se trouvaient à jamais imprimés dans la peau de son ventre.

Les vaches m'ont donné des coups de sabot, les chevaux m'ont jeté à bas de ma selle, mais ils se faisaient du souci pour moi, ils revenaient, restaient au-dessus de moi pendant que j'étais inconscient, en espérant que je n'avais rien.

Je suis grand-père. Un *paquet* de fois.

Gabriel Dumont, le petit général de Louis Riel, n'avait pas eu d'enfants avec sa femme. Il en était très malheureux, mais pour lui tous les Métis étaient ses enfants ; il s'occupait bien d'eux. Les prêtres avaient trahi le pauvre Louis, les Anglais l'avaient pendu et Gabriel était venu vivre ici. Il n'avait jamais reparlé à un prêtre. Il est enterré dans une tombe anonyme, là-bas au bord de la Musselshell.

Moi aussi, je veux une tombe anonyme. Gabriel Du Pré ? Il est enterré par là, on sait pas où. Il a fait ce qu'il avait à faire.

Il monta dans sa vieille voiture de patrouille et roula jusqu'à la cabane de Benetsee. Une fumée gris-bleu montait en volutes du conduit rouillé du poêle à bois. La porte était ouverte.

Du Pré gravit les marches branlantes de la petite terrasse. Des bûches étaient empilées de chaque côté. Le sol, jusqu'à la porte, était jonché de copeaux et de feuilles jaunies tombées des peupliers de Virginie qui bordaient le ruisseau.

Ils ont pris les premières gelées, songea Du Pré.

L'hiver.

Jeune-Homme-Qui-N'a-Pas-De-Nom écrivait une lettre, assis à la table. Il écrivait vite et avec grâce. Même à l'envers, Du Pré vit qu'il avait une jolie écriture.

— Bonjour, fit le jeune homme.

— Bonjour. Des nouvelles de Benetsee ?

— Oui. Il m'a dit de vous dire que vous vous débrouillez très bien. Il est fier de vous.

Du Pré hocha la tête. Entendre ça faisait du bien.

— C'est tout ?

Le jeune homme acquiesça et retourna à son courrier.

Du Pré partit. Il prit la petite route qui contournait le versant gauche des Wolf Mountains et monta vers le nord. De nombreux arbres et l'herbe qui poussait dans les fossés commençaient à prendre leurs teintes d'automne. Les trembles étaient d'un orange lumineux ; ils changeaient toujours de couleur les premiers. Des nuées de merles tourbillonnaient dans le ciel, par centaines, se rassemblant pour leur migration vers le sud.

Les colibris, eux, étaient déjà partis.

Par ici, on n'a rien en abondance, à part l'hiver.

Le crépuscule n'allait pas tarder à tomber. Du Pré se gara sur le bas-côté de la route, ouvrit sa glacière, en sortit des sandwichs et une boîte en plastique contenant de la salade de pommes de terre. Il mangea et but du thé froid.

Il se pencha sous son siège, prit l'unité de traçage, la posa sur le tableau de bord et l'alluma. Rien.

Si Simpson ne vient pas par ici, c'est qu'il est parti à Miles City chasser la blonde qui chantait dans le chœur. Harvey a envoyé deux hommes là-bas. Mais je ne crois pas qu'il fera ça. Je pense qu'il se pointera plutôt par ici. Vers les dix heures du soir.

Il prit la bouteille de whisky sous son siège, but une gorgée, se roula une cigarette, redémarra vers le nord. La petite route qui venait du Canada pour rejoindre la fédérale 2 se trouvait à environ trente kilomètres à l'est du terrain de camping de Raster Creek.

Simpson doit arriver par là, puis tourner à gauche ou à droite.

L'un ou l'autre.

La petite route finissait à Raster Creek. Du Pré se gara derrière un rideau d'aulnes, hors de vue, et attendit. Il se roula une cigarette puis fit un tour sur le parking vide. Deux gros semi-remorques passèrent à tombeau ouvert, en direction de l'ouest. Puis un pick-up. Pas beaucoup de circulation, cette nuit.

Il but un peu de whisky et regarda les étoiles. De temps en temps, il jetait un œil au pisteur, sur le tableau de bord.

Soudain, le signal vert s'alluma, indiquant que le véhicule allait vers le sud, sur la petite route venant du Canada. L'écran à cristaux liquides annonçait une distance de soixante-quinze kilomètres. Du Pré surveilla le signal. Il descendait vers le sud. Simpson roulait vite. En arrivant à l'intersection, il prit à droite, vers l'ouest, droit sur Du Pré.

Celui-ci fit tourner son moteur. Il attendit que Simpson soit à environ huit kilomètres pour reprendre la route. Il se gara près de l'entrée de l'aire de repos. Il se pencha sous son siège, sortit une fusée éclairante et, quand le pisteur indiqua que Simpson se trouvait à un kilomètre et demi, l'alluma et la lança sur l'asphalte.

Maintenant, prions pour qu'aucun flic ne se pointe. Du Pré s'accroupit pour ne pas être vu, glissa un chargeur dans le magasin de son 9 mm et attendit. Il voyait la lumière des phares de Simpson au sommet de la colline la plus proche.

Simpson ralentit, mordit sur la bande centrale, freina devant la fusée éclairante et s'arrêta derrière la voiture de Du Pré. Sa portière s'ouvrit.

Il sortit de son fourgon et s'avança sur la route.

Du Pré se redressa, leva son 9 mm sur Simpson, qui se trouvait maintenant à trois mètres de lui.

— Ho, Simpson. Je vais te tuer, tu sais. Tu as tué la petite Barbara Morissette, hein ? Et beaucoup d'autres, entre le Texas et ici.

Simpson s'immobilisa. Il ne dit rien.

Du Pré s'avança.

— Vous êtes fou, dit Simpson.

— Et si je regardais dans ton fourgon, j'y trouverais des petits couteaux à lames en inox avec un manche en plastique noir ? Une petite boîte pleine de boucles d'oreilles ? Des montres ? Des bouts de peau ?

Simpson soutint son regard, calmement.

— Allons jeter un coup d'œil dans ton fourgon, dit Du Pré en agitant son arme.

Simpson recula vers la portière ouverte de son véhicule.

— Allons jeter un coup d'œil, répéta Du Pré.

Il appuya sur le levier de désarmement de son pistolet. Le chargeur s'éjecta et atterrit sur l'asphalte avec un bruit sourd.

Simpson plongea dans son fourgon, démarra en claquant la portière et fonça sur Du Pré. Celui-ci se laissa rouler dans le fossé.

Simpson donna un coup de volant pour redresser son véhicule, appuya sur l'accélérateur et fila vers l'ouest.

Du Pré vit le fourgon attaquer la montée de la colline suivante.

Il se pencha pour ramasser son chargeur et le remit en place. Il ramassa aussi la fusée éclairante et l'éteignit dans une flaque d'eau.

À l'ouest, une vive lumière jaune monta haut dans le ciel, suivie d'une lointaine explosion.

Du Pré hocha la tête, remonta dans sa voiture et roula vers le sud, vers chez lui. Quand il atteignit la piste qui menait au Saut du Bison, il quitta la route et roula très lentement sur le chemin rocailleux. Les lumières de ses phares mettaient en relief les rochers sortant du sol.

Il lui fallut presque une heure pour arriver au pied de la haute falaise. Il prit le pisteur et gravit le sentier escarpé. Arrivé en haut, il cassa la petite boîte noire et éparpilla les morceaux entre les fissures des rochers. Un jour, la glace ferait éclater la roche. Un jour, dans longtemps. Il garda les piles.

Il prit la flasque de whisky dans la poche de sa veste, but un coup, se roula une cigarette et regarda les étoiles ; puis son regard se porta vers l'ouest, vers les grandes plaines ondulantes, rouge foncé et noires, avec des taches plus claires là où l'herbe était épaisse.

On disait qu'autrefois c'était une mer qui allait de l'océan Arctique au golfe du Mexique.

Il y a longtemps.

Du Pré sentit le rocher sur lequel il était assis se refroidir. Il se leva et marcha un peu jusqu'à ce que ses fesses se réchauffent.

Il y a longtemps.

Il se sentait très fatigué.

Il redescendit péniblement le sentier, monta dans sa voiture et resta à fumer et à boire. Dehors, il y avait de la rosée. L'air était chargé d'humidité.

Il sortit ses couvertures du coffre et les porta jusqu'à un carré d'herbe épaisse à côté d'une source tarie.

Il dormit longtemps.

La chaleur du soleil le réveilla.

Il se leva, fit quelques pas, pissa, s'étira, bâilla.

Les plaines s'étendaient à l'ouest, à jamais.

Chapitre 38

Du Pré regarda les débris du fourgon brûlé. Il avait été broyé, le réservoir avait explosé et les bouts de verre restés dans les cadres avaient fondu en gouttelettes.

Harvey Wallace et Pidgeon se tenaient près du semi-remorque accidenté qui s'était renversé et avait glissé sur trois cents mètres ; la cabine était complètement aplatie jusqu'à la portière et la remorque couchée sur le côté.

Du Pré s'avança vers eux.

Harvey lui jeta un regard noir et s'éloigna rapidement.

Pidgeon regarda Du Pré un long moment.

— Rolly était vivant quand ils l'ont sorti de là. Mais j'ignore où il est.

Du Pré hocha la tête. J'ai menti à Rolly. J'avais déjà tué l'assassin de sa petite sœur. Nous ne sommes que deux à le savoir, moi et peut-être Pidgeon ; mais quelle importance ?

— Harvey s'en remettra, dit Pidgeon. Il est un peu agacé, c'est tout. Il est persuadé que vous avez manigancé tout ça, mais il ne peut pas le prouver.

Du Pré haussa les épaules.

Une grosse dépanneuse avec un long plateau basculant quitta la route et s'approcha en cahotant du fourgon écrabouillé. Le chauffeur fit reculer sa remorque, descendit de la cabine et accrocha un câble au fourgon.

Il abaissa son plateau et commença à treuiller la carcasse brûlée sur les planches de chêne.

— On va le passer au peigne fin, dit Pidgeon. J'imagine que l'on retrouvera quelques petites choses intéressantes. Simpson, je ne sais pas comment, n'est pas mort sur le coup ; il tentait de sortir quand le fourgon a pris feu. Il a brûlé vif.

Du Pré hocha la tête.

Bien. J'espère que ça lui a fait mal.

— Bon, maintenant, on se retrouve avec deux cent et quelques affaires de meurtres qu'on ne classera jamais, reprit Pidgeon. On ne saura jamais vraiment. Le problème avec ces salauds, c'est que même quand on leur parle, on n'est pas plus avancé. Ils ne sont pas humains, Du Pré. Je ne sais pas ce qu'ils sont.

Elle sortit une cigarette à bout filtre d'un étui en peau de porc et l'alluma. Une petite brise fit voleter ses longs cheveux auburn.

Un fourgon transportant des techniciens spécialisés s'arrêta. Des hommes en sortirent et remontèrent la route, à la recherche de traces de dérapage.

— Vous allez rester un peu ? demanda Du Pré.

Pidgeon secoua la tête.

— Nous avons un autre artiste là-bas, en Alabama, qui écorche ses victimes. Vivantes. Un autre dans l'ouest de la Pennsylvanie, qui les étrangle avant de leur couper la tête. Il y en a beaucoup, Du Pré. Cette affaire-ci est finie. Mais ce n'est jamais fini. Harvey et moi, nous ferons une halte à Toussaint, en repartant pour Billings, mais pas longtemps. C'est notre boulot, vous comprenez.

Du Pré hocha la tête.

— Harvey s'est calmé, dit Pidgeon. Je le vois à sa façon de se tenir. Si vous voulez lui parler, c'est peut-être le bon moment.

Du Pré lorgna dans la direction d'Harvey, qui regardait au loin, les mains dans les poches.

Du Pré s'approcha de son ami.

Harvey lui jeta un coup d'œil et continua de regarder au loin.

— Pidgeon dit que vous vous arrêterez peut-être à Toussaint, sur le chemin du retour, commença Du Pré.

— Ouais.

— J'y vais. On mangera un bout ensemble quand vous arriverez ?

— D'accord, soupira Harvey. Mais pour l'amour du ciel, fermez votre gueule.

Il se replongea dans l'observation de l'horizon.

Du Pré monta dans sa voiture, fit demi-tour et repartit à Toussaint. Il y arriva en fin d'après-midi. Plusieurs camions et voitures étaient garés devant le bar.

Il entra.

Benny Klein était au comptoir, devant une bière. Susan tirait un pichet à la pression pour deux cow-boys. Du Pré s'installa à côté de Benny.

— Bonsoir, fit ce dernier, l'œil pétillant. J'ai entendu parler d'un gros accident sur la Hi-Line. T'es au courant ?

— Un semi est rentré dans un fourgon, dit Du Pré.

— Pas clair, tout ça, remarqua Benny.

Madelaine sortit des toilettes. Du Pré la regarda et hocha la tête, une fois.

Elle sourit, de toutes ses dents, s'avança vers lui et l'entoura de ses bras, en vacillant un peu.

— Va t'asseoir, dit-elle. Je t'offre un verre.

Elle alla derrière le bar. Du Pré aperçut son sac à main brodé de perles sur l'une des petites tables, vers le mur du fond. Il s'assit, tournant le dos à la pièce.

— Lourdes revient dans deux jours, annonça Madelaine. Elle aime Chicago. Tu sais, j'ai parlé à la tante de Bart. C'est une brave femme. Elle dit que Bart croit qu'elle est vieille fille, mais qu'en fait il était tellement saoul les deux fois où elle s'est mariée qu'il s'en souvient même pas. Elle a deux filles, dont l'une est à peu près de l'âge de Lourdes. Bart se souvient pas que ce sont ses cousines.

— Oui, dit Du Pré. Bart a bu beaucoup là-bas, et pendant longtemps.

— C'est fini, maintenant, hein ?

Du Pré acquiesça.

— Bois ton whisky, après on mange et puis tu prends ton violon et tu joues. C'est notre vie, hein.

Du Pré but un peu. Madelaine l'entraîna vers la piste de danse. Il y avait de bons airs sur le juke-box, un disque que Du Pré avait rapporté du Canada.

Ils dansèrent sur *Boiling Cabbage* et sur *The Water Road*, talon-pointe, talon-pointe.

Susan apporta à Du Pré un gros steak et un autre whisky.

Il mangea comme un porc.

Madelaine se pencha vers lui et sourit.

— Tu l'as fait, dit-elle. Mes filles ne craignent plus rien à présent.

Le bar se remplit.

Bassman apparut, accompagné de cousins du Canada et de Turtle Mountain, le vieux pays de la rivière Rouge. Il y avait là une dizaine de bons musiciens, qui jouaient et allaient danser et boire à tour de rôle.

Du Pré posa un instant son violon pour aller aux toilettes ; quand il en sortit, il se cogna à Benetsee qui se tenait derrière la foule, en compagnie de Jeune-Homme-Qui-N'a-Pas-De-Nom.

Le vieil homme était aussi solide qu'un tronc d'arbre enraciné dans la terre.

Du Pré le prit par l'épaule et le fit pivoter sur lui-même.

Benetsee était hilare.

— Vieux putois, dit Du Pré. Qu'est-ce que tu fais là ?

— Je suis entré et je bois du vin, répondit Benetsee, dont les yeux noirs riaient. T'as du tabac ? Tu sais encore rouler ?

Du Pré hocha la tête, roula une grosse cigarette, l'alluma et la lui tendit.

— C'est bon, dit Benetsee.

Il fuma avec bonheur.

Susan lui apporta un bock rempli de cet horrible vin blanc qu'il affectionnait et l'embrassa sur la joue.

— J'y crois pas, dit Benetsee, du vin et des femmes qui m'embrassent. Cet endroit me plaît.

Jeune-Homme-Qui-N'a-Pas-De-Nom se mit à rire.

— Je l'appelle « Pelon[1] », à présent, annonça Benetsee.

— Et lui-même, il s'appelle comment ? demanda Du Pré.

— Je m'en fous, répondit Benetsee.

— Pelon, répéta le jeune homme.

— Il faut que je te parle, dit Du Pré.

Benetsee secoua la tête.

— Plus tard, chez moi, dans la hutte. Là, je bois du vin, j'embrasse des jolies femmes et je joue peut-être de la flûte.

Du Pré hocha la tête.

Il retourna jouer avec Bassman, des gratteurs de guitare et un type qu'il ne connaissait pas, qui se débrouillait plutôt bien à l'accordéon.

Pidgeon et Harvey entrèrent et restèrent près de la porte. Quand Du Pré les regarda, Pidgeon inclina légèrement la tête.

À la fin du morceau, Du Pré descendit de l'estrade et se fraya un chemin parmi la foule pour aller les retrouver. Pidgeon et Harvey sortirent et Du Pré les suivit.

Dehors, la nuit était douce. À l'intérieur du bar, il faisait très chaud.

1. Qui n'a pas encore de cheveux. *(N.d.T.)*

— Nous repartons, dit Pidgeon. Nous sommes juste passés dire au revoir.

Harvey ne bougeait pas.

— Challis est à l'hôpital de Billings, reprit Pidgeon. Dans un sale état. On a dû lui ôter la rate, il a fait un collapsus pulmonaire. Il souffre de fractures multiples. Il est sérieusement amoché.

— Je vois, dit Du Pré.

— J'ai été contente de vous connaître, fit Pidgeon en lui serrant la main.

Du Pré se tourna vers Harvey.

Celui-ci lui envoya un violent coup de poing dans la mâchoire.

Du Pré passa par-dessus la rambarde et atterrit la tête la première dans la terre battue.

Il se remit péniblement sur ses pieds.

— Ne recommence pas à jouer au con avec moi, prévint Harvey.

— Harvey ! s'exclama Pidgeon.

Ils s'éloignèrent vers une voiture de service beige.

Du Pré se redressa en se frottant la mâchoire.

En levant les yeux, il vit Madelaine. Elle porta sa main à sa bouche et se mit à ululer.

Le chant de la victoire.

Harvey démarra sans un regard en arrière.

Du Pré et Madelaine firent quand même au revoir de la main.

Chapitre 39

Du Pré s'arrêta un moment sur le parking de l'hôpital. Il leva les yeux vers les fenêtres opaques, secoua la tête et poursuivit son chemin. Madelaine serra son bras un peu plus fort.

À une quinzaine de mètres des portes d'entrée, elle l'obligea à s'arrêter.

— Ta femme est morte ici, Du Pré. Les vieilles blessures laissent des cicatrices. Tout va bien. Je t'aime.

Du Pré la regarda. Elle sait ce qui me perturbe quand moi je ne le sais pas.

Il sourit et hocha la tête. Ils entrèrent dans le bâtiment. À l'accueil, l'hôtesse leur indiqua l'étage.

— Aux soins intensifs, on ne vous laissera peut-être pas le voir, dit-elle. Je peux les appeler.

En attendant, Du Pré tourna en rond dans le hall avec Madelaine à son bras.

— Vous pouvez monter, dit l'hôtesse, mais il se peut que l'on vous demande de quitter la chambre si le patient se fatigue ou commence à s'agiter.

Du Pré et Madelaine prirent l'ascenseur. Quand les portes s'ouvrirent, l'odeur de la maladie et des désinfectants les enveloppa.

Du Pré vacilla. Madelaine serra encore plus fort son bras.

Une infirmière les conduisit jusqu'à la chambre de Rolly. Elle ouvrit la porte très doucement, en tendant l'autre main pour leur signifier de patienter. Ils attendirent. Elle entra sans faire de bruit.

Ils entendirent sa voix, puis celle de Rolly, forte et profonde.

Elle ressortit et leur fit signe d'entrer.

Rolly était assis contre ses oreillers, le haut du lit remonté. Sa tête était entourée de bandages et un poids pendait au pied du lit, relié à son plâtre par un câble.

Il n'avait plus de bras gauche.

Mais ses yeux bleus pétillaient dans son visage enflé. Sa peau était marquée de contusions violacées, verdâtres et noirâtres. Une barrette métallique couvrait l'arête de son nez, fixée par du sparadrap.

— Mr. Du Pré et Miss Madelaine ! dit Rolly en riant. Vous voyez ce merdier ? J'ai besoin d'un juke-box, d'un tabouret de bar et d'une bière. Le billard, faut que je fasse une croix dessus, j'ai l'impression.

— Vous aimez le billard ? demanda Du Pré.

— Je ne m'en souviens pas. C'était il y a longtemps.

Rolly lui tendit un bout de papier. Il avait un sparadrap collé sur le dos de la main droite. Du Pré déplia le bout de papier.

« Attention, les flics sont venus ici, et les fleurs ne sont pas à moi. »

Du Pré poussa légèrement Madelaine du coude ; elle jeta un coup d'œil au papier et hocha la tête.

— Vous êtes là depuis combien de temps ? demanda Du Pré.

— Quinze jours, dit Rolly. Il faudra que je revienne pour qu'on me mette une prothèse. Vous savez, on fait des bras à moitié électroniques. Comment on appelle ça ? L'homme bionique ?

Du Pré haussa les épaules. Il ne regardait pas beaucoup la télévision.

— Qu'est-ce qu'ils vous ont coupé d'autre ? demanda Madelaine.

— Seulement le bras. Ils voulaient me couper la jambe, mais je leur ai dit que je les tuerais s'ils me faisaient ça.

— Et quand vous sortirez d'ici, vous irez où ? Il va vous falloir du temps pour vous remettre.

— Eh bien, votre copain Bart m'a proposé de venir à Toussaint, pour faire connaissance avec lui et Booger Tom. Je crois que je vais accepter.

— Bien, dit Du Pré. Comme ça Madelaine pourra vous faire goûter sa soupe, vous chouchouter. Moi, j'ai une trouille terrible de tomber malade.

— Elle te plaît pas, ma soupe ? demanda Madelaine.

— Pas assez salée.

— Le sel, c'est pas bon pour ton cœur.

— Quelle époque ! fit Rolly en riant. Maintenant, quand les choses ont bon goût, c'est qu'elles sont toxiques.

Du Pré acquiesça en riant.

— En attendant, est-ce qu'on peut faire quelque chose pour vous ? demanda Madelaine.

— Ah, si vous me dégotiez une chouette frangine déguisée en infirmière...

Du Pré éclata de rire.

— D'accord, dit Madelaine. Autre chose ?

— Je n'ai plus qu'à attendre et à dormir. J'y ai été un peu trop fort.

Madelaine sortit une flasque de whisky de son sac et la lui donna. Il la glissa sous ses couvertures.

L'infirmière apparut à la porte.

— Plus que cinq minutes, dit-elle. Le médecin va arriver.

Madelaine sortit de son sac un pilulier en plastique à sept compartiments. Elle alla au lavabo, fit couler un filet d'eau, prit des serviettes en papier au distributeur tout en passant la boîte sous le robinet et épongea l'excédent d'eau. Elle s'assit sur le lit, plongea l'index dans la peinture et dessina deux traits rouge vif de chaque côté de la bouche de Rolly, puis des zigzags jaunes et noirs sur ses joues et enfin une ligne bleue allant de la lèvre inférieure jusqu'au-dessous du menton.

Elle eut un hochement de tête appréciateur, sortit un miroir de son sac et le tendit à Rolly. Il s'examina.

— Merci.

— Bon, dit Du Pré, on se verra à Toussaint.

Rolly leva le pouce.

Ils se mirent à rire, tous les trois.

Madelaine et Du Pré foncèrent jusqu'à l'ascenseur, entrant juste au moment où les portes se refermaient. Trois minutes plus tard, ils traversaient le parking.

— L'infirmière va lui chier une pendule quand elle verra ses peintures, remarqua Du Pré.

— Sûr, dit Madelaine. Si on allait boire une bière ?

Du Pré la regarda. Elle buvait rarement de la bière. Seulement quand il faisait très chaud et aujourd'hui il faisait plutôt frisquet.

Ils montèrent dans la voiture. Madelaine lui fit signe de se diriger vers le centre-ville. Du Pré roula jusqu'au quartier pauvre de Billings, là où les Indiens alcoolos, les clodos et les cinglés poussaient sur les trottoirs défoncés des caddies dans lesquels tout leur univers était entassé.

— Arrête-toi là, dit Madelaine en désignant l'enseigne miteuse d'un petit bar aux vitres opaques de saleté.

Un poivrot dormait, couché en boule, dans la cage d'escalier extérieure, à côté de l'entrée.

Du Pré se mit à rire. Madelaine aussi.

— Je devrais peut-être te demander conseil, histoire de trouver un endroit un peu mieux où on pourrait dénicher une fille pour Rolly, dit-elle. Tu dois en connaître, hein ?

— Ouais, c'est ça. Tu crois que je passe ma vie ici ?

Ils entrèrent dans le bar. Une femme d'âge moyen, à l'air fatigué, était assise au comptoir, la clope au bec. Elle regardait un feuilleton à l'eau de rose sur une petite télé posée sur une étagère derrière elle.

Du Pré commanda deux bières en bouteille et alla pisser. Dans les toilettes, il y avait de l'eau partout. Une fuite provenant d'un joint cassé à la base de la cuvette. Du Pré pissa quand même.

Quand il revint au comptoir, Madelaine était au téléphone. La femme derrière le bar avait l'air contente.

Semer un peu d'argent, songea du Pré, c'est comme un rayon de soleil.

Madelaine tourna le dos à Du Pré tandis qu'il s'asseyait sur le tabouret. Elle écoutait ce qu'on lui disait à l'autre bout de la ligne.

— Bon, d'accord, dit-elle, si vous faites ça, je vous donne cent dollars d'avance et cent autres quand vous reviendrez avec un message de lui, OK ?

Elle raccrocha.

Ils burent de la bière. Une demi-heure plus tard, une jolie pute vêtue d'un uniforme d'infirmière impeccable entra dans le bar et se dirigea droit vers Madelaine.

— Chambre 442, dit celle-ci en lui tendant un billet de cent dollars.

La fille sortit.

— Le feuilleton vous dérange pas ? demanda la femme au comptoir.

Elle sourit. Des résidus de pâte fixative étaient restés collés sur son dentier.

— Non, ça va, dit Madelaine.

Ils prirent des pièces de cinq cents et allèrent vers les machines de jeux. Elles étaient arrêtées.

Ils se rassirent au bar. Un homme en combinaison arriva et emporta les machines. La femme derrière le comptoir ne détourna pas les yeux de la télé pendant qu'il déménageait ses quatre machines.

Du Pré sourit à Madelaine. Ils éclatèrent de rire.

À la télé, une actrice souffrait d'amnésie. Puis il y eut une pub pour du savon et une autre pour des serviettes hygiéniques.

Madelaine prit la main de Du Pré et la serra très fort. Ils reprirent une bouteille de bière chacun.

La fille en tenue d'infirmière revint. Elle tendit à Madelaine un bout de papier. Celle-ci y jeta un coup d'œil, rigola et lui donna un autre billet de cent dollars.

Elle passa le papier à Du Pré.

« Ahhhhhhhhhhh ! Les peintures ont eu un sacré succès. Raster Creek. »

— Maintenant, on rentre à la maison, dit Madelaine.

Chapitre 40

Du Pré jouait du violon, accompagné par Bassman et le père Godin, un prêtre connu pour avoir été chassé d'un séminaire au Québec, après que trois jeunes personnes enceintes jusqu'aux yeux l'eurent accusé de la paternité de leur future progéniture. Aujourd'hui, à presque quatre-vingts ans, il avait à son actif une bonne quarantaine de rejetons. Il jouait de l'accordéon et pouvait chanter d'une voix de soprano, de ténor, de baryton et de basse. Un don de double voix. Du Pré n'avait jamais entendu chanter quelqu'un comme lui.

Le bar de Toussaint était bondé. Il y avait des gens du coin et beaucoup de monde de Turtle Mountain et du Canada. Les femmes portaient des robes aux couleurs éclatantes avec des perles et des clochettes, les hommes avaient revêtu leur chemise traditionnelle à rubans.

Quand Godin commença à chevroter, à la fin de la ballade, Du Pré et Bassman décidèrent qu'il était temps de faire une pause.

Du Pré transpirait dans la lourde chemise de soie que Madelaine lui avait confectionnée.

Il se fraya un chemin vers elle et la prit dans ses bras. Elle lui sourit joyeusement, les joues rougies. Elle avait bu son vin rosé préféré.

— Je n'ai jamais vu autant de Métis réunis dans un même endroit, dit Du Pré.

Ils étaient presque trente dans la salle. Deux étaient

même descendus du Manitoba, à mille cinq cents kilomètres de là.

— Pourquoi sont-ils venus ? demanda-t-il.

— Pour écouter jouer mon Du Pré, pardi, dit Madelaine. Tu es célèbre, tu sais. Les gens écoutent les disques que tu as enregistrés.

Du Pré hocha la tête. Des conneries, tout ça. De bons violoneux, ils en ont plein dans Turtle Mountain, le Manitoba, l'Alberta. Bon, d'accord, je joue bien, mais je suis pas le meilleur. D'ailleurs, je ne souhaite pas être le meilleur, dans quoi que ce soit. Ça vous joue des mauvais tours, d'être le meilleur.

— Le père Godin, il a combien de gosses, cinquante ? demanda-t-il. J'ai entendu dire qu'il a fait des jumeaux à sa dernière femme.

— Ah, oui, répondit Madelaine, on dit qu'il a beaucoup de charme. J'ai une de mes cousines, au Canada, qui a eu un enfant avec lui.

Bassman, une main appuyée sur le mur, faisait la causette avec une jolie femme vêtue d'une robe de velours turquoise. Son épouse était à la maison, dans l'attente du prochain enfant. Bassman et sa compagne sortirent.

Ces joueurs de blue-grass, songea Du Pré, de sacrés play-boys. Ils ont bon cœur, mais ils font des ravages, avec leur bon cœur.

Quelqu'un lui tendit un verre de whisky avec de l'eau et des glaçons. Il but à longs traits. Jouer le consumait. Demain, il serait épuisé.

Susan Klein passa près de lui, très affairée.

— Qu'est-ce qu'on fête ? demanda-t-elle. J'ai bientôt plus d'alcool dans la réserve.

Du Pré leva les paumes en signe d'ignorance et haussa les épaules.

— Un type charmant, ce père Godin, reprit Madelaine. Un sacré bonhomme. Des gars comme lui, les femmes peuvent pas leur en vouloir. Ils sont nés comme ça.

Du Pré observa le vieil homme aux cheveux gris. Il était plutôt grand, maigre comme un clou, avec de grandes mains aux doigts fuselés.

— Si on allait dehors ? proposa Madelaine. Il fait trop chaud ici.

Ils se frayèrent un chemin jusqu'à la porte et sortirent dans la nuit fraîche. Il n'y avait ni nuages ni lune ; les étoiles brillaient dans un ciel de velours noir.

— Ah ! soupira Madelaine. On se sent mieux !

Du Pré sentit la fraîcheur de la nuit dans son dos. Un petit vent d'ouest lui caressa le visage. Sa nuque le picotait. Il ôta le bandana qu'il avait autour du cou.

Il poussa un soupir d'aise en se disant qu'il ne le remettrait pas.

— Je ne vois pas Bart, remarqua-t-il.

— Il viendra plus tard, dit Madelaine. Je lui ai parlé, il va arriver, dans quelques minutes.

Du Pré hocha la tête. Bart était très timide. Il n'osait pas se mêler à la foule.

Il aperçut Booger Tom qui pissait dans l'ombre d'un peuplier de Virginie dans le petit parking, de l'autre côté de la route.

Du Pré vit arriver l'une des Land Rover de Bart ; le véhicule s'arrêta et la vitre arrière s'abaissa.

— Bonsoir, dit Rolly Challis.

Bart descendit, sortit une chaise roulante, la déplia et enclencha le système de sécurité.

La portière arrière s'ouvrit et Rolly lança sa jambe en avant. Du Pré aida Bart à l'y installer. Bart poussa la chaise jusqu'aux marches du bar. Du Pré se mit d'un côté, Bart de l'autre ; ensemble ils la hissèrent jusqu'à la terrasse de bois, puis Du Pré poussa Rolly à l'intérieur du bar pendant que Bart allait se garer.

Le père Godin dégagea le passage devant la chaise et

Du Pré poussa Rolly jusqu'à la petite estrade. Susan Klein lui apporta un grand verre de whisky. Rolly sortit du tabac et des feuilles à rouler de sa poche, et d'une seule main roula une cigarette, lécha le papier et se colla la clope dans la bouche.

Madelaine lui offrit du feu.

Ah, maintenant, je comprends ce qu'on fête, songea Du Pré.

Le père Godin monta sur l'estrade, souleva son gros accordéon, enfila les bretelles et l'accorda. Bassman remonta sur scène, prit sa basse électrique, passa la sangle sur son épaule, puis, se tournant vers son ampli, joua quelques notes rapides et se pencha pour tripoter les boutons.

Du Pré embrassa Madelaine avant de monter sur l'estrade. Il attrapa son violon, tira les cordes de l'index gauche, écouta attentivement les harmoniques. Il tourna une cheville pour resserrer une corde distendue.

Un Métis qu'il ne connaissait pas monta sur scène et leva un tambour celtique au-dessus de sa tête et commença à frapper avec une baguette, à un rythme rapide, avec des contretemps. Le père Godin tirait sur les soufflets de son accordéon en mesure. Bassman fit claquer les cordes de sa basse.

Du Pré hocha la tête et lança quelques notes glacées.

— *Salteux!* hurla le père Godin.

L'un des chants de guerre des Métis. Le chant de la victoire.

Les Métis présents dans la salle rugirent de bonheur. Les employés des ranchs reculèrent vers le fond de la salle pour faire place aux femmes métisses qui se groupèrent au centre de la piste pour danser. Elles ululèrent, la main sur la bouche, tout en se penchant en avant et en tapant des pieds. Le parquet vibrait. Les voix fusionnaient, montaient et descendaient.

Le père Godin partit dans des riffs tout en accords

fragiles et notes flûtées, hors des gammes traditionnelles.

Du Pré fit chanter son instrument. Les notes venaient de son sang. La fumée. Les bisons dans la prairie à l'herbe rase.

Les *Salteux* avaient chassé les Sioux du pays des Grands Lacs et les Cheyennes du Wisconsin.

Du Pré jouait avec le sang de ses ancêtres.

Il regarda Madelaine.

Ses pupilles avaient des reflets pourpres, comme ses cheveux noirs qui chatoyaient dans la lumière.

Tes enfants sont hors de danger, songea Du Pré.

Impression réalisée sur Presse Offset par

BRODARD & TAUPIN

GROUPE CPI

La Flèche (Sarthe), 24156
N° d'édition : 3607
Dépôt légal : juin 2004

Imprimé en France